Allitera Verlag

I0677765

edition monacensia
Herausgeber: Monacensia
Literaturarchiv und Bibliothek
Dr. Elisabeth Tworek

Josef Ruederer

München

Herausgegeben und mit einem Nachwort versehen von
Walter Hettche und Waldemar Fromm

Kommentiert von Walter Hettche, Waldemar Fromm
und Marlies Korfsmeyer

Allitera Verlag

Münchner Stadtbibliothek
*M*onacensia
Literaturarchiv und Bibliothek

Weitere Informationen über den Verlag und sein Programm unter:
www.allitera.de

Dezember 2012
Allitera Verlag
Ein Verlag der Buch&media GmbH, München
© 2012 für diese Ausgabe: Landeshauptstadt München/Kulturreferat
Münchner Stadtbibliothek
Monacensia Literaturarchiv und Bibliothek
Leitung: Dr. Elisabeth Tworek
und Buch&media GmbH, München
Umschlaggestaltung: Alexander Strathern, München
Printed in Europe · ISBN 978-3-86906-336-2

ERNST SCHWENINGER
Dem Manne dem Freunde

München
Ostern 1907

INHALT

DER FASCHING

Mit Einteilung und Benennung von Kapiteln ist es so eine Sache. Besonders bei Büchern über europäische Kulturzentren. Der Verfasser könnte sich zum Beispiel denken, dass jemand über München schriebe und dreissig anderslautende Titel brächte als die auf vorstehender Tafel. Frei nach Baedeker oder Meyer. Über Verkehrsmittel, über Vergnügungslokale, über Hotels, über Restaurants, über Sehenswürdigkeiten. Wie es solche Werke ja massenhaft gibt. In grossem und kleinem Format, mit einfachen und kostbaren Einbänden. Mit Winken, wie man am besten kauft, mit Wegweisern zu Konsulaten, Desinfektionsanstalten, Hebammen und Totengräbern. Alles organisch geordnet, nach Berufen, Gewerben und staatlichen Sammlungen. Also streng der Materie nach. Nicht etwa wahllos, von einem Thema ins andere. So schreibt man Romane, Novellen. Und steht am Schlusse mit langer Nase da. Weil das Verzeichnis noch fehlt, der Hut, unter dem die wirren Eindrücke gesammelt werden. Der Name für das Gemälde. Der ist oft schwerer zu finden, als man im allgemeinen glaubt. Ja, dem Betrachter, dem Leser erscheint die Benennung gar häufig gesucht. Oder zu wenig umfassend. So wird er vielleicht schon beanstanden, dass dieses Kapitel statt des verheissenen Faschings eine langatmige Vorrede bringt, er wird sich wundern, dass der Verfasser im zweiten, vierten, siebten und neunten Abschnitte so viel von sich selber redet. Wird auch beim »Bürger«, bei der »Gesellschaft«, ja, vielleicht sogar bei den »Neuesten Nachrichten« das angeschlagene Thema nicht immer im Einklang mit der Überschrift finden. Am meisten aber wird ihn wohl wundern, dass in dem aufgestellten Verzeichnis mit keinem Worte der Maler, Bildhauer und Architekten gedacht ist. In einem Buche über München, über Deutschlands führende Kunststadt! Wo jede Zeile, jedes Wort darauf hinweisen sollte, wo eine eigene Geschichte geschrieben werden müsste, um Art und Ausbau zu zeigen, anfangend von Cornelius, Klenze, Ziebland, Kaulbach, Schwanthaler bis herab zum jüngsten Impressionisten, draussen im Dachauer Moos. Richtiger noch, mit Namen und Argumenten, dass München im Gegensatz zur gewaltigen Schule der Franzosen eine systematische Entwicklung ebensowenig aufzuweisen hat, wie die gesamte deutsche Kunst überhaupt. Alles steht da explosiv oder unvermittelt, häufig aus fremdländischen Einflüssen abgeleitet, oft aber geschaut von starken Temperamenten, und immer geschaffen inmitten eines frohen, ungebundenen Lebens, einer Künstlergesellschaft, wie sie die Allotria war, einer Fülle von Veranstaltungen, wie sie keine andere Stadt aufzuweisen hat, in ihrer Chronik.

Gleich der Tag, wo dieses Buch seinen Anfang nimmt, der 18. Februar, ruft eine der stärksten Erinnerungen wach. Da fand vor einem Vierteljahrhundert eine Maskenkneipe statt, die an Aufwand künstlerischer Kraft sowie an Eigenart der Ideen alles in Schatten stellte, was man bis dahin auf diesem Gebiete gesehen hatte. Ein Riesenschiff auf der Kneipreise um die Welt, das war der Grundgedanke. Rechts und links vom Verdeck und von den Segeln die Erdteile, die es berührte. Alle waren vertreten, die Chinesen mit einem verschnörkelten Turm, der wilde Westen Amerikas mit einem festgefügten Blockhaus, die Sandwich-Insulaner in einer dämmernden Höhle, die Eskimos in tranbefeuchtetem Zelte, ja, sogar ein Pfahlbauernhaus konnte man sehen. All das belebt von den Inwohnern in streng entsprechender Gewandung. Auf dem Verdeck des Schiffes endlich, wo unaufhörlich die Glocke zum Einsteigen lud, als lachende Passagiere so ziemlich alle Typen der Erde, vom Kaiser und König bis zum Handwerker, Urlauber und Hausknecht. Das strömte hinauf und hinunter, bald nach Asien, bald nach Amerika, bald nach Australien, am liebsten jedoch bliebs in Europa. Dort gabs von allen Kneipen der Weltkugel doch noch immer die besten. In einem weissgetünchten Gewölbe hielten fromme Klosterbrüder selbstgebrautes Bier feil, echten Bliemchen und Schnaps gab es in der sächsischen Kaffeebude, und in einem oberbayrischen Wirtshaus konnte man auf einer langen Bahn regelrecht Kegel schieben. In besonders verschwiegenen Ecken jedoch wurden einige jener Kuriositäten gezeigt, die damals übermütige Künstlerlaune noch erzeugen durfte, ohne am andern Tag der Sittenkommission zu verfallen. So bot Madame Lutetia dem ruhelosen Wanderer gegen prompte Bezahlung ein mehr wie gastliches Heim, der Henker der spanischen Inquisition zwickte auf der Folterbank den Delinquenten unter Beistand der lieben Geistlichkeit ein Markstück nach dem andern heraus, und ein Riesenfernrohr auf dem Verdeck des Schiffes zeigte gegen fünfzig Pfennige Entgelt die fratzenhaftesten Perspektiven. Dazu fiedelten wandernde Zigeuner und bliesen böhmische Musikanten greuliche Weisen. Da plötzlich, so um Mitternacht, als der Trubel am höchsten war, stürzte etwas durch den Saal. Was nicht herge-hörte, was Prasselndes, Brennendes. Unheimlich wars und doch nur ein Augenblick. So schnell, dass es kaum auffiel. Was gabs denn? Neun Eskimos als wandernde Feuersäulen. Die stiessen in heller Verzweiflung gegen diese Welt von Leinwand und Holzge-rüsten. Nichts brannte an, doch sie selber verkohlten unter furcht-barem Wehgeschrei draussen in der Vorhalle oder auf dem Weg zum Spital. Einige von dem Todesschiff sahen den Jammer und flohen davon, geschüttelt von Grauen; die meisten sahen ihn nicht. Sie kneipten fort bis zum frühen Morgen. Als man sie aber am hellen Mittag mit der Schreckensbotschaft aus dem Bette jagte, da wars, als grinste das Totengerippe selber zur Tür herein.

Und das uferlose Entsetzen griff weiter über die ganze Stadt. Auf Jahre lähmte es alle Unternehmungslust, alle Begeisterung, ja, es verschob mit der Zeit die ganze Linie des Münchner Kar-nevals. Denn wer nicht dabei gewesen war, schimpfte über die leichtfertigen Leute, und so mancher wollte in der Katastrophe den Finger Gottes erblicken, die gerechte Strafe für frevelhaften Übermut. Den Künstlern wurde bös in die Suppe gespuckt; nur zweimal noch kamen sie mit solchen Kneipen. Die aber erreichten nicht mehr jene schönste und grauenvollste. Und der Münchner schimpfte kräftig weiter. Er ist von Haus aus ein guter Kerl, der, was malt und bildhauert, gern leiden mag. Nur dürfens die Herren nicht gar zu bunt treiben. Die Behaglichkeit muss gewahrt blei-ben. Die Kneipe mit allen Zutaten hätte ihm trefflich gefallen, die Spässe hätte er belacht, am stärksten die Zoten – das Unglück war ihm zu viel. Kein Pietist, kein Mucker, praktischer Katholik auf allen Gebieten, sieht er, trotzdem er gern in die Kirche geht, streng darauf, dass ihm die Alleinseligmachende mit ihren Vorschriften in keiner Weise lästig falle. Das Dogma kennt er nicht, Fanatismus ist ihm direkt zuwider, und doch, der Witze auf die Religion waren zuviel, und was die Unsittlichkeit betrifft, so hätten die dummen Maler auch etwas mehr Mass halten können: »Muass ma a net alleweil gar a so sei.« Das ist sein Wahlspruch; den zitierte er hartnäckig von da an, wenn er auf den Unglücksabend zu sprechen kam. Erst nach und nach zog ein leises Vergessen ein, und so tauchte mit den Jahren ein Faschingsbild auf, das der Münchner und die neue Generation etwas besser verstand.

Glitzernde Lichter in scharf geschliffenen Schalen, ausgestreut über einen weiten Saal, schwere Sammtvorhänge in breiten Goldumrahmungen, weisse Putten als lachende Säulenträger, hohe Spiegel von schmalen Stäben in gleichmässige Scheiben geteilt, das ist der Rahmen, Zeus und Venus im hohen Olymp mit dem halbnackten Hofstaat, das ist die Decke, und glattgefegtes Parkett in regelmässiger Dreieckform gefalzt, das ist der Boden. Darauf wirbelts herum in allen Schattierungen, von gelb zu rot, von grün zu blau, es wirbelt in Flittern und Spitzen, in Federn und Bändern. Alles Bewegung, alles Rhythmus, erzeugt von den Klängen eines wiegenden Walzers. Hingebend wird er getanzt, die kleinen Logen entlang bis zum Hintergrund des Saales. Dort sendet eine Riesenmuschel leuchtende Sonnenstrahlen zur Höhe, und in ihr thront, als ob es zur Fuchsjagd reiten wollte, das grosse Orchester in scharlachfarbenem Frack, heller Weste und schwarzer Krawatte. Jetzt eben hört es zu spielen auf. Die Fiedelbogen, die hoch und nieder gingen in gleichmässigem Tempo, rasten wieder ein paar Minuten, die Bassgeigen werden an die Wand gestellt wie hilflose Gliederpuppen, die Blasinstrumente werden nach unten gehalten. Drinnen im Saale aber brichts los, schmetternd und jubelnd. Die Dominos schwingen die Fächer, die Tänzer streichen die Glatzen ab oder fahren mit dem Taschentuch über das heisse Gesicht. Und in den Logen krachts mit froher Verheissung von den Pfropfen der Sektflaschen. Aber schon rufts zum nächsten Tanz, zur Française. Und da stürzt es wieder aus allen Ecken mit jener Hast, die fürchtet, zu spät zu kommen. Man hebt kreischende Weiber über die

Brüstung der Logen, man pufft nach allen Seiten, man drängt und schiebt ohne Rücksicht, ohne Pardon. Mit Not und Mühe stellen Tanzordner die einzelnen Schlachtreihen auf. Tönen aber die ersten Klänge, dann löst sichs in Vor- und Zurücktreten, in Komplimente und Kusshände, in Balancieren und Drehen. Immer lauter tönt der Jubel, immer kecker fliegen die Röcke – da, bei der vorletzten Tour hebt sich im rasenden Ringelreih das wiehernde Lachen zum bacchantischen Gebrüll. Als ob der Hörselberg losbräche mit Faunen und Nymphen. Alle die hochgehobenen Weiber mit fuchtelnden Armen und strampelnden Beinen erscheinen in diesem Augenblick wie ein ungeheures Ganzes, ein Riesenpolyp, der mit den Männern erst Fangball spielt, ehe er sie gänzlich verschlingt.

Das ist der Höhepunkt, die eigentliche Sensation des Karnevalfestes. Bal paré hat es der Münchener getauft, und das Theater, in dem ers alle Wochen feiert, das Deutsche. Ist die letzte Française getanzt, der Kehraus gespielt, dann verschwindet man langsam. Der eine ins Bett, wenn dies nützliche Möbel noch nicht ins Leihhaus gewandert ist, der andere zu Weisswurst und Bockbier, der dritte ins Café Luitpold. Viele schleichen in Frack und Lackschuhen durch Matsch und Schnee direkt wieder zum Ladentisch, um Rosinen oder Heringe zu verkaufen, andere sinnen auf neue Vergnügungen und gehen die paar Schritte weiter zum Prachtbau des Münchner Justizpalastes. Dort ists jetzt gerade sehr interessant. Ein Ehepaar sitzt vor den Geschworenen. Schelhaas heisst es, und er will ein Kunstmaler sein. Was sich halt in München so Kunstmaler nennt. Jeder Mensch, der von auswärts hierherzieht, tausend Mark Rente versteuert und draussen in den Anlagen von Gern oder Pasing eines der Grillenhäuschen kauft, kann sich Kunstmaler nennen. Hat die Villa zufällig noch ein Fenster mit Nordlicht, erst recht. Da man aber noch nicht leben kann, wenn man Farben und Leinwand ersteht, sinnt man auf Nebenverdienste. Die Angeklagten nahmen einen Pensionär auf, einen alten Herrn. Nicht den bekannten, freundlichen aus Romanen und Lustspielen, nein, einen Geizkragen, einen Sonderling. Hatte selber schon auf der Sünderbank gesessen und vier Jahre Zuchthaus bekommen. Doch er verfügte über das chemische Reinigungsmittel, das die Flecken dieser Jahre vom Antlitz wäscht: Geld hatte der Alte; das reizte die Angeklagten. Der Herr Kunstmaler kaufte eines Tages Cyankali. Das soll die Farben leuchtender machen – behauptete er. Denn wie er dieses Gift im Verein mit seiner Gattin verwandte, sollte den Nachbarn nicht lange ein Geheimnis bleiben. Dem Kamin der kleinen Villa entstieg eines Tages dicker Qualm, dass man sie für eine Fabrik halten konnte. Zugleich stank es so bestialisch, dass alles auf hundert Schritt Reissaus nahm. Verbranntes Fett, meinte man zuerst in der Nachbarschaft und schalt auf Frau Schelhaas. Geizkragen aber werden schon seit Harpagons Tagen selten üppig dargestellt. Und so klebte der Staatsanwalt eine Geschichte zusammen, die den Dichtern der Hintertreppe die grössten Gesichtspunkte eröffnet. Herr und Frau Schelhaas haben ihren Pensionär gemeinsam vergiftet. Dann zerschnitten sie ihn mit einem Tranchiermesser und heizten mit dem alten Herrn ein paar Wochen lang ihre Villa. Wozu? Mein Gott, die Märztage, wo das Verbrechen geschehen sein soll, sind auf der oberbayrischen Hochebene oft noch recht unfreundlich. Da war der dürre, alte Herr gut zu verwenden. Ausserdem, die Kunstmalersehegatten hatten Passionen. Er für den Automobilsport, sie für seidene Blusen. Und beiden machte es ein kindisches Vergnügen, sich draussen in der Villa an gemütlichen Abenden die alten Münchner Volksweisen durch ein Grammophon vorsingen zu lassen. Lebenskünstler, ausgesprochene Lebenskünstler. Lautet das Verdikt auf nichtschuldig, dann besuchen sie noch den letzten Bal paré. Sie tanzen die Française mit, sie ziehen sich in die Logen zurück, er mit seinem Domino, sie mit ihrem Liebhaber, sie gehen noch ins Nachtcafé, und im Morgengrau, wenn die Flitterpracht langsam zu erblassen beginnt, treffen sie sich wieder im ersten Vorortzug, um gemeinsam zur Villa hinauszufahren.

Leider wirds knapp mit der Zeit. Es nahen schon die drei närrischen Tage und immer noch hat man keine Spur, wo der alte Herr geblieben ist. Zeugen aus aller Herren Länder lud man vor, ja, man verbrannte fünfundzwanzig Pfund Pferdefleisch, um zu prüfen, obs gerade so roch wie der verschwundene Pensionär – alles vergebens. Im Zuschauerraum, wo man sich Brust und Beine wund drückt, geht die bange Sage, ein übelbeleumundeter Schweinemetzger habe ihn von den Angeklagten käuflich erworben, um daraus seine Schwartenmagen in gefälligen Formen erstehen zu lassen. Doch auch hiefür fehlt der Beweis. Und die Angeklagten leugnen weiter. Das wird langweilig auf die Dauer, drum eilt man zur Erholung wieder hinaus auf die Strasse. Dort gehts anregender zu. Tief blau ist der Himmel, feine Dunstwölkchen streichen über die Sonne wie der Dampf einer Zigarette, ein dichter Sprühregen geht durch die Luft von Myriaden roter, grüner, gelber, blauer und weisser Punkte. Dazwischen wimmelts von Reitern, Wagen, Radeln, Schnauferln, fauchend, schreiend, pustend. Schweinsblasen krachen, die Pritschen fallen und fortwährend – ein Geschrei von tausend neugeborenen Kindern – tönen kleine Trompeten. Ein ungeheures Skandalorchester, wie von Gasmotoren in Bewegung erhalten. Aber auch die Häuser sind rebellisch geworden nach langem Winterschlafe. Sie sehen aus, als schnitten sie vergnügte Grimassen, als rissen sie weit ihre Augen auf. Nun sausen aus allen Stockwerken Luftschlangen, Papierkugeln, Orangen. Und das Riesenorchester spielt weiter, und die Allotria dauert fort. Dort hauen sich Pierrots Bahn, Soldaten ziehen singend und schiebend durch die Menge, Mütze rechts, Mütze links, Lumpen, alte Weiber und alle zwei Schritte, wo immer man geht, ein besoffener Bauer. Der kommt in kurzen, in langen Hosen, in Joppe, ohne Joppe, er reitet auf einem Klepper, er fährt mit Weibern, Kindern, ja gleich mit der ganzen Gemeinde auf Leiterwagen spazieren, er trinkt Bier, er haut, sticht, singt, er ist die gefeierte Hauptperson des Tages.

Der Münchner aber schaut, schaut und schaut. Er schaut gemächlich nach rechts, nach links, er schaut nach vorne, nach hinten, nach oben, nach unten, er schaut sich die Augen heraus. Fest und steif steht er da, wie die in Erz gegossenen Standbilder der Könige, der Gelehrten, der Staatsmänner, die auf öffentlichen Plätzen in starrer Pose den Hexensabbath überragen. Nur das Maul sperrt er auf, bis ihm Konfetti hineinfliegen oder ein kräftiger Guss auf Deckel und Nase erfolgt. Würde der tote König vorübergefahren, ertönte das Miserere, der Münchner könnte nicht unbeweglicher dreinschauen. Auch jetzt nicht, wo auf einmal mitten durch den Faschingstrubel der königliche Hof in umfangreichen Staatskarossen zur Michelskirche zieht. Ein neues Bild, aber was ist da zu staunen? Morgen ist Aschermittwoch, der Tag der Busse, der

Geldbeutelwäsche und der Stockfische. Das weiss er, der Münchner. Drum kanns ihm ganz recht sein, wenn Andere für ihn die Andacht verrichten, in dem nun beginnenden Vierzigstündigen Gebete. Kein Pferd bringt ihn weg, er bleibt auf seinem Platze, er lässt sich was vorspielen, stundenlang wie im Theater. Mit Frau und Kindern. Oder, wenn er unverheiratet ist, mit jenem weiblichen Wesen, das er Matschackerl nennt. Woher das Wort kommt, weiss er selber nicht. Er kennt nur dessen festen, greifbaren Sinn. Verkörpert in reichem Fleisch und hingebender Seele. So was, was er walzen und rumdrehen kann. Was nicht weggehen darf, was treuer sein muss als eine angetraute Gattin, was bleibt viele Jahre, und was er schliesslich aus Bequemlichkeit auch noch heiratet, wenns einmal das kritische Alter erreicht hat. Darum muss es auf der Redoute immer ein böses Gesicht machen, ja, es muss sogar Ohrfeigen austeilen, es darf sich nur von ihm Champagner zahlen lassen, es darf nur mit ihm tanzen, mit dem Liebhaber. Denn so ein Karneval ist eine ernste Sache, ob auf der Strasse, ob im Deutschen Theater, im Kolosseum oder gar auf dem Bauernball.

Dies letztgenannte Vergnügen mochte eigentlich in früheren Zeiten jener Mensch nicht, der sich im Vollbesitz eines waschechten Matschackerls einen Urmünchner nennen durfte. Jetzt aber kann er sich ihm so wenig entziehen wie die medizinischen Wissenschaften dem Gebrauche der Roentgenstrahlen oder die katholische Kirche dem Sakramente der Ehe. Denn der Bauer beherrscht nicht nur die Strasse; auch in Familien, bei Vereinsfesten regiert er. Das kam ganz leise, wie von selber. Die jungen Akademiker hatten einmal vor Jahren eine Kirchweih veranstaltet, und weil die gefiel, eine Nachkirchweih. Andere Künstler griffen es auf, Gesangsvereine kamen, Kostümfreunde, und heute steht dieses Fest im Mittelpunkt des ganzen Karnevals. Der Bal paré mag sich in acht nehmen: eines Tages wird München ein einziger, grosser Bauernball sein. Kein Wunder, es ist bequeme Tracht, leicht zu beschaffen, sie erlaubt jeden Unfug, man kann juchzen, jodeln, braucht sich niemals auf ausgeschnitten zu waschen und kann Männlein und Weiblein in froher Gemütlichkeit mit benagelten Stiefeln fest auf die Hühneraugen treten. Auch ist die Scheidewand zwischen den Tanzenden nicht zu dick bemessen. Manchmal nur eine durchsichtige Bluse, viel öfter noch nur ein Hemd. Und das steht meistens offen. Da gibts denn eine Kirchweih nach der andern. Wollte man sie einzeln nennen, müsste man die Namen aller oberbayrischen Nester auswendig wissen und die der niederbayrischen noch dazu. Ob aber Miesbach, ob Werdenfels, überall ists dieselbe Atmosphäre von Bier und gesottenem Fleisch. Von Tabaksqualm und Tiroler Spezial. Überall dieselbe Dekoration von Tannenbäumen und grünspanfarbenen Papierguirlanden. Gehts hoch her, dann plätschert im Hintergrund ein veritabler Wasserfall vor massiven Almenhütten und einem gekitschten Prospekt, der Felsen und Gletscher darstellt. Nichts mehr gemahnt an die Tage der Künstlerkneipe, nichts mehr an jene Kostümfeste, wie sie einst im Hoftheater abgehalten wurden, und die Gottfried Keller zur Schilderung begeisterten.

Freilich, jene Feste waren der Ausdruck der damaligen Zeit und der damaligen Malerei. Alle drei bis vier Jahre wiederkehrend, spiegelten sie sich erst in der pathetischen Art der Kaulbach und Piloty, später in der prunkvollen Umrahmung, die Gedon mit der künstlichen Wiederbelebung der Renaissance geschaffen, und die Lenbach in seinem Atelier und seinen Ausstellungsräumen so gerne verwandt hat. Aus jener Zeit stammen die Feste, wo die Bilder neun Meter lang und sechs Meter hoch waren, wo der Aktschluss eines grossen Schaustückes auf dem Theater, der entscheidende Augenblick einer Völkerschlacht oder gleich eine ganze Epoche auf einer Leinwand festgehalten wurde. Wo Schwanthaler die Bavaria modellierte, wo die Künstler noch Kragen und Samtjacket trugen, wos noch keine Sezession gab, keine Luitpoldgruppe und keine Gruppe der Kollegen, wo das Maximilianeum entstand, das die ganze Weltgeschichte in Riesengemälden aufnahm: da musste auch so gefeiert werden. Gestalten und Gruppen lösten sich los aus den reichen Goldrahmen und zogen belebt durch die Strassen. In strahlender Rüstung und purpurfarbener Gewandung, mit Kanonen und Hellebarden. Schlug das junge Laub aus den Buchen, dann gings hinaus ins Isartal zur Burg Schwaneck, die gestürmt wurde, lag der Schnee auf den Dächern, in das Hoftheater oder in das Odeon. Wo aber immer es war, überall herrschte ein Treiben, eine Laune, die man in München nicht mehr lebendig macht.

Das Kaufmannskasino, diese Vereinigung reicher Fabrikanten und selbstgewisser Couponabschneider, versucht zwar jeden Fasching so etwas in Szene zu setzen, was Leuten mit schlechtem Gedächtnis jene Stunden zurückrufen soll. Es zahlt einen Maler, der, je nach der Art des Festes, die Teilnehmer spanisch, italienisch oder altdeutsch kostümiert, es zahlt einen Dichter, der in schwungvollen Versen die Bedeutung des Tages erklärt und am Schluss den Landesvater anhocht. Die Herren Kommerzienräte, und die es gerne werden möchten, stolzieren da sehr schön mit Zwicker, Barett und Degen hocherhobenen Hauptes durch den Saal, sie strecken und recken sich wie ihre aufgedonnerten Damen, aber wenn sie es noch so fein machen, es bringt doch nicht jenen Eindruck hervor, den der Grüne Heinrich empfing, als er vor fünfzig Jahren schrieb: Jeder war für sich eine inhaltvolle Erscheinung und Person, und indem er selber etwas Rechtem gleichsah, schaute er freudig auf den Nächsten, welcher in der schönen Tracht nun ebenfalls so vorteilhaft und kräftig erschien, wie man gar nicht hinter ihm gesucht hätte, trotzdem der Kern der Festgebenden nicht aus leeren Figuranten und Lebemenschen, sondern aus schwungvollen, vom Genius gehobenen Jünglingen und längst in gediegener Arbeit ausgereiften Männern bestand, welche einen rechtsgültigen Anspruch besassen, die bewährten Vorfahren darzustellen.

DIE VERGANGENHEIT

Wohlverdientes
Todesurteil des Josephus R.
vulgo Patriot
welcher
auf höchste Anbefehlung
eines Churfürstlich hochwohllöbl. Hofraths
allhier in München
wegen teils einbekannt, teils überwiesenen, höchst vermessenen
und tollkühnen Verbrechens der aufrührerischen Schrift: Wahrer
Ueberblick der Geschichte der bayerischen Nation und insonder-
heit der der Stadt München sohin puncto criminis perduellionis
nach dem klaren Inhalt des wohlbestellten Criminalcodex Plc. 8
§ 1 und anderen Argravantien (beschwerenden Umständen) heut
Samstag den 11. Oktober 1800 in einer Kuhhaut eingenäht, zur
Richtstätte geschleppt, auf dem Wege öfter mit glühenden Zangen
gezwickt und allda lebendig mit 4 Pferden zerrissen und so vom
Leben zum Tode hingerichtet worden. Die 4 Viertel werden nebenbei zum abschreckenden Beispiel auf den Landstrassen der Landes-
grenze auf Viertelgalgen, der Kopf aber hier auf einem besonderen
Hauptviertelgalgen mit der Ueberschrift aufgehangen: Strafe in
diesem Lande für Vaterlandsliebe und Aufklärung. Endlich wurde
all sein Hab und Gut dem Fiscus anheimgeschlagen.

Vorstehendes Todesurteil fand ich heute unter alten Papieren.
Ich las es, las es wieder. Dann stiegen mir so langsam schwere Be-
denken auf. Bis hieher hatte ich geschrieben, so auf gut Glück, wie
mirs just in die Feder kam. Mit dem Fasching hatte ich begonnen,
weils gerade im Fasching war, von Herrn und Frau Schelhaas hatte
ich berichtet, weil sie gerade verhandelt wurden. Nun ist der Fasching vorüber, das Ehepaar verurteilt, und ich muss fortfahren
in meiner Epistel. Denn das ist mal so Sitte, hat man das erste

Kapitel geschrieben, muss man das zweite vornehmen, das dritte usw. bis man findet, dass man nichts mehr zu sagen hat. So wollte ich denn in Gottes Namen erzählen – ja, was wollte ich denn eigentlich erzählen? Von der Litteratur? Ihre Vertreter hausen hier in bester Eintracht zusammen, zärtlich wie Turteltauben und wären schon deshalb einer Schilderung wert. Von den Theatern? Sie gehen friedlich weiter, einen angenehmen Trott, und stören in keiner Weise durch selbständige Ideen. Also etwa von bildenden Künstlern? Sie veranstalten Ausstellungen, zerfallen immer mehr in einzelne Gruppen und haben sich beinahe schon so lieb wie die Schriftsteller. Bliebe ausserdem noch der Bayrische Landtag, der jetzt schon sieben Monate in der Prannerstrasse tagt, es bliebe noch Herr von Possart, der, seitdem er die königlichen Bühnen nicht mehr leitet, Goethe, Schiller und Heine in angenehmer Abwechslung rezitiert oder das grosse Deutsche Bundesschiessen, das diesen Sommer wieder Alldeutschland zu löblichem Tun nach München führt. Stoff genug wäre vorhanden, und ich glaube, ich könnte ihn bewältigen. Hab' ich doch schon öfters über München geschrieben und mich in Art und Sitten seiner Bewohner liebevoll vertieft. Dass ich mich damit besonders in Gunst gesetzt hätte, könnte ich allerdings nicht behaupten. Die Münchner wollten nie recht verstehen, wie ichs darstellte; sie wünschen retouchierte Photographien und verlangen, dass aus dem vorgehaltenen Spiegel ein anderes Gesicht herausschaut als das, was hineingrinst. Jedenfalls sind sie in diesem Punkt äusserst empfindlich, und dass sie das immer schon waren, beweist mir das Schicksal des Josephus R., das mir nicht mehr aus dem Kopfe will. Mit glühenden Zangen gezwickt, von vier Pferden zerrissen und dann gar noch mit allen möglichen und unmöglichen Körperteilen zur Warnung öffentlich aufgespiesst – ich danke für so was. Es ist ja wahr, unsere eminent aufgeklärte Zeit hat die Schrecken der damaligen Hinrichtungsmethoden wesentlich gemildert. Heute köpft man nur, ganz einfach, ganz schmucklos, draussen in Stadelheim, der entzückend gelegenen Strafvollstreckungsanstalt am Perlacher Forste. Zwölf Zeugen, sechs Journalisten, zwei Kapuziner, ein von Humanität triefender Staatsanwalt und in Smoking und schwarzen Glacéhandschuhen der Herr Scharfrichter mit zwei Assistenten. Alles geräuschlos, so ganz en petit comité. Vorüber die herrlichen Tage, wo München zu Füssen des Galgenberges jedesmal einen Wurstlprater errichtete, der dem der Oktoberfestwiese noch in den vierziger Jahren erfolgreiche Konkurrenz bot. Kein Armersünderkarren mehr, kein öffentliches Schafott, alles Bildung, alles Diskretion, alles Kultur. Trotzdem lockt michs nicht. Auch die Aussicht, in der Anatomie von der Zehe bis zum Scheitel als Präparat für wissbegierige Studenten zu dienen, kann mich nicht reizen. Deshalb will ich mir die Sache noch einmal gründlich überlegen, Schritt für Schritt, auf Personen und Umstände, ehe ich richtig hereintappe.

Und da drängt sich mir zunächst eine Frage auf: Was setzen die Münchner von einem voraus, der über ihre Stadt schreibt? Dass er gut schreibt, dass er lobt. Also etwa: München, die unvergleichliche Stadt, gelegen am Fusse der Alpen, mit seiner intelligenten Bevölkerung, seiner berühmten Strassenreinigung, seiner immerwährenden Kanalisation, München, die Stadt des trefflichen Wassers, München, die Stadt der Kunst etc. etc. – so muss es klingen. Und besonders die Kunst kann gar nicht genug betont werden. Sie ist den Münchnern eine Notwendigkeit geworden, wie das Vaterunser mit dem Ave Maria. Der Herr Bürgermeister sagt in jeder Festrede, wenn er die goldene Kette trägt: München ist eine Kunststadt, das Hauptblatt Münchens druckt täglich zweimal, früh und abends, für jeden ders lesen will: München ist eine Kunststadt, und schliesslich wiederholt der Eingeborene mit der selbstgewissen Freude, die er an jedem Besitze empfindet, seis ein Stück Geld oder ein schönes Mädel: München ist eine Kunststadt. Warum auch nicht? Es braucht sich ja keiner etwas zu denken dabei. Ausserdem ist es wahr. Es leben doch eine Masse Maler in München, überall sieht man Geschäfte, die Pinsel und Farben verkaufen, Modelle gibts, dass man sich gar nicht mehr retten kann und die Hauptsache: die zwei Pinakotheken, die Glyptothek, das Maximilianeum, das Ding da – na wie heisst es denn gleich? – na, das Haus in der Briennerstrasse, wo auch so viele Bilder hängen? Richtig! Die Schackgalerie. Obendrein jedes Jahr eine Ausstellung im Glaspalast, die Sezession, alle fünf Jahre eine Internationale, und da soll einer behaupten, München sei keine Kunststadt, da soll einer – Was?

Die Prozessakten des Josephus R. starren mich wieder an, so mahnend, so forschend wie zuerst. Hat der Verbrecher etwa an der Kunststadt gezweifelt? Das war nicht gut möglich. Zu seiner Zeit gabs in ganz München, einige Ahnenbilder in der alten Kurfürstenresidenz ausgenommen, nichts, was an Kunst gemahnte. Ein Pfuhl, ein Morast war die Stadt, worin die Jauche fröhliche Furchen zog, wie am Hof eines Dachauer Moorbauern. Der Dreissigjährige Krieg hatte hier nichts zerstören können an Kultur, wie in der stolzen fränkischen Reichsstadt, dem freien Nürnberg, wo die Meister der Renaissance ihre Wunder wirkten. Ein Winkelwerk von Befestigungen, von elenden Häuschen und Gässchen, so war die Stadt emporgewachsen, von dem Tage an, da Heinrich der Löwe unten an der Isar eine Salzstätte errichtete. Nur die Alte Residenz, von der Gustav Adolf gesagt hatte, er möchte sie am liebsten auf Rädern nach Stockholm schaffen, konnte das Auge erfreuen und später da und dort noch ein Bau in Rokoko oder Barock, herübergebracht aus dem Lande, von dem bayrische Kurfürsten im 18. Jahrhundert, wie ihre liebwerten Vettern im übrigen Deutschland, alles bezogen, was an Kultur gemahnte, von Frankreich. Sonst weit und breit eine schreckliche Öde, und wie der Sumpf in der ganzen Stadt, so dünstete er aus in den oberen Gesellschaftskreisen. Ein korrumpiertes Beamtentum, ein versimpelter Adel, ein diese beiden ausschlachtender Klerus. An der Spitze der kaum ins Land gezogene Kurfürst Max Joseph I., jener grobe, pfiffige Pfälzer mit dem feisten Gesichte, den goldenen Ohrringen, den die Münchner, weil er gern mit ihnen verkehrte, kurzweg den Maxl nannten.

Mitten im Studium der Akten halte ich ein. Was ich da aus verschnörkeltem Schrifttum übertrug, wollte ich nämlich selber sagen, Wort für Wort. Auch mir wars kein Geheimnis, dass der braunschweiger Herzog, der finstere Heinrich, weil er da unten bei Föhring einmal seinen Löwen spazieren führte, der Gründer Münchens genannt wird. Dass ferner die bayrischen Kurfürsten mit gottergebener Demut Klöster zur Ablegung von Ordensgelübden und Lustschlösser zur Ablegung von Maitressen in Menge errichteten, kann man heute noch sehen, und von den Zuständen Münchens vor hundert Jahren hat mir auch der Ritter Heinrich von Lang in seinen Memoiren ausführlich berichtet. Ein gar trefflicher Kenner bayrischer Verhältnisse, ein noch besserer Erzähler heilloser, zum Teil schier unglaublicher Anekdoten. Ihn zerriss man gerade nicht in Stücke, aber man tat ihm, was man in Bayerns Hauptstadt jedem tut, der kritisiert und eine halbe Stunde nördlich der Donau geboren ist: man nannte ihn öffentlich einen Preussen, heimlich einen Saupreussen. Dabei trug der gute Mann den Titel eines bayrischen Reichs- und Domänenrats, war von Ansbach nach München gekommen, verlebte also ausser der Zeit, wo der korsische Eroberer die fränkischen Fürstentümer Bayern einverleibte und Max Joseph zum König machte, auch jene Tage mit, wo in München der böse, französische Geist wieder zu weichen begann und einem brausenden Patriotismus in Schnauzbärten und himmelblauen Röcklein Platz machte. »Präsidenten, Kanzler und Räte fingen an zu exerzieren; die Herren Grafen und Barone suchten in den Kaffeehäusern und an den Wirtstafeln die alten, französischen Freunde auf, um vor ihnen ihre Verwünschungen und Flüche auszuschicken, und so ist sie nun mit Gottes Hilfe um den Preis unseres vielen Blutes wieder da, die alte schöne Zeit der Patrimonialgerichte, der Landessperren, der Siegelmässigkeit und Steuerprivilegien, der neuen Fideikommisse, der wiederbefestigten Leibeigenen Gütergebundenheit, der geheiligten Gemeindeordnungen, der Wallfahrten, des Kapuzinerbettels.«

Für solch freimütige Meinungsäusserung als Preusse tituliert zu werden ist um so härter, als der Altbayer auf Erden keine grössere Strafe kennt. Drum muss ich nach den bösen Martyrien, die meine Vorgänger zu erdulden hatten, eine zweite Frage aufwerfen, fast noch wichtiger wie die zuerst gestellte: Wer soll über München schreiben? Natürlich ein Eingeborener. Die Fremden gucken uns sowieso schon genug in die Töpfe, jeden Sommer überschwemmen sie das Gebirge, tragen kurze Wichs und Nagelschuhe, dass man sie von den Einheimischen schon bald nicht mehr unterscheiden kann. Sie berauschen sich auf unseren Kellern – denn dass ihrs nur wisst, die Ausländer trinken so viel Bier, niemals die Münchner – sie machen sich auch schon so breit in der Stadt, ja, sie bauen Häuser und Villen. Das Geld, das sie hereinbringen, mag ja recht sein, Geld nimmt man immer. Non olet, hat schon ein alter Römer gesagt. Aber dreinreden sollen sie uns nicht; wir wollen unter uns bleiben, wir wollen unsere Sachen allein ausfressen. Fehlt was am Ort, können wir Münchner selbst Musterung halten und brauchen keine »Reingeschmeckten«. Das haben wir schon öfters bewiesen. Ha, ha, eine nette Gaudi, anno 48, als uns die Lola Montez auf den Köpfen herumsprang! Doch wir habens ihr besorgt, ihr und dem König. Nachgeben musste er. Half ihm alles nichts. War überhaupt ein eigener Herr mit seinen kostspieligen Bauten. Und sein Sohn, der König Max, na ja, ein guter Mann, und dass er alle Mittel- und Kleinstaaten Deutschlands unter den bayrischen Hut bringen wollte, sei ihm heute noch unvergessen. Aber seine besonderen Ideen hatte auch er. Was brauchte er die Leute da zu holen, die Geibel, die Heyse, die Bodenstedt, Dönniges und wie sie alle heissen, die aufgeklärten Nordlichtln? Waren die etwa gescheiter als wir? Mein Gott, da müsste es erst auf die Probe ankommen. Übrigens haben wirs den Herren ebenfalls gesteckt. Ja wohl. Wisst ihr noch, wie wir dem Dingelstedt München verleideten? Besinnt ihr euch noch auf den Franz Bacherl, den armen bayrischen Dorfschullehrer, dem die superklugen Herren seinen »Fechter von Ravenna« stehlen wollten? Eine feine Mett'n im Hoftheater! Wie nur die Münchner sie inszenieren können. Und endlich anno 70. Da hat man in der Stadt der Intelligenz gemeint, man könnte uns so ohne weiteres vorschreiben, was wir im Süden zu tun haben. Aber sogar der Bismarck – der Münchner spricht dies Wort stets mit drei i aus – hat schliesslich dran glauben müssen, dass wir uns nichts gefallen lassen, von den jetzigen Machthabern schon gar nicht zu reden.

Ein sympathischer Grundzug, der mir fast wieder Mut gibt, in der nun einmal begonnenen Arbeit fortzufahren. Denn, wenn der Groll sich nur gegen Ausländer richtet, darf ich auf mildernde Umstände hoffen. Ich bin nämlich in München geboren, im Herzen der Stadt, zu Füssen der Peterskirche, am Rindermarkt. Früher habe ich immer behauptet, am Marienplatz, weil ich das feiner fand; will ich aber die Litterarhistoriker dorthin weisen, wohin sie gehören, muss ich schon am Rindermarkt festhalten. Und weil ich im Stil des Josephus R. als hochnotpeinlich Beklagter eben dabei bin, meine Personalien anzugeben, muss ich ihren Schmerz noch vergrössern. Ich war nämlich ein fauler Kerl, ging viel lieber ins Freie als in die Schule, noch lieber ins Theater. Mein Vater trieb ein Geschäft, das eigentlich nicht ahnen liess, wie tief der Sohn sinken sollte. Er war Kaufmann, gleichfalls am Rindermarkt, und wollte aus mir einen brauchbaren Menschen machen. Da mir aber die Herren Professoren auf dem Gymnasium einen Vierer nach dem andern im Deutschen verabreichten, war ich berechtigt, schon damals ein ausgesprochenes Talent zur Schriftstellerei in mir zu vermuten. Die Stadt selbst bot mir reiche Anregung dazu. Es war nicht mehr das München der Lang und Josephus R., sondern jenes, das der Teutscheste der Teutschen, Ludwig der Erste, mit griechischen Pälasten und italienischen Renaissancebauten frisch aus der Taufe gehoben hatte. Das stolze Gelübde des bei aller Bizarrerie genial veranlagten Fürsten, aus München eine Stadt zu machen, dass, wer sie nicht gesehen hatte, nimmer sich rühmen sollte, die Welt gesehen zu haben, war erfüllt. Fand er dazu keine Männer, die einen eigenen, neuen Stil schaffen konnten, so nahm er von den Ländern, denen seine Begeisterung galt, das Beste zum Muster.

Zunächst war freilich alles noch unvermittelt, mit dem Alten gar nicht zusammengestimmt. Korinthische Säulen wuchsen aus Wiesen und Kiesfeldern empor, die Pracht des Palazzo Pitti schaute hochmütig auf verschrobene Familhäuser herab, und im Charakter eines römischen Triumphbogens verdeckte das massige Siegestor als Abschluss der breiten Ludwigstrasse wie ein Schamtuch Schwabings Wüstenei. Die alte Stadt lag noch im Argen. Pettenkofer hatte noch nicht eingegriffen, das Wasser war noch typhös, das Schlachthaus noch nicht gebaut, als Kanäle dienten die Strassen. Unreguliert zog die Isar zwischen Weidengebüschen, ein unbändiges Frauenzimmer, und drunten am Gasthaus zum Ketterl legten die Flösser an, die das Holz aus der Jachenau über Lenggries und Tölz in die Stadt trieben. Die Brücken, die den Fluss überspannten, waren nicht schön, aber sie fielen wenigstens nicht ein wie die von moderner Technik erbauten. Anspruchslos bildeten sie die Verbindung mit den Vorstädten, wo auf den alten Bierkellern jedes Geräusch, jede Musik verpönt war. Dort, unter den schweren Kastanienbäumen mochte sichs wirklich mal treffen, dass die heute noch so gern zitierte Legende vom Minister, der mit dem Arbeiter fröhlich an einem Tische zusammensitzt, gelegentlich Tatsache wurde. Gemütlich. Dies viel angewandte Wort passte damals auf München. Man konnte in tiefem Sinnen über die Strassen wandern, ohne von Radlern und Automobilen angefahren zu werden, man hörte noch nicht die scheusslichen Rumpelkästen der elektrischen Trambahn, die hier lauter als irgendwo poltern, und auf dem Bürgersteig konnte man mit den Einwohnern im gleichmässigen Tempo einer ausgeglichenen Seelenstimmung promenieren. Gemütlich. Hätte ich damals das Buch geschrieben, ich brauchte nicht das Schicksal des Josephus R. zu fürchten. Im Gegenteil, ich wäre einer der allgemein beliebten Erzähler geworden, die, sehr geehrt von jung und alt, von hoch und niedrig, überall dabei sind, wo was los ist, ihren sicheren Weg wandeln, jedes Jahr zwei oder drei Bücher schreiben, zum 60. Geburtstag einen langmächtigen Titel und zum 70. den persönlichen Adel erhalten.

Anders sollte es kommen. Mein Vater drängte etwas dazwischen, was die frühzeitige Entwicklung des Talents unbedingt hemmen musste. Auch ich sollte Kaufmann werden; Hochöfen sollte ich bauen, wie sie auf den Hüttenwerken Westfalens und Schlesiens, Frankreichs und Schottlands brennen. In dieser Branche, um einen fachmännischen Ausdruck zu gebrauchen, hatte ein Mann ein System gefunden oder richtiger gesagt das System, Dreck in Gold zu verwandeln. Es war kein Trug, keine Täuschung; die Lösung des oft erörterten Problems war es, so klar, so einfach, so bestrickend. Nichts weiter brauchte man, als oben beim Kamin den Dreck hineinzuwerfen, um unten die Zwanzigmarkstücke herauszuziehen. Eine epochale Erfindung, patentiert in jedem Kulturland, bestimmt, alle Grundgesetze der Nationalökonomie und Finanzwissenschaft mit einem Schlage ausser Geltung zu setzen. Nur dass sie bei mir in entgegengesetztem Sinne wirkte. War ich nicht Fachmann genug oder zu sehr zerstreut: ich warf oben die Zwanzigmarkstücke hinein und zog unten den Dreck heraus.

Zum zweitenmal war somit der Beweis erbracht, dass ich zum Schriftsteller ein ausgesprochenes Talent besass. So setzte ich mich denn hin und schrieb ein patriotisches Gedicht. Das war scheusslich. Nun kam ein lyrisches, ein langes, lyrisches Werk mit vielen Strophen und Kapiteln. Das war womöglich noch scheusslicher. Drum musste das Drama dran glauben. Mit fünf- oder noch mehrfüssigen Jamben. Das war das scheusslichste von allem. Ich merkte, dass der Schmerz über die verfehlte Ausbeutung eines Patents nicht in gebundener Sprache ausklingen konnte, und schrieb mit neunundzwanzig Jahren kurzentschlossen meine Erinnerungen. Im Lapidarstil eines oft sehr persönlichen Ausdrucks. Die dem Alchymisten in freundlicher Weise geholfen hatten, sein Gold in Dreck zu verwandeln, waren die schwärzesten Teufel, ich selber ein lichtumflossener Engel. Eine echte Kampfschrift, im Grundton gehalten in der schwungvollen Vortragsart der französischen Nationalisten, die sich stets für verraten erklären, wenn sie vorher eine Riesendummheit gemacht haben. Meine Vaterstadt blieb nicht zurück bei der Kapuzinerpredigt. Ich sah sie plötzlich im ganz anderen Lichte, sah die Schädel der Münchner dreimal so gross wie vorher, ihre Gehirne dreimal so klein, ihre Kneipen dreimal so schmierig, kurz ich lud mit einem Ruck ab, was ich an Galle nur übrig hatte. Alle Schandtaten der Münchner beschwor ich herauf. Denn wie sie mich nicht verstanden hatten, so hatten sie jeden missverstanden, der ihnen etwas Grosses, Eigenes bringen wollte. Mit Beispielen und schmeichelhaften Vergleichen war ich nicht sehr bescheiden. Ich brauchte nur zurückzugehen vom Tag des Bankerotts bis zu meiner Kindheit. Da hatte mein Vater oft einen Namen genannt, der mir auffiel. Wagner lautete er, und wenn er zur Sprache kam, folgten ihm Ausdrücke wie Hornochsen, Esel und Schafsköpfe. Anfangs begriff ich das nicht. Erst später erfuhr ich, dass mit dem Wagner ein Musikant gemeint war, mit den verschiedenen Viechern aber die Münchner. Die verleideten ihm einfach die Stadt, schmähten und verleumdeten ihn, ihn und den romantischen König, den jungen Ludwig, der dem Freunde auf stolzer Höhe das schönste Theater der Erde durch Gottfried Semper erbauen wollte. Warum? Das wissen die Münchner heute selbst nicht. Damals wurden jedenfalls alle Schandmäuler aufgerissen, Gevatter Schneider und Handschuhmacher rasten im Gemeindekollegium, und die Clique der Beckmesser, der Geläuterten und Massvollen rieb sich heimlich die Hände, als die gesamte Knüppelgarde der katholischen Gesellenvereine im Namen der zur

Abwechslung wieder einmal schwer bedrohten Religion gegen den norddeutschen Freimaurer losgelassen wurde. Aber ein Trost blieb für jeden, der den Schimpf nicht verwinden konnte. Ein bitterer Trost, aber doch eine Genugtuung: einmal wenigstens hat auf der Welt blödes Banausentum die gehörigen Prügel erhalten, einmal folgte der rohen Tat die Strafe auf dem Fusse. Wagner ging nach Bayreuth. Das war dem Philister anfangs sehr gleichgültig. Als aber nach mageren Jahren auch fette kamen, und die Goldfüchse plötzlich in das lutherische Nest zogen, statt ins gutkatholische München, da fühlte er sich an jener Stelle getroffen, an der er allein verwundbar ist, am Geldbeutel. Und da merkte er endlich, was er getan hatte.

Das alles schrieb ich den Münchnern ins Stammbuch, wie ichs heute noch einmal tue zur bleibenden Erinnerung. Und je weiter ich kam, desto lebendiger ward es um mich von Sagen und Geschichten aus der damaligen Zeit. Der unglückliche König stand wieder vor mir in all seiner Schönheit und Glorie. Ich sah ihn auf seinen geheimnisvollen Schlössern, sah ihn des Nachts bei Mondlicht und Fackelschein durch das Gebirge jagen und sah sein düsteres Ende im Starnbergersee. Hundinghütte, Wälsungenschwert, Lohengrin mit dem Schwan, alle seine Lieblingsphantasien vermengten sich mit den meinen, und so verlebte ich in Gedanken noch einmal jene grosse, faszinierende Zeit, Ende der siebziger Jahre, wo der Ring des Nibelungen in München seinen Einzug hielt, und wo eine Aufführung des Siegfried noch ein Ereignis war, von dem man drei Wochen vorher und drei Wochen nachher sprach. Damals warteten wir jungen Burschen oft sechs Stunden am Theatereingang, um uns im ärgsten Gedränge auf die Galerie quetschen zu lassen. Dort sassen wir mit aufgeschlagenen Partituren und fiebernden Pulsen, den Kopf in die Hände vergraben, Augen und Ohren weit aufgerissen, vor dem unerhörten Erlebnis. War dann der grosse Zwiegesang zu Ende, oder sprengte Therese Vogl mit ihrem Rappen am Schluss der Götterdämmerung in den lodernden Scheiterhaufen, dann löste sich langsam die Spannung in einen ungemessenen Jubel, und wir donnerten sie mit ihrem Gatten und Hermann Levi so dreissigmal an die Rampe.

Heute, wo die Eintrittspreise ums dreifache teurer sind und die

Aufführungen ums dreifache schlechter, behaupten kundige Thebaner mit hochgezogenen Augenbrauen und aufgeblähten Backen,
die Tempi von damals seien nicht richtig gewesen, mit der Beleuchtung habe es an so mancher Stelle gehapert und die brodelnden
Dämpfe um den Walkürenfelsen seien nicht immer aus dem richtigen Loche gekommen. Da hätten Bayreuth und die Zeit aufklärend gewirkt, so dass jetzt erst die Morgenröte der Wagnerschen
Kunst anbreche. Sie locken damit keinen Hund hinter dem Ofen
hervor, sie bringen nie wieder jene Zeit zurück, die den Höhepunkt
der flammenden Begeisterung für Wagner darstellt, und vor allem,
sie können der neuen Zeit keine Gesetze vorschreiben. Der Zau-
ber der Romantik ist zerstoben, die Jugend von heute glaubt nicht
mehr so feurig an den Gott, wie wir alle geglaubt haben. Wer im
Stabreim gedichtet und alte Germanen auf die Bretter geschleppt
hatte, musste einsehen, dass Wagner eine Schule nicht hinterliess,
nicht hinterlassen konnte. Auf sich selber besinnen. Das hiess es
bei uns. Auf sich selber besinnen. Das hiess es bei den Münchnern.
Sie hätten mich im Gegensatz zu Josephus R. mit siedendem Blei
begossen oder ad maiorem Dei gloriam in die Salve Regina-Glocke
der Frauenkirche geknüpft, Füsse nach oben, Hände nach unten,
um hohe Festtage einzuläuten, wäre meine böse Epistel mit allen Zutaten gedruckt worden. Damit hätten sie an mir eine Strafe
vollzogen, die mein elender Stil allein schon verdiente, nie und
nimmer aber hätten sie jene Gelegenheit zurückgerufen, die durch
die Vertreibung Wagners und derer, die mit ihm arbeiteten, für
alle Zeiten schimpflich verpasst war.

Der Bürger

Der Herr Maier oder Meier, der Herr Huber oder Hueber, der Herr Müller oder Miller – wie er nun heisst, hat vor acht Tagen sein Geschäft verkauft, hat hunderttausend Mark in vierprozentigen Staatspapieren auf der Hypothekenbank liegen, hat einen Anteilschein mit sechs anderen Münchnern auf eine Jagd im Brucker Moos oder bei Dachau, hat gestern sein fünfundvierzigstes Wiegenfest begangen und geht heute zum Salvator. In aufrechter Haltung, mit dem frohen Bewusstsein, dass er erlöst ist. Es war höchste Zeit. Die Herumtreterei hinter dem Ladentisch hat ihm so wie so schon lange nicht mehr gepasst; alle Augenblicke kamen Reisende, die Offerten machten und noch öfter Kunden, die was kaufen wollten. Die Ladnerin war zwar hübsch grob, sie hat den Leuten gehörig die Meinung gesagt, wenn sie bessere Auswahl verlangten und besonders gespreizt taten. Auch er, der Herr Chef, hatte in dieser Richtung gar nichts versäumt. Er fuhr die Käufer oft an, dass man hoffen durfte, sie würden endlich wo anders hingehen. Aber, merktens die Dummköpfe nicht oder war er doch noch zu höflich: sie kamen jedesmal wieder, auch wenn er ihnen den grössten Schund vorsetzte, und da riss ihm eines Tages die Geduld. »Mari« oder »Babett«, sagte er zu seiner Frau, »woasst was, i mag nimmer, i verkaaf.« Und die Mari oder Babett, der die zwidere Bedienerei von der hochnasigen Bagaschi auch schon lange zuwider war, stimmte bei. Meinte ausserdem, dass es heutzutage bei den ungesunden Verhältnissen nur noch die Juden mit ihren Warenhäusern zu etwas bringen könnten. Der Herr Gemahl war zwar nicht Antisemit von der Sorte der Christlich-Sozialen Wiens, weil ihm diese Brüll- und Skandalmanier in der Seele missfiel, immerhin fand er in den Worten seiner Ehehälfte eine willkommene Förderung seiner Absichten. So kontrahierte er denn, kaufte sich ein grosses Zinshaus mit fünf Stockwerken, und heute, wo er zum erstenmale ein freier

Mann ist, zieht er seinen besten Rock an, nimmt seinen Stock und geht, wie gesagt, zum Salvator. Ohne die Gattin, die inzwischen ihr Mittagessen kocht, wenn sie nicht vorzieht, ihr tiefes Bedürfnis nach Ruhe in Gesellschaft eines Herrn der besseren Stände zu befriedigen. Was sie aber auch tut, es ist ihm vollkommen gleichgültig, dem Herrn Maier, oder Meier, dem Herrn Huber oder Hueber, dem Herrn Müller oder Miller – wie er nun heisst. Er zündet sich eine Zigarre an und überlegt im stillen nur noch das eine, soll er direkt auf den Nockherberg wandern oder vorher wo anders hin. Da die Uhr erst auf elf weist, vor zwei Uhr aber nicht angestochen wird, entschliesst er sich zu letzterem und geht in den Kunstverein.

Das ist, wie schon der Name ganz richtig vermuten lässt, ein Verein, der sichs zur Aufgabe gemacht hat, der Kunst unter die Arme zu greifen. Er besteht seit hundert Jahren, zählt sechstausend Mitglieder, darunter gekrönte Häupter Europas, und hat über den sogenannten Arkaden, die sich als weites Rechteck von der Residenz bis zum neuen Armeemuseum hinüberziehen, vornehme Räume am östlichen Ende erbaut. Darin versammeln sich jeden Sonntag unter prächtigem Oberlicht Herren und Damen in grosser Zahl. Ein Kommen und Gehen, ein Drücken und Drängen, ein Treppauf und Treppab, und dazwischen eine der nur zu bekannten Typen und Gruppen, die dem weltbekannten Verein seinen hohen Ruf auf immer gesichert haben. Da ein Leutnant, der sich mit Braut zum erstenmal in der Öffentlichkeit zeigt, dort ein anderer, der mit einer schönen Frau ein Rendez-vous verabredet, da eine Mutter, die einem Rechtspraktikanten eine ihrer drei Töchter zukomplimentiert, und dort zwei ältere Damen, die kräftig auf sie schimpfen. Ist es Frühling, werden die neuen Hüte kritisiert, ging ein Ordensregen hernieder, werden die damit Begnadeten in aufrichtiger Herzlichkeit beglückwünscht, und gabs einen öffentlichen Skandal, wird er hier noch vergrössert. Nebenbei hängen allerdings auch ein paar Bilder an den Wänden herum, die aber weiter nicht stören. Ferner gibt der Verein zu Neujahr einen Kupferstich oder eine Radierung heraus, die er jedem, der den Beitrag pünktlich bezahlt hat, ins Haus sendet und auf die er mit grossen Lettern die einfache Widmung druckt: der Kunstverein seinen Mitgliedern für das Jahr so und so oder so und so.

Dies Geschenk bekommt er natürlich ebenso regelmässig wie die Andern, der Herr Maier oder Meier, der Herr Huber oder Hueber, der Herr Müller oder Miller, – wie er nun heisst. Seine ganze Wohnung hängt voll davon. Ausserdem steht noch eine Menge auf dem Speicher herum, gesammelt von seinem Vater, Grossvater und Urgrossvater. Alles längst verstorbene Herren, alles Münchner, alles Mitglieder des Vereins, denn sie sagten sich wie der Nachkomme ganz richtig, dass man für die Kunst etwas tun müsse. Originale erwarben sie freilich keine, sondern warfen jeden, der ihnen mit solchem Ansinnen kam, einfach zur Türe hinaus. Aber kauften etwa Andere so ein Zeug? Der Bierbrauer X? Der Grossmetzger Y? Der Kaffeesieder Z? Leute, die zehn-, ja zwanzigmal so viel Geld hatten? Leute, die fürstliche Wohnungen, Equipagen und Dienerschaft hielten? Fiel ihnen gar nicht ein, und jenen Millionären erst recht nicht, die im filzigen Gegensatz alles zusammenscharrten, kaum einen Frühschoppen zu machen wagten und jahraus und jahrein mittags ihr Rindfleisch verzehrten. Den Malern und Bildhauern mochte der liebe Gott auf die Beine helfen. Das waren so Hungerleider, die nie was rechtes gelernt hatten, und die halt da waren, damit man in diesem ernsten Dasein ein bisschen was zur Zerstreuung hatte und am Sonntag etwas zum Schwatzen. Obendrein tat doch der Staat schon genug. Kaufte jedes Jahr für hunderttausend Mark Bilder, stopfte die Sammlungen voll, liess Denkmale und Brunnen errichten, also braucht sich der gute Bürger deswegen noch kein Glas Bier zu entziehen. Am wenigsten ein Glas von jenem Gebräu, das, wie die alljährlich zur Versendung gelangenden Prospekte der Paulanerbrauerei behaupten, schon im Jahre 1651 von frommen Brüdern an der Stelle gesotten wurde, wo jetzt die Aktiengesellschaft ihren Sitz hat. Von jenem Gebräu, das, aus besonderen Würzen hergestellt, im Grunde die gleiche Wirkung erzielt, wie der berühmte Bock, die Sinne betörend, in selige Träume versetzend. Aber auch aufmuckend und revoltierend. So fanden da draussen auf der Höhe des Nockherbergs Schlachten statt, die in die bayrische Geschichte mit goldenen Lettern gegraben sind. Die stärkste und grösste an jenem Tage, wo die schwer entrüsteten Stammgäste ein ganzes Kavallerieregiment mit einem abgedeckten Hause in die Flucht schlugen und eine Kompagnie

Gensdarme noch dazu. Freilich jetzt sitzt man zahmer, man singt bescheidene Lieder, weil die Behörden entsprechende Massregeln getroffen haben. Aber nach wie vor birgt alles eine gewisse Dosis von Explosivstoff gegen jene Elemente, die der Münchner als seine Erbfeinde betrachtet: den Schenkkellner, den Zylinder, den Schutzmann. Der erste füllt die Masskrüge nur halb, der zweite vertritt die verhasste Noblesse, der dritte sucht die Ordnung aufrecht zu halten. Das ist auf einmal zu viel, und so wandert heute auch jener Mann in einer merkwürdig bewegten Stimmung dahin, der als neugebackener Privatier eigentlich zuerst in den Kunstverein möchte, ehe er zum Salvator geht.

Vom nüchternen Viertel der Schelling-Theresien-Amalienstrasse, das die Stillosigkeit der siebziger Jahre erstehen liess, biegt er ein in die Ludwigstrasse, entlang der Universität, des Salinenamts und der Staatsbibliothek. Vorbei am Kriegs- und Finanzministerium bis zur Feldherrnhalle. Es ist ihm, als sähe er das alles zum erstenmal, wie im Traum. Dort der Tilly, dort der Wrede und in der Mitte der nackte Oberbayer, der, einen griechischen Helm auf dem Kopfe, das stramme Frauenzimmer umfängt. Da regt sich in dem stillen Beschauer wieder das Mitglied des Kunstvereins. Das nur Sonntags geniesst, wie es auch nur Sonntags zur Jagd geht, das mehr auf Genrehaftes sieht, auf Entstehung und Herkunft des Kunstwerks, als auf eigentlichen Wert, das die neuen Sachen immer den alten vorzieht. Und wie man nie in die Pinakothek geht, worin die verstaubten Schmöker hängen, so schaut man auch nicht auf die gediegene Art der Theatinerkirche oder der Alten Residenz, sondern man interessiert sich eben nur für das Kriegerdenkmal. Das hat der Herr von Miller gemacht, der in Bayern und München alles macht, jeden Auftrag, jede Konkurrenz, jede Sache, mit Ausnahme solcher, wo nichts dabei rausschaut. Der nun sechzigjährige Mann hat das Geschäft seines Vaters, des Giessers der Bavaria, übernommen, ist Mitglied der Reichsratskammer und zugleich Präsident jener festgeschlossenen, stillen Vereinigung, ohne die man heute innerhalb der weissblauen Grenzpfähle in künstlerischer Hinsicht nichts mehr erreichen kann. Wenigstens jetzt nicht mehr. Früher kam es wohl vor, dass der eine oder andere Auftrag durch fatalen Zufall in unberufene

Hände kam. Das hat man zu verhindern gewusst. Man gab der nach innen längst gefesteten Vereinigung auch nach aussen ein bestimmtes Gepräge und liess sich von einer allezeit hilfsbereiten Regierung die offizielle, staatliche Anerkennung erteilen. Durch Allerhöchstes Dekret, sowie durch den Titel einer königlich bayrischen Monumentalbaukommission. Die sieht bei der Aufnahme neuer Mitglieder weniger auf Talent als vor allem auf unbedingte Verlässlichkeit. Unter aktiven Mitgliedern versteht sie die eigentlichen Leiter und Macher, vor denen die Türen in allen Ministerien auffliegen, unter passiven jene Beamten, die eine freundwillige Regierung als zu allem nickende Beisitzer der Form halber abgeordnet hat. Ob aber ordentlich oder ausserordentlich, immer vertreten die Mitglieder jenen Typus, der in München zur höchsten Blüte gelangt ist und unter dem Namen der »Spezl« eine weite Berühmtheit erlangt hat.

Der soll nun seine Erklärung finden wie der Kunstverein und der Salvator. Spezl oder auch Spezi, der Spezielle, der Besondere, der Freund, der Genosse, ist, in welcher Gestalt er sich auch zeigen mag, ob mit geraden oder krummen Beinen, ob mit grossen oder kleinen Händen, immer die selbe Erscheinung. Er fährt mit höchsten Kreisen auf die Jagd und schaut dabei verächtlich auf die Leute, die es nicht tun: das ist der sogenannte Jagdspezl, er schleicht in den Bureaux der Referenten herum, die über Bilderankäufe zu entscheiden haben: das ist der sogenannte Kunstspezl, er sitzt, wenn was los ist, in den vordersten Reihen der Theater: das ist der sogenannte Premièrenspezl, er tritt bei Prozessen als Sachverständiger auf und schwört jeden Eid, der von ihm verlangt wird: das ist der sogenannte Prozessspezl. Es gibt noch viele Abstufungen, so zum Beispiel den Redaktions- oder Kritikspezl, deren Titel sich von selber erklären, oder auch den Aktienspezl. Wie er aber ist: immer wird der Spezl seine Aufgabe erfüllen, er wird Stimmung machen. Niemals für sich; das besorgt der Andere. Ist doch in dem anregenden Verkehr alles auf sichere Gegenseitigkeit gestellt. So schlägt der Jagdspezl den andern für den Orden vor oder für den Professortitel, der Kunstspezl schlägt zum Ankauf für die Pinakothek vor, der Premièrenspezl gibt ermunternde Zurufe dem Kritikspezl oder dem Redaktionsspezl, kurz und gut, es geht alles durch- und ineinander, es mündet alles an einer Stelle und trifft sich wieder, so entgegengesetzt die Ausgangspunkte sein mögen, im Punkte des gegenseitigen Zusammenhaltens. Geprüft wird niemals, was gut oder schlecht, was wahr oder unwahr, was echt oder unecht, es wird nur gelobt, es wird nur gefördert. »Brüaderl, kennst mi scho, leih mir an Sechsa.« Das ist die geheime Parole, die mit listigem Augenzwinkern verteilt wird, gegenseitiger Händedruck als Freimaurerzeichen, das ist die Begrüssung, und der bayrische Patriotismus das Banner, unter dem gesiegt wird.

Auch er möchte gern von der Kompagnie sein, der Herr Maier oder Meier, der Herr Huber oder Hueber, der Herr Müller oder Miller – wie er nun heisst. Er sehnt sich nach einem Spezl, er möchte wo herein, möchte was unternehmen, wo was rausschaut und nichts zu riskieren ist. Das Privatisieren ist ja ganz schön, verdient man aber Geld damit, ists noch viel besser. Jedenfalls gäbe er einen famosen Aufsichtsrat ab, und wenn ausserdem Patriotismus nötig wäre, wollte er auch diesen auftreiben. Er ist nämlich gut weiss-blau gesinnt, sieht streng darauf, dass die zwei Löwen auf den Briefmarken herumhupfen, nennt den König von Preussen nie Kaiser von Deutschland, jammert heute noch den Raupenhelmen nach, und wenn alle Bundesstaaten ihren Truppen tiefgrüne Mäntel anzögen, dann müssten die Bayern ein mattes Saphir tragen. Denn dies mächtige Volk hat eine grosse Vergangenheit; das weiss er. Jeden Sonntag sieht er sie unter den Arkaden, wenn er zum Kunstverein geht. Ein Freskogemälde hängt dort neben dem andern, und wo die Phantasie des Beschauers nichts zu ergänzen vermag, hilft ein erklärender Text in Vers oder Prosa freundwillig nach. Man braucht nur zu schauen, man braucht nur zu lesen. Dort z. B. ein Schiff, auf dem ein einzelner Mann steht, – nichts weiter. »A. Miaulis schlägt die türkische Flotte bei Kos.« Man kann eine Flotte nicht einfacher schlagen, man kann einen Sieg nicht einfacher darstellen. Wenigstens keinen aus der Zeit der griechischen Befreiungskriege, wo Ober- und Niederbayern sich in Athener verwandelten, um dem Volk der Hellenen in der Mundart der Isarwinkler das Zeitalter des Perikles zurück zu erobern. Vorn am Eingang die Bilder gleich neben der Feldherrnhalle sind reicher gruppiert. Wie Otto von Wittelsbach die bekannte Heldentat in der

Veroneser Klause vollbringt, wie Kaiser Ludwig zu Rom die Krone empfängt, wie Max Josef seinem Volk die Verfassung gewährt: das ist mehr in dem Stile gehalten, den die bayrische Geschichtsforschung der letzten Jahre besonders in Volks- und Mittelschulen bevorzugt, weil sie, eifersüchtig auf Preussens führende Stellung, vor allem zeigen will, »dass mir halt a no do san«. So prangen die Bilder vielsagend an der Stelle und dürften so bald nicht wieder verschwinden. Das Münchner Klima hat zwar, kunstverständiger als ihre Schöpfer, versucht, die Farben zu verwischen, aber das Kultusministerium, so wenig es sonst für Malereien ausgibt, lässt sie regelmässig wieder aufputzen, wie Rottmanns einst glühende Fresken, die unter bayrischem Himmel nicht leben und sterben können, sondern traurig herniederschauen auf die zahllosen Besucher des Kunstvereins und der Parade.

Er hat Mühe, sich durchzuwinden, dem Strom entgegen, der Herr Maier oder Meier, der Herr Huber oder Hueber, der Herr Müller oder Miller – wie er nun heisst. Wollte er schnell vorankommen, müsste er mit den Ellenbogen anrempeln, aber so geht er langsam, fast unentschlossen und lässt sich mehr treiben, als dass er sich selber bewegt. Denn im Geiste sieht er nicht mehr den Kunstverein, der dort winkt, ein anderes Bild tut sich auf vor ihm; ein stärkeres Menschengetriebe, droben auf der Höhe, über der Isar, an den Häuschen der Au, deren Dächer man berühren kann, wenn man die Hand ausstreckt. Zwischen winzigen Gärten, die mit verfaulten Zäunen umspannt sind, zwischen aufgehängter Wäsche, die im Märzwinde flattert, ziehen sie jetzt einher, die geputzten Menschen. Ihr bestes Sonntagsgewand haben sie angezogen, steife Kragen und bunte Krawatten hervorgeholt; einer trägt sogar einen Strohhut. Heitere Töne auf allen Gewändern, heitere Töne auf allen Gesichtern. Aber kein breites Grinsen, kein wieherndes Lachen; gedämpft ist alles. Still und behaglich tragen die Männer ihre teuer erworbenen Bäuche, die Frauenzimmer ihre strammen Brüste. Bei aller Freude ein gewisser Ernst, eine leichte Spannung auf allen Zügen. So etwas von der wohlwollenden Erwartung der Herren Examinatoren, die einen Kandidaten prüfen sollen. Einen, auf den sie Rücksicht zu nehmen haben, wie auf einen Prinzen oder einen Ministersohn. Wird er bestehen? Sie hoffen es, denn er hat noch immer bestanden, und war er wirklich einmal übel vorbereitet, sie liessen ihn doch durchs Examen gehen und tranken ihn, wie sie ihn bisher getrunken hatten, unter freiem Himmel, am Tag des heiligen Joseph, am 19. März. Alle Volkslieder werden da tönen, innig wird sich Schenkel an Schenkel reihen, und damit die Sinne in vollsten Taumel versetzt werden, müssen Käse, Würste und Heringe mit tausend Wohlgerüchen die Nase umschmeicheln.

Von Ferne aber blaut der Alpenkranz über das weite Feld hinter dem Keller mit dem höchsten Berge, der Zugspitze. Wenn die Münchner das sehen, kriegen sie Wasser in die Augen und grüssen mit dem Masskrug hinüber. Denn sie lieben diesen Berg, den Stolz ihrer Heimat, der zwei zerrissene Gletscher, drei grossartige Täler und fünf Wirtshäuser in seinen Rippen birgt. Etwas Stammverwandtes, Knorriges schaut da zu ihnen herunter, mit dem sie sich verwachsen fühlen, etwas Frohes, Gesundes, dem sie im Sommer und Winter oft zuströmen. Hell strahlt es auf in der Märzsonne, und wie jetzt der Wind herankommt, der frische Wind von den Bergen, da schmecken die Brezeln noch einmal so gut und der Salvator erst recht. Man sitzt kühl und doch warm unter den kahlen Bäumen, durch deren Äste die Luft zittert wie flüssiges Metall. Man politisiert, man scherzt, man jammert über die Fleischpreise und zwickt die Nachbarin dabei verständnisvoll in den Hintern. Da und dort aber sitzt ein Alter; der hebt den Finger bedeutungsvoll in die Luft wie einer der Weisen vom Morgenlande. Vor den andächtigen Zuhörern entsteht da ein fesselndes Bild aus der alten Zeit, die die Leute, die sie gelebt haben, mit Vorliebe die gute nennen. Was damals ein Fiaker, ein Theaterbillet und ein Rettig gekostet hat, zieht vor dem verzückten Auge vorüber, staunend vernimmt man von dem Biere aus jenen Tagen, das fähig war, die Hose auf die Bank festzukleben, und dann wieder künden Sirenenklänge von der Kraft, mit der früher auf dem Salvator gerauft wurde. Lange und längst verschwundene Zeiten.

Der frische Märzwind trägt einen Hauch davon zu dem Helden dieses Kapitels, über die Isar hinüber zu dem Herrn Maier oder Meier, dem Herrn Huber oder Hueber, dem Herrn Müller oder Miller – wie er nun heisst. Mächtig regt sich die Sehnsucht in ihm;

und so geht er denn die Arkaden hinab, ohne umzuschauen, ohne hinzuhorchen nach der Parade, die jetzt in der Ferne mit einem vollen Akkord einsetzt. Ein Bekannter ruft ihm zwar im dichtesten Gewühle zu, er solle sich ja den neuesten Grützner ansehen, »eine Heidenviecherei«, aber der so Beratene geht weiter, immer weiter, die kleine Anhöhe hinunter, vorbei am ehemaligen Palais Royal, die ganze Prinzregentenstrasse. Dabei zählt er die Schritte mit und addiert, was er kann. Denn, wenn er noch so zum Anstich drängt, vergisst er auch jetzt, wo er dem Ziele immer näher kommt und den Malzgeruch schon in der Nase zu spüren meint, keinen Augenblick, dass er Geschäftsmann war. Er denkt zurück, was er auf diesem Spaziergang gesehen hat und geht an keinem Staatsgebäude vorüber, ohne die Fläche zu berechnen. Selbst entlang des Englischen Gartens kommen ihm äusserst praktische Gedanken. Er sagt sich, wie viel man da profitieren könnte, wenn man die prächtigen Bäume zu Brennholz zerhacken und Häuser an ihre Stelle setzen dürfte, grosse, schöne Zinshäuser mit vier bis fünf Stockwerken, alles in möglichster Eile gebaut, mit besten Bedingungen für Trockenwohner. Fiel auch bald der Verputz von der Front, wie das bewährte Sitte ist bei der Sorte von Architekten, die, halb bankerott, solche Massenaufträge in die Hand nehmen, fiel die Decke ein und kam der Palier ins Gefängnis, krepierten die Esel von Inwohnern an der Malaria, weil die Lage eine tiefe war und der Englische Garten nichts weiter als ein trockengelegter Sumpf: die Hauptsache blieb, dass verdient wurde. Und noch wichtiger, dass man ein Zugmittel fand, was das Viertel beliebt machte, eine Reklame, ein Irgendetwas – was es war: es sollte von sich reden machen, es sollte die Leute herbeitreiben, es sollte dröhnen und scheppern. Weithin musste mans vernehmen wie eine Menagerie, einen Zirkus oder –

Auf einmal hielt er ein in seinem Gedankengang und sah sich um. Er war im tiefen Sinnen immer weiter gegangen, am Nationalmuseum vorbei über die neue, prächtige Brücke und von ihr die Freitreppe emporgestiegen zur hochgelegenen Terrasse des Friedensdenkmals. Hier war es; nur wenige Schritte gegen Süden befand sich die Stelle, die jeder Münchner nur allzugut kennt. Ja, dort inmitten der Anlagen sollte das Theater stehen. Eine grossangelegte Monumentalbrücke war bestimmt, die Verbindung mit der Stadt herzustellen, und wo jetzt die langweilige Liebigstrasse zum alten Gerümpel des Lehels führt, sollten gewaltige Bauten eine gerade Linie zur Residenz beschreiben. Und all das geschenkt, für nichts. Nur den Bauplatz sollte die Stadt liefern. Etwa, als wenn man eine Mark aus der linken Hand legt, um mit der rechten hunderttausend zu fassen. Ja, so was wenn halt wieder käme, dann würde mans anders machen. Das meint er, der stille Beschauer. Er denkt nicht, dass mans heute nur mit Wagner anders machen würde, er denkt nicht, dass man jeden Revolutionär in der Kunst geradeso hinauspöbeln würde, er denkt nicht mehr daran, dass er als junger Kerl alle die Schmähreden auf den »narreten König« gedankenlos nachplapperte, sondern er schaut auf die Stadt, die mit ihren Kuppeln und Türmen im Sonnenglanz unter ihm liegt. Dort das Wahrzeichen Münchens, die Frauenkirche, dort der Justizpalast, dort das Dach des Hoftheaters, dort die Ludwigskirche und unter allem die Isar, so seicht, dass man die Fische drin zählen kann. Alles, alles sieht er, und wie er sich jetzt umdreht, gewahrt er inmitten des neuerstandenen Viertels hinter Zinshäusern und Villen das neue Prinzregententheater. Da weicht alle Kümmernis, es zieht ihm durch die Brust wie grosse, tiefe Versöhnung. Der Geist des seligen Königs konnte zur Ruhe eingehen, denn hier stand, was er ersehnt hatte. Ein bisschen weiter allerdings von dem Platze, wo es ursprünglich gedacht war, ein bisschen mehr aus Stuck und Verputz, ein bisschen Akkordarbeit, aber immerhin, es war da, das selbe stolze Theater mit verdecktem Orchester, mit amphitheatralischem Zuschauerraum. Und *das* hatte er vorhin im Geiste gesehen, als er das neue Häuserviertel entwarf: Grosse Festspiele im Sommer mit auswärtigen Gästen, mit viel Geld, Automobilen und Champagner, das wars, was man brauchte, um die Bauspekulation entsprechend zu heben, die zwar nach dem glücklichen Siebziger Kriege einen kolossalen Aufschwung genommen hatte, dafür aber umso stärker zusammengekracht war. Oh, der das gegründet hatte, war ein Teufelskerl und die Herren von der Terraingesellschaft nicht minder. So was, wenn man halt machen könnte, so was, wenn man halt kriegen könnte! Das dachte er bei sich und damit ging er um das Maximilianeum herum über die

Gasteiganlagen nun wirklich zum Salvator, der Herr Maier oder Meier, der Herr Huber oder Hueber, der Herr Müller oder Miller – wie er nun heisst.

Die Landschaft

Inmitten dichtbewaldeter Berge, hoch über der oberbayrischen Ebene ruht der einsame, dunkelgrüne Walchensee. Unbewegt ist seine Fläche, Karwendel und Wetterstein spiegeln im Sonnenglanze ihre verschneiten Felsrücken, und ein Schifflein zieht wie ein schwarzes Insekt von der Niedernacher Bucht hinüber zum Klösterl. Friede über dem Wasser, Friede darunter. Nur ganz in der Tiefe, weit unter den pfeilgerade ziehenden Fischen, lauert Tod und Verderben. Ein erschreckliches Untier ruht dort mit rollenden Augen, die so gross sind wie Feuerräder. Das umspannt mit seinem Riesenschweif das ganze Gewässer von einem Ende zum anderen seit tausend und abertausend von Jahren. Löst sich einst dieser Ring, schnellt das Untier den Schweif auseinander, dann wird zwischen Jocherwand und Herzogstand der Kesselberg bersten, der See wird durchbrochen und München geht zugrunde. Wenn Unglaube, frecher Übermut, Sittenlosigkeit und Gottesleugnung überhandnehmen, wird dieses Schicksal sich erfüllen und die neue Sintflut über Bayerns Hauptstadt hereinbrechen. Mit den Felsen werden die Wassermassen herabstürzen zum Kochelsee; der wird emporschnellen, wie von Zyklopenhänden geschleudert. Dann, einen Augenblick, wird er wieder zusammenbrechen und gleich darauf alles hinausschleudern in den Gebirgsbach, der ihn durchzieht, in die Loisach. Nun aber gibts kein Halten mehr, kein Besinnen. Über das Rohrfeld von Benediktbeuern geht der Strom hinaus, immer weiter ins flache Land. Wütend und zischend kommt er daher, wie mit grässlichen Flüchen auf Leben und Wachsen. Was sich ihm in den Weg stellt, wird niedergerissen, Häuser, Wälder und Menschen. Nur da und dort ragt noch ein Kirchturm aus den aufgeregten, graubraunen Fluten. Bald stürzt auch der, und je stärker die Ebene sich neigt, um so stärker stürmt es dahin, das entfesselte Element. Gewitterwolken jagen vor ihm am Firmament, und unter ihnen leuchten von ferne in schwefelfarbenem Glanze weitverzweigte Kiesfelder. Darin zieht die Isar, noch unberührt, noch gesättigt von dem tiefen Grün, das sie aus ihrer Wiege, der Scharnitz, herausträgt. Doch in wenigen Augenblicken ist sie mit dem Riesenstrome verbunden, und der tobt als ungeheurer Katarakt in wildem Taumel dem Ziele entgegen. Leichen von Menschen und Tieren schleppt er mit sich, Inseln entstehen und verschwinden auf ihm wie draussen im Ozean. So gehts fort mit betäubendem Höllenlärm bis dahin, wo die Höhenzüge im Isarbette näher zusammentreten. Dort löst die gepresste Kraft Steine und Erdreich wie frischgebackenes Brot. Hinter ihm ein tosendes Meer bis zum gähnenden Kessel des Walchensees, vor ihm die Stadt, die grosse Stadt, die das Unglück schon ahnt. Nicht seit heute und gestern. Seit hundert Jahren oder noch länger las man an einem bestimmten Tage in der Michelskirche eine Messe, um das Verderben zu bannen – da, im letzten Augenblick, wo man sieht, dass alles verloren ist, zieht man die Glocken. Zu spät, dreimal zu spät. Die Sintflut kommt näher, jetzt zerreisst sie die Eisenbrücken, dass sie wie Stricknadeln zusammenbrechen, jetzt wälzt sie sich in die Vorstadt, jetzt umtobt sie die Frauentürme, jetzt ersticken die Münchner unter Bergen von Schlamm und Geriesel, und jetzt – ja, jetzt – besinne ich mich, dass das alles nichts weiter ist als ein Phantasiegebilde.

Wie es entstand? Das könnte ich selber nicht sagen. Ich sitze im Isartal, auf jenem Schlosse, von dem ich im ersten Kapitel gesprochen habe, auf Schwaneck. An der scharfen Biegung des Flusses, womit er beim Orte Pullach entscheidend zur Stadt herüberleitet. Hier hat man freien Blick über Wasser und Wälder bis auf die Alpenkette. Nichts von Verwüstung, nichts von düsteren Eindrücken. Überall Sonnenschein, überall Friede. Von aussen geschützt durch Wälle und Zugbrücken, von innen durch Haubitzen und Hellebarden. Am Burgfried schlingt sich der Efeu empor, aus den Schluchten und Höhlen der Isar grinst es herauf wie von Drachen und Zauberwesen, die der köstliche Moritz von Schwind mit Knappen und Burgfrauen so einzig gemalt hat. Über dem starken Asyl aber ein Geist, der es Jahre beherrschte als Burgherr und Gebieter, der vielgerühmte, edle Ritter Mayer von Mayerfels. Diesen

Recken habe ich selber noch trefflich gekannt, und hab ihn warten sehen auf der von Schwanthaler erbauten Veste. Einer vom Schlage der Don Quijotes, der Tartarins, von jenen Phantasten, die alles vergrössert sehen, gegen Windmühlen und Esel kämpfen, mit einem Worte: einer von jenen, die um fünfhundert Jahre zu spät auf die Welt kommen. So lachte man über ihn, man gab ihm Spitznamen. Der »Quastlmayer« oder, noch kürzer, der »Quastl« hiess er im Volksmund, weil er als Student an seiner Kneipjacke, gegen allen Komment, baumelnde Quasten getragen hatte. Und lebte er bereits als Fuchs oder Bursch wie nur ein Original lebt, als gereifter Mann trieb ers noch toller. War er draussen in seiner Burg, dann kleidete er sich als Ritter, nahm das Schwert zur Hand und schritt durch den hochummauerten Palas zum Verliess. Dort musste er Gefangene wittern, denn er schrie mit Stentorstimme: »Wimmerts und heults nur, ös Bauernluada!« Oder er ging auf die höchste Zinne, wo der leere Kessel für das Wachtfeuer stand und rief den auf der Isar vorüberziehenden Flössern durch ein riesiges Sprachrohr den Gruss des Burgherrn zu. Die so Geehrten sollen dann freilich nicht immer in gleich poetischer Weise geantwortet haben. Sie hatten eben keine Einbildungskraft für die Sitten des Burglebens, die auf Schwaneck streng eingehalten wurden, bis auf eine aus jener Zeit, wo Troubadoure sich von Rittern gleich Jahre hindurch bewirten liessen: auf die Gastfreundschaft. Der dicke, pfiffige Altbayer mit dem fetten Gesichte war nämlich ein grosser Geizkragen, der den Pilgern, wenn sie nach stundenlanger Besichtigung seines alten Gerümpels Hunger und Durst zeigten, einfach riet, in das nächste Wirtshaus zu wandern. So besinne ich mich, dass er einmal im Burghof in bestimmten Absätzen zwei Stunden herumbrüllte, ob denn der für meinen Vater bestellte Kaffee noch nicht bald käme. Und als wir uns endlich auf die Socken machten, weil wir merkten, dass alles Warten vergebens, drohte er seinem Knappen, dass er für solche Bummelei auf der Zinne der Burg baumeln solle. Uns aber, die wie halb verhungert den Bauch hielten, bot er statt einer Erfrischung zum Abschied in Versen den Minnegruss.

Weilt man in solcher Umgebung, dann ists kein Wunder, wenn man vom Geist des einstigen Burgherrn was übernimmt, wenn mans noch multipliziert mit allen Unmöglichkeiten. Das ist eben das grosse Vorrecht der Dichter seit den Metamorphosen des Ovid, dem Gargantua des Rabelais, seit Ruederers Strohblondem Augustin und seit jenen gewaltigen Dichtungen, die alle ungeschrieben bleiben mussten, weil die deutschen Litteraturprofessoren die nötige Zeit dazu leider nicht fanden. Eine fortwährende Verwandlung, ein Turmbau von Babel bis hinauf in die Wolken, kurz, die kühnste Voraussetzung: So, freundliebe Leser, sieht die Phantasie aus. Und wenn man das Allerunglaublichste behauptet, zum Beispiel, dass augenblicklich in Deutschland vernünftig regiert wird, dann müsst ihr ebenso daran glauben, als wenn ich den Walchensee ausbrechen lasse. Noch mehr, ihr müsst mitwandern, die ganzen Etappen, die ich euch führe, müsst es erleben, wie das tosende Element immer höher steigt, von der unteren Stadt bis hinauf zum Nockherberg, wie die Gäste vor dem Wasser, vor jenem Feinde, der schlimmer als Schenkkellner, Zylinder und Schandi zusammen, die Flucht ergreifen, und wie der letzte Münchner, den Masskrug in Händen, am Giesinger Kirchturm baumelt.

Denn der Dichter, der einmal richtig angefangen hat, hört so bald nicht auf. So sehe ich mit prophetischem Sinne, eine neue Regierung wird an Stelle der alten erscheinen, sie wird sich konstituieren, sie wird Verordnungen erlassen zur Freilegung des verschütteten Münchens. Ich sehe, diese Beamtenreskripte sind in jenem lümmelhaften Tone gehalten, der solche Schriftstücke schon im alten Staate Bayern auszeichnete, ich sehe, in den Strassen Münchens wird jenes frohe Buddeln wieder beginnen, das der verschütteten Stadt den hohen Ruf gebracht hat, und ich sehe, der Spätgeborene wird an München empfinden, was Goethe einst über Pompeji sagte, nämlich, dass selten so viel Unheil in der Welt geschehen sei, aber wenig, was den Nachkommen soviel Vergnügen gemacht hätte. Den Archäologen besonders. Die werden herumstochern wie am Forum Romanum, sie werden die Erde an der Nase reiben, und das erste, was sie zutage fördern aus der Unmasse von Schutt und Schlamm, wird das Herz des Münchners sein. Das kommt in ein Museum für Völkerkunde, falls der neue Landtag ein solches genehmigt. Und wenn es dasteht, im wohlgefüllten Glase, konserviert in Essig und Spiritus, wird man gewahren, dass es aus zwei verschiedenen Materien zusammengesetzt war: aus Bier und aus Gold. Warum aus Bier, das brauche ich nicht mehr zu sagen. Es ist kein Wunder, wenn nach so reichem Genusse des edlen Gebräus der ganze Herzmuskel nichts weiter mehr ist als ein voller Masskrug; die überraschende Erscheinung des Goldes aber erklärt sich durch die in München erscheinenden Zeitungen und deren Artikel. Die erzählten dem Eingeborenen so lange von seinem Herzen, sie wogen den Goldgehalt nach Grammen und Karaten, bis ers eines Tages selber glaubte. Wie der Hypochonder, dem der Pfuscher – ob legal oder illegal, tut nichts zur Sache – tagtäglich sagt, er sei neurasthenisch. Nur mit dem Unterschied, dass es den Münchner nicht zu betrüben brauchte, im Gegenteil. Er hörte es gerne, dass er ein goldenes Herz habe, und appellierte man daran, gab er mit vollen Händen. Freilich wollte er auch, dass was herausschaute, wenn man so Gutes tat. Man sollte wissen, sollte lesen, wer es gegeben hatte. Verschwieg er daher wirklich einmal seinen Namen, wenn er Geld an eine Zeitung sandte, dann tat ers unter einem Motto, das über seine Gesinnung, seine Wünsche, seine Hoffnungen nicht den mindesten Zweifel liess. »Auf dass es unserer Tochter gut bekomme, wenn sie so viel mit dem Accessisten verkehrt und auf dass das, was ich mir gestern beim Bettgehen so innig gewünscht habe, der liebe Gott recht bald in Erfüllung bringe – 1 Mark 20 Pfennig.«

Spitzweg, der Münchner Karl Spitzweg, hat sie gemalt, diese Kleinbürger, in ihren Dachkämmerlein, wie sie das Geld aus den Ledertäschchen wickeln, Pfennig für Pfennig, damits aus Versehen ja nicht zu viel wird. Malerpoet, du, stärker als alle zusammen, die jetzt Sezession und Glaspalast mit impressionistischen Studien überschwemmen, wie hab' ich dich gern, wie stehst du vor mir in dem halbdunklen Gemäuer der Burg, neben dem Zauberkünstler Moritz von Schwind. Still war das Leben der beiden, so von der Art des alten Habenschaden, der gerade kein grosser Maler, aber ein um so stärkeres Künstlergemüt, für alle Zeiten einen Maitrank stiftete. Drüben zu trinken in Pullach beim Rabenwirt unter den ausschlagenden Kastanien zu seinem Gedächtnis. Seid froh und zufrieden, schert euch den Teufel um Reklame, um Antialkoholismus, um die Jury der nächsten Kunstausstellung, um Malergruppen, aber schafft was Gescheites – so sprichts aus jenen Naturen herüber zu uns, und fast möchte ich sagen, ich bekehre mich selber zu der Ansicht des Alten auf dem Salvatorkeller: Ich lobe die gute alte Zeit, ich beneide die Leute um die Welt, in der sie gelebt haben. Da zählte man noch nicht die Hervorrufe des Dichters bei der Première, da kannten die Maler ein grösseres Glück, als offizielle Persönlichkeiten bei sich zu Gaste zu sehen, da rackerte man sich noch nicht ab mit der Todesangst, der Andere könnte einem am Ende um Nasenlänge zuvorkommen bei der grossen, fortwährenden Steeplechase um äussere Ehrenzeichen.

Hols der Teufel! So sag' ich aus vollem Herzen. Denn ich weiss, wie es tut, wenn man da mitrennt. Hab' selber einmal gehetzt, dass mir die Zunge heraushing, bin um die Wette gerast mit Kumpanen, die kaum mehr schnaufen konnten. Bis ich liegen blieb, schweissbedeckt auf der Strecke, und nicht mehr wusste, wo aus und wo an. Die Anderen lachten mich aus, sie keuchten weiter, ich aber meinte, ich müsste es ertrotzen. Und weil mich die Kräfte verlassen hatten, dass ich nichts mehr geben konnte, suchte ich mir einen, der helfen sollte. Einen passenden Medizinmann mit entsprechendem Reklameschilde und regelmässigen Sprechstunden. Der sah mich durch seine Brillengläser wie ein Polizeikommissär an, beklopfte mich von oben bis unten, machte eine gar bedenkliche Miene und sagte schliesslich: »Das Herz, das Herz!« Das gab mir zu denken. Ich fühlte bei jeder Gelegenheit meinen Puls, legte mich um neun Uhr zu Bette, und dachte nur an das eine, mich bei der allgemeinen Hetzjagd so bald wie möglich wieder am Start zu melden. Denn, wenn die Kumpane auch gar nichts erreicht hatten, ein Stückchen waren sie doch schon weiter gekommen, dass man Angst haben musste, die Fühlung zu verlieren. Also grosser Medizinmann, wann wirds, wann wirds? Der so Gefragte stand Tag und Nacht mit ernstem Gesicht hinter mir und sagte in seiner bedeutenden Art nur, was er schon vorhin gesagt hatte: »Das Herz, das Herz!«

Als ich da gar nichts anderes zu hören bekam, wurde mirs plötzlich zu dumm. Es war ja richtig, ich hatte das Herz in früheren Jahren so manchesmal strapaziert, als ich auf meinem Fuchsen die schönsten Fensterparaden ritt oder, verliebter Gedanken voll, stromaufwärts durchs Isartal sprengte. Aber grossen Schaden hatte es dabei nicht gelitten. Jedenfalls brauchte es noch nicht in das neue Museum zu kommen. Dort war ohnehin des Interessanten genug. An erster Stelle der mitersoffene Bayrische Landtag in corpore, mit allen Ministern, Räten und Dienern. Eine gut erhaltene Gruppe stark verschlammter Erscheinungen. Auf den unförmigen Stiefelsohlen, die mit grossen Nägeln beschlagen sind, sieht man noch deutlich die Spuren der zertretenen Kultur, in den Händen halten sie Sparbüchsen. So etwa um das Jahr 1900 herum oder noch später. Über allen aber, auf dem merkwürdig geformten Katheder ein Schulmeister als Vorsitzender mit Glocke und spanischem Röhrl. Gleich im Nebenzimmer der ganze Finanzausschuss der bayrischen Kammer bei Kaffee und Strickstrumpf. Im Mittelpunkt der ungekrönte König von Oberbayern, Vollmar I., wie er mit dem Zentrum kost. Die Figur des Führers der königlich bayrischen Sozialdemokratie ist eine der besterhaltenen der ganzen Sammlung, von besonderer Schönheit und Grösse. In ziemlich verwahrlostem Zustande dagegen befindet sich, etwas an die Wand gerückt, die leichtbeschwingte Statue des bayrischen Liberalismus. Das Kinn, wo die Willenskraft sitzen soll, ist schon heruntergefallen, so dass der ungewöhnlich grosse Mund deutlich hervortritt.

Eine muffige, stickige Luft herrscht in den beiden Räumen, wie in einem Pfründnerspital oder Austragstüberl, eine Luft, die alles tötet, was Licht, Kunst und Leben bedeutet. Darum schnell weiter in einen andern Saal, oder noch besser zu einem andern Doktor! Der erste hatte nichts verstanden, jetzt sollte ein neuer mir sagen, dass es ein Pfuscher war. Der aber lachte über seinen Kollegen durchaus nicht, wie ichs verlangen konnte. Meinte vielmehr, das sei ein hervorragender Arzt, nur bei mir hätte er sich bedauerlicherweise geirrt. Darum sollte ich keinerlei hypochondrische Ideen haben: nicht mein Herz sei krank, sondern mein Hirn, das Hirn. Mit dieser beruhigenden Versicherung versetzte er mich sofort in die horizontale Lage, drückte die Hand auf meine Stirne und lud mich ein zu freiester Entfaltung der Phantasie in Prosa oder in Versen, ganz wie es mir passte. Ich entschloss mich in angenehmer Abwechslung bald zu dem einen, bald zu dem andern. Meinen

Kumpanen brauchte ich zwar nicht mehr nachzuhetzen. Die waren selber schon längst auf der Strecke geblieben, ohne jemals das Ziel erreicht zu haben. So tollte ich denn allein ins Planlose, ich spornte den Pegasus, dass ihm das Heu aus den Flanken herausfiel, ich rieb meine Stirne wie Aladin seine Lampe, ich setzte die Phantasie mit soviel Gepolter in Bewegung, wie der Chauffeur das Automobil. Ja, sogar heute noch, wenn ich daran denke, fange ich aus nervöser Angst vor dem zweiten Medizinmann auf einmal krampfhaft zu dichten an und eile vom Finanzausschuss des bayrischen Landtags zum nächsten Saal, der mir viel lieber ist.

Dort nämlich ruht unter Glas und Rahmen eine der grössten Sehenswürdigkeiten des ganzen Museums, das sogenannte »Münchner Kindl«. Das ist an sich das Wappen der Stadt, ein junges, bartloses Mönchlein, in schwarzer mit Gelb verbrämter Kutte. Zieht mans aber aus, was der Museumsdiener gegen ein Trinkgeld gern besorgt, dann zeigt sich etwas ganz anderes. Das Münchner Kindl springt plötzlich aus dem Wappen und entpuppt sich als ein prächtiges Frauenzimmer. Mit einer feinen Haut, mit strammen Schenkeln und Armen, dass man Nüsse drauf auseinander schlagen könnte. Rehbraune Augen hat der kleine Racker und einen zum Küssen stets bereiten Mund. Jetzt freilich liegt er stumm wie das kleine Mädchen in Pompeji, bewundert von aller Welt als Kuriosum. Doch einmal da surrte es in seinem Innern wie in der Katze, wenn sie gut aufgelegt, wie in einem Uhrwerk, das alle möglichen Sprünge macht. Wo es konnte, fing es nämlich Dummheiten an, dieses Münchner Kindl. Als Ladnerin wartete es nach dem Geschäftsschluss auf den Herrn Leutnant, der erst Fähnrich, oder auf den Herrn Doktor, der erst Student war. Dann wanderte es mit ihm in ein Wirtshaus. Nicht in eines der teuren, bewahre, das Münchner Kindl tats schon für einen Kalbsbraten oder zwei Regensburger. Kam gar noch ein Käse mit Butter dazu, erst recht, aus glühender Dankbarkeit. Und für Torte mit Schlagsahne liess es sich Zwillinge machen – wenn es ledig war. Als verheiratete Frau stellte es grössere Ansprüche, an den Mann sowohl wie an den Liebhaber. Da ging es nicht ab ohne einen Bal paré und unter Champagner. Auch Toiletten mussten auffahren, denn das Münchner Kindl verstand sich anzuziehen und falsche Steine von echten zu unterscheiden. Nur musste es immer ein flotter Kerl sein, der sie schenkte. Sonst mochte das Münchner Kindl gleich gar nicht. Es war überhaupt launisch, wechselte gern seinen Liebhaber, wie es die Dienstboten wechselte am ersten des Monats, besonders wenn es glaubte, der alte sei schon verbraucht, und sicher hoffte, einen neuen zu bekommen. Wie aber Glaube, Hoffnung und Liebe beisammen waren, die Liebe war doch die grösste unter ihnen. Freilich nicht jene, die der Apostel meint, sondern jene, die schliesslich auf alles pfeift, auch auf Geld und nur Freude findet an verschwiegenen Zimmern, an lauschigen Wanderungen, an wiegenden Walzern, vorausgesetzt, dass ein Mannsbild dabei ist, und vorausgesetzt, dass dieses alles auf Wahrheit beruht.

Aber da liegt ja der Hase im Pfeffer: das Museum ist ein Traum, es lebt nur in meiner, durch den Medizinmann geregelten Phantasie. Darum freut euch, ihr Sittenrichter, ihr Besserwisser, die ihr immer feststellt, dass zwei plus zwei vier macht und keine Regel ohne Ausnahme. Freut euch, es ist alles nicht wahr. Ein solches Wesen hat nie existiert. Die Münchnerin, wie sie durch die Strassen wandert, ist ein höchst sittsames Ding, das, nach euren Erziehungsmethoden gezüchtet, furchtsam die Augen niederschlägt und in der langweiligen, guten Gesellschaft äusserst geziert tut, der Landtag bedeutet eine höchst ehrbare Versammlung ungewöhnlich moderner Menschen, und das Herz des Münchners besteht nicht aus Bier, weil er selber der mässigste Mensch ist. Kommt aber der Walchensee wirklich nach München, dann kommt er in allen Ehren und Züchten. Nicht wie der Birnam Wald gegen Dunsinan, nein, als ein von der obersten Baubehörde wohl geregeltes Element in grossen Kanälen mit zweimalhunderttausend Pferdekräften als moderner Kulturfaktor. Also auch nicht mehr so disziplinlos bayrisch, wie ihn die Phantasie eines unmilitärischen Beobachters eben gesehen hat, sondern in einer gut ausgerichteten, strammen Linie, die noch dazu ein preussischer Major zog, der Herr von Donat. Da wird das obere Bett der Isar sich bei Krünn und Wallgau durch das Gewässer des Walchensees mittels grosser Turbinen mit dem unteren verbinden, und die alte Prophezeiung wird auf dem Wege der Realwissenschaften aufs glänzendste in Erfüllung gehen. Von Burg Schwaneck aber, wo ich immer noch sitze, wird der Blick sich weiten über abgeholzte Wälder, über Fabriken und Schlöte, über Telegraphendrähte, elektische Leitungen und polizeiliche Verbote, die das Berühren der Drähte bei Todesstrafe verbieten. Die Dampfpfeife wird einem die Knochen erschüttern, die Arbeiter werden an den Kessel eilen. Dann werden die Räder sich drehen, die Transmissionen schnurren, und unter dem Gestank von Maschinenöl werden die Originale des trefflichen Spitzweg aus München, die Drachen, die Burggrafen, die Knappen des seligen Schwind aus Burg Schwaneck auf Nimmerwiedersehen verschwinden.

Und noch einer geht wohl mit ihnen von dannen: Der Weltweise, der jetzt dort oben nach manchen Irrfahrten Posten gefasst hat, um als neuer Burgherr, procul negotiis, über die Gefilde zu blicken. Zu ihm, der von Beruf auch Medizinmann ist, nebenbei aber noch Künstler, war ich gekommen, als er, selbst noch auf der Hetzjagd, von einem Bahnzug zum andern sprang. Ich hatte die Doctores abgegrast bis zum Naturheilverfahrer herunter und verlangte jetzt, er solle weiterhelfen auf der grossen Rennbahn des Lebens. Doch er wies nicht auf Herz oder Hirn, wie seine Vorgänger, sondern auf einen Körperteil, der, lang nicht so edel wie die erstgenannten Organe, an der Hauptstelle seiner besonderen Funktionen ein Epitheton bietet, das man in der Regel dem dümmsten Kerl an den Kopf wirft. Ein Epitheton, das man erfinden müsste für die deutsche Sprache, hätte die bayrische es nicht schon lange geboren, das herrliche, grosse, befreiende Wort. Und weil der praktische Arzt als richtiger Altbayer meine Landessprache beherrscht wie ich selber, wirkte das Mittel. So kräftig, so sicher, dass ich genas. Kann mir daher neue Phantasien zusammendichten, dauerhafter als jene vom Walchensee, die zu schnell realisiert wurde. Ob ich mit ihnen in München bleibe, weiss ich ja nicht. Vielleicht ziehe ich über die Isar hinaus noch tiefer in die Berge oder wie Zarathustra empor zu den Gletschern – vielleicht, sage ich mit Absicht. Denn dort wird zwar die Dampfwalze nicht schnaufen, aber dort geht was anderes um, was nicht minder fatal ist: der Jäger, der königlich bayerische Jäger. Der hängt jedem Gemsbock eine nummerierte Schelle um, der möchte am liebsten alle verhaften, die in den Alpen klettern oder ein elendes Geweih aufheben. Zu Leibgehegen friedet er ein, was an Bergen sich ausdehnt vom Bodensee bis zur Salzach, »auf allerhöchsten Befehl« sagt er, der Herr Jäger, der ein echter Beamter ist, mit Federwisch oder mit Aktenbündel. Und das liebe Publikum, das bekanntlich die Beamten bezahlt, macht seinen Buckel, denn es ist ja nur wegen der Beamten da, und nicht die Beamten wegen des Publikums. Deshalb ist auch die Freiheit auf den Bergen nur so zu verstehen, dass sie katastermässig festgelegt wird, deshalb werden die Eisenbahnen nur angeschafft, damit eine entsprechende Anzahl von Verwaltungsmenschen entsprechende Verwendung findet, und deswegen ist auch die Entfaltung der menschlichen Phantasie nur in jenen Grenzen gestattet, die eine wohlweise Polizeibehörde entsprechend abzumessen hat. Wie sie aber auch reguliert wird, die himmlische Göttin – nach der Grobheit des Burgherrn von Schwaneck kann ich sie festhalten. Ob ich in die Berge ziehe, oder in der Ebene bleibe – was ich tue: ich gehe jedenfalls meinen eigenen Weg. Wohin der noch führt, werden wir sehen. Zunächst mal der Nase nach zum fünften Kapitel.

Die Theater

Afrikanische Inselgegend, im Hintergrunde das Meer.

Professor Gerstlmaier (wie Robinson mit einer Schürze von Palmblättern und einem grossen roten Parapluie): Nun lebe ich schon ein Jahr auf dieser einsamen Insel unter dem achtundvierzigsten Grade südlicher Breite und widme mich unablässig dem Studium der Naturwissenschaft. Dank dem Zufall, dass mich die wilden Einwohner für ein höheres Wesen ansehen und als solches verehren, sonst hätten sie mich längst gefressen. Allein das ist ja der Vorteil der Männer der Wissenschaft, dass sie stets von einem verklärenden Nebeldunste umhüllt sind und von den Laien im allgemeinen, im vorliegenden Falle in specie von den Menschenfressern, als Halbgötter angesehen werden müssen! Noch bin ich aber mit meinen Forschungen nicht zu Ende; unerachtet der genauesten mikroskopischen Beobachtungen gelang es mir noch nicht zu entdecken, ob die Exkremente der Sepia annulata aus rein animalischen oder vegetabilischen Atomen bestehen, worüber ich bereits am achthundertsten Bogen einer ausführlichen Abhandlung arbeite. – Ei! Was seh ich da kommen? Eine Art Papagei? Ein Psittacus formosus? – Die Spezies scheint mir neu. Ich will mich etwas verbergen und beobachten. (Versteckt sich.)

Kasperl (tritt ein): Schlapperdibix! Das ist ja eine miserable Landschaft! Kein Wirtshaus weit und breit! Keine menschliche Seel! Nix als Affen, Paperln und sonstige Menagerieviecher! Das ist ja zum Verhungern. Hätt ich nit a paar Schnecken g'funden – leider ohne Sauerkraut! – so wär ich schon hin. Mein Magen kommt mir jetzt schon vor wie ein leerer Tabaksbeutel; mein Unterleib ist schon so eing'schrumpft, dass ich gar nimmer weiss, ob ich jemals einen Bauch g'habt hab! Ja, was wär denn das? – Der Kasperl ist doch nit zum Hungern und Dursten auf der Welt; Ha – Schreckenszeit! Und wie komm ich denn wieder fort und nach Haus zu meiner Gretl! – Mich kommt schier die Verzweiflung an! Auweh, auweh! Wenn ich verhungern müsst – nein, das hielt ich nit aus, da ging ich eher z'grund. (Weint.)

GERSTLMAIER (springt hervor und packt den Kasperl): Halt, du entkommst mir nicht!

KASPERL Herr jemini! Was ist denn das?

GERSTLMAIER (Kasperl festhaltend): Ein herrliches Exemplar.

KASPERL Lassen S' aus oder ich schlag aus!

GERSTLMAIER Ah, ich habe mich geirrt! Psittacus garrulus! Nur stillgestanden, Freundchen, bis ich dir die Flügel ein wenig gestutzt, damit du mir nicht mehr entkommst.

KASPERL Was fallt Ihnen denn ein? Flügel stutzen! Ich bin ja kein Vogel.

GERSTLMAIER Das muss ich als Gelehrter besser wissen, wer du bist und zu welcher Spezies du gehörst.

KASPERL Wie kommen denn Sie daher in die abgelegene Insel? Ich bin wirklich froh, dass ich eine menschliche Physiognomie seh, obschon Sie wie a Narr ausschaun.

GERSTLMAIER Es ist die Frage, wer der Narr ist. Er ist also wirklich kein Papagei?

KASPERL Wär nit übel! Ich bin nicht nur kein Papagei, sondern der Kasperl Larifari, pensioniertes Mitglied der europäischen Völkerwanderung und untergegangener Schiffsmatrose ausser Dienst, nebenbei Privatier und Stiefelputzer; also, wenn S' mich als Bedienten brauchen können oder was, so steh ich zu Diensten; aber ich seh mehr auf gute Kost, als auf schlechte Behandlung und viele Arbeit. – So, jetzt wissen S' alles, was S' zu wissen brauchen, und überhaupt, wenn Sie ein ordentlicher Gelehrter sein wollen, so geben S' mir a Mass Bier als Drangeld.

GERSTLMAIER Gut, gut, genug des Geplappers, drolliger Psittacus. Ich will dich in meine Dienste nehmen, denn ich werde dich wohl brauchen können in meiner Höhle. Bleibe hier und warte, bis ich von meinem wissenschaftlichen Spaziergang zurückkehre, dann sollst du meine Beute heimtragen. (Ab.)

KASPERL Das hab ich schon wieder g'merkt: das ist halt auch so ein gelehrter Hungerleider, wie mirs z'Haus genug haben. Die sind überall z'finden, sogar auf dieser Insel da muss so einer rumlaufen. Aber jetzt will ich ein bissl ausrasten, das warme Klima tut mir gar nit gut; ich hab schon ein' Schlaf, als wenn ich zwölf Mass Bier getrunken hätt. (Setzt sich, an einen Baum gelehnt.) So – ah! Da liegt man gar nicht übel auf dem indianischen Moos, so weich wie – im – Fe – der – bett. (Schläft ein.)

(Die Wilden fallen mit Geschrei über Kasperl her.)

KASPERL Auweh, auweh, die Menschenfresser! Herr Professor, kommen S' mir zu Hilf! Auweh! Auweh!

ERSTER WILDER Fressi, frassi!

ZWEITER WILDER Guti Bissi!

ERSTER WILDER Spissibrati!

ZWEITER WILDER Kro, kro, kro!

(Die Wilden schleppen Kasperl hinter die Szene, mittlerweile kommt das Krokodil und singt folgende Arie):

KROKODIL Ich bin ein altes Krokodil
Und leb dahin ganz ruhig und still,
Bald in dem Wasser, bald zu Land
Am Ufer hier im warmen Sand.

Gemütlich ist mein Lebenslauf,
Was mir in Weg kommt, fress ich auf,
Und mir ist es ganz einerlei,
In meinem Magen wirds zu Brei.

Schon hundert Jahre leb ich jetzt,
Und wenn ich sterben muss zuletzt,
Leg ich mich ruhig ins Schilf hinein,
Und sterb im Abendsonnenschein.

(Marschiert ab.)

(Die Wilden schieben eine Feuerstelle heraus mit flackernder Flamme, ein Bratspiess liegt darüber. Es kommen noch andere Wilde dazu; unter schleppender Musik tanzen sie und singen folgenden Chor):

Spissi, spassi, Kasperladi,
Hicki, hacki Carbonadi.
Trenschi, transchi, Appetiti,
Fressi, frassi, fetti, fitti.

Schlicki, schlucki, Kasperlucki
Dricki, drucki, mamelucki,
Michi, machi, Kasperlores,
Spissi, spassi, tscha kapores.

(Kasperl wird gebunden an Händen und Füssen
herausgeschleppt.)

KASPERL Auweh! Auweh! Potz schlipperment, das wird mir zu arg.
Ich bin ja ein Mensch und kein Kalbsbratl. Hörts auf, ihr ra-
benschwarzen, verdächtigen Individuen! Hörts auf! – Ich gelobe,
dass ich nie mehr eine Mass Bier trinken will, wenn ich diesmal
ungerupft durchkomm.

(Furchtbarer Donnerschlag, die Wilden laufen
auseinander. In den Wellen erscheint der

MEERGOTT NEPTUN):
Ich habe deinen Schwur gehört
Mit welchem Rettung du begehrt;
Sieh hier am Ufer den Delphin,
Er trägt dich übers Meer dahin.
Du kannst auf seinem Rücken schlafen,
Er bringt dich sicher in den Hafen.
Doch was du hast gelobet hier,
Den Schwur auch halt und trink kein Bier.
Ich bin die Gottheit der Gewässer,
Das Wasser soll dir schmecken besser.
Dies sagt zu dir der Gott Neptun
Und kehrt zurück ins Wasser nun.

(Versinkt.)

KASPERL (befreit von seinen Banden): Adje, adje, ich bedank mich
halt recht schön für meine Rettung aus den Händen und Rachen

dieser menschenfleischappetitlichen ungebildeten indianischen Wildlinge. Für *sich:* Aber ang'führt hab ich den Wassermayer doch! Ich hab gschworen, dass ich nicht *eine* Mass Bier mehr trink; ja freilich, nicht *eine,* sondern möglichst *mehrere,* denn *eine* Mass hat mir ohnehin nie g'langt! (Er besteigt den Delphin, welcher unter sanfter Musik mit ihm fortschwimmt; Gerstlmaier erscheint auf einem Hügel und schaut durch ein grosses Perspektiv dem Kasperl nach.)

Der Vorhang fällt.

Ein Intermezzo, ein Zwischenspiel, ein Madrigal. Nicht in so kunstvoller Reimverschlingung, nicht von so melodischem Reize, wies am Hofe von Florenz geboten wurde, auch nicht von der einschmeichelnden Drehorgelwirkung der Cavalleria rusticana des neunzehnten Jahrhunderts. Nur eine Pause, ein Überblick, eine Brücke zum zweiten Teil dieses Buches: die Cäsur in der Einteilung. Wie man plötzlich sich niederlässt, wenn man vorher regelmässig gewandert hat, oder im ersten und dritten Abschnitt ganz allgemein, im zweiten und vierten aber persönlich gesprochen hat. Kurz und gut ein Mittendrin, ein Einwurf in den organischen Bau der Geschichte. Wie aus dem gotischen Turm des neuen Rathauses die barocken Schäffler herausspringen, wenns zwölf Uhr schlägt, wie man die beschaulichen Geleise des menschlichen Daseins verlässt, um die aufregenden einer Liebschaft zu betreten, wie der Münchner die stille Zeit zwischen Salvator und Maibock unterbricht, um über den Brenner zu fahren. Osterferien nennt er dieses Intermezzo, und Bozen heisst Ostermünchen. Als das wirkungsvollere Madrigal kann Karlsbad gelten. Gleichfalls im geliebten Österreich gelegen, jenem Lande, dem die tiefe Sehnsucht gilt, dem alle Herzen zufliegen, wenn ein Schützenfest die deutschen Stämme in München vereint. Schon deshalb, damits die anwesenden Preussen recht ärgert. Immerhin ist es mit aller Vorsicht zu gebrauchen – nämlich Karlsbad. Das grosse Schwemmsystem, das die Nieren spült, das sie aufnahmefähig macht für die Biermengen des kommenden Jahres. Somit zweite Cäsur im Lebensjahre des Münchners. Täglich nur ein Glas Pilsner, drei Wochen Dauer, dann gehts wieder von vorne an. Jetzt also weiss der Leser, was ein Intermezzo ist; an drastischen Beispielen zeigt mans am besten.

Noch schlagender am braven, guten Kasperl, diesem oft hereinfallenden und immer wieder lachenden Philosophen. Man muss ihn sehen im Marionettentheater, diesen kaum ein Halbekrügl hohen, lieben Kerl mit seiner Kupfernase, seiner gelben Hose, der grünen Weste, dem roten Jäckchen, der weissen Halskrause und dem grünen Spitzhütchen. Wie er seine Glieder bewegt, wie er hinplumpst, sofort wieder hochspringt, wie er kämpft, mit Ritter, Tod und Teufel, das ist technisch und dichterisch so vollendet gemacht, dass mans nimmer vergessen kann. Am letzten, wenn man selber als Kind die ersten Theatereindrücke von dem Prachtkerl empfangen hat, wenn man ihn wirken sah mit dem Doktor Sassafrass, dem gestiefelten Kater, dem Dornröschen oder dem Blaubart. Papa Schmid, der Schöpfer des prächtigen Kunstinstituts, spricht ihn heute noch, trotzdem er sechsundachtzig Jahre zählt. Und Adolf Lentner, ein Mann, den sein Geschäft auf grosse Reisen führt, kehrt jeden Sonntag nach München zurück, um nachmittags die weitberühmte Puppe in Bewegung zu setzen. Er tut das aus reiner Begeisterung, seit vierzig Jahren. Und aus den gleichen Motiven hat Franz Graf von Pocci, der Kinderfreund, die Märchenseele, diese einzige Figur geschaffen. Die Stadtverwaltung Münchens, mehr berühmt durch den Bau prachtvoller Schulhäuser als durch erzieherischen Schriftstil von Gedenktafeln, hat »demselben« als höchsten Ruhm an der Front seines Geburtshauses nachgesagt, dass er, nachdem er als Dichter und Zeichner gewirkt, als Oberstkämmerer gestorben sei. Was er in dieser Charge geleistet hat, lässt sich von Leuten schwer feststellen, die keinen Zutritt bei Hofe haben, aber das eine ist sicher, dass er für Gross und Klein ein echter Dichter war. »Kasperl unter den Wilden« nennt sich das Stück, von dem hier ein Auszug gegeben wurde. Welche Hiebe auf das dünkelhafte Gelehrtentum und den vollgefressenen Münchner! Welch ein Humor in der Arie des Krokodils und in der Ansprache Neptuns! In den andern Stücken oft die feinsten lyrischen Stellen, oft die tiefsten Gedanken und dazwischen immer wieder das Lachen des Kasperl, das so recht aus dem tiefsten Bierbauch heraufkommt. Alles vorgeführt im stimmungsvollsten Rahmen, mit prächtigen Dekorationen, diskreten Kostümen und, was das Schönste daran ist, ohne Komödiantentum.

Schade, dass man wieder fort muss von der stillen Welt des behaglichen Hauses an der Blumenstrasse, von jenem Theater, das in München allein beanspruchen kann, ein vollendetes zu heissen, sowohl was Darstellung betrifft als Auditorium. Welch ein Jubel in der Kinderschar, wenn sich nach langem Warten an der kleinen Rampe plötzlich die Lichter entzünden, welch eine Aufregung! Man schiebt nach vorne, nach rückwärts, ein frecher Kerl steigt auf die Bank, ein Anderer reisst ihn herunter, und plötzlich fängt ein Baby auf dem Schosse der Mutter furchtbar zu quieksen an. Aber schon setzt das Klavier ein, die Ouvertüre rauscht vorüber, der Vorhang hebt sich, man beginnt, man fährt fort – nicht mit dem Stücke, nein, mit dem Intermezzo. Nur ists diesmal kein Ruhepunkt, keine Erholung. Eine Droschke genommen, zum Bahnhof gefahren, in den Süd-Nord gestiegen. Dann weiter gerast mit achtzig Kilometer pro Stunde, über die Donau, über die Elbe und die märkische Sandbüchse zur Reichshauptstadt. So verlangt es das Buch, so verlangt es dieses Kapitel. Adieu Kasperl, adieu Papa Schmid, adieu Marionettentheater! Während ihr in der Versenkung verschwindet wie die Märchenprinzessin, tauchen andere Gestalten auf, so gänzlich verschieden von euch, in Kleidung, Haltung und Antlitz. Auch die Sprache ähnelt nimmer der euren. Und am wenigsten die Umrahmung. Marmortreppen, roter Sammet, Goldputten; darin fängt es an.

Im wildesten Westen. Mit einer Hauptmannpremiere. Das heisst, die Bewohner der vornehmsten Himmelsrichtung sind um ein Stück von Gerhart Hauptmann versammelt, den »Florian Geyer«. Ein grosser, vielversprechender Abend mit umfassenden Vorbereitungen. Das Tiergartenviertel ist zu diesem Zwecke historisch. Es trägt Sturmhauben und Hellebarden, es ist in ein Kriegslager verwandelt, das der Generalissimus der vereinigten Bündler, der Geheime Regierungsrat und Professor der Litteraturgeschichte Dr. Erich Schmidt, in eigener Person befehligt. Seine Boten eilen von Wachfeuer zu Wachfeuer, von Vorposten zu Vorposten, sie melden den einzelnen Rotten, was sie zu tun, und vor allem, was sie zu denken haben. Ihm zur Seite, hoch zu Ross, sein erster Adjutant, der Professor Richard Moses Meyer, in strammer, militärischer Haltung. Der hat darüber zu wachen, dass Ordnung im Lager besteht, dass jede Felonie im Keime unterdrückt wird. Denn es gibt leider auch Überläufer in der Schar der Landsknechte und Bauern des Tiergartenviertels. Aber dreimal wehe, wenn sie erwischt werden! Verdächtig sind sie schon lange. Dort zum Beispiel die Gruppe um die Wiener Ästheten. Die war fähig, ein Stück von Hofmannsthal manchmal schon besser zu finden. Doch sorgt der treue Feldhauptmann mit der verlässlichen Rundschau dafür, dass alles wieder richtig aplaniert werde zum Besten des Florian Geyer. Und der Obermarketender Sami Fischer hilft ihm dabei. Der hat in seiner grossen Bude alle Gegensätze zu fröhlichem Tun vereinigt bis auf wenige, die ihre Stücke wo anders spielen lassen als im Lessing-Theater. Im Umkreis aber harrt die Zunft der Skribenten, der Schreiber, der kritisch Schaffenden. An der Spitze der bewährteste von allen, der treu ist wie Löffelholz, der grimme, gefürchtete Kerr. Hinter ihm Korrespondenten verschiedener Zeitungen, die im voraus geschriebenen Kritiken und Telegramme schon in der Tasche. Denn heute geht man sicher. Eine grosse Parole ist ausgegeben: Sieg auf der ganzen Linie, Sieg in der fernsten Provinz. Man hat vorgearbeitet, man hat sie verabredet, die Rache für 1896, wo der Florian Geyer aus Versehen geschlagen wurde. Drum wetters von allen Seiten, drum geht ein Jauchzen, ein Stürmen durch das Lager wie am Tage der Schlacht von Weinsberg. Man hebt die Waffen, man veranstaltet einen Umzug. Unter lautem Singen erscheinen inmitten des auserwählten Volkes die Propheten Jonas und Elias. Die halten die letzte feurige Ansprache, dann sammeln sie alle Getreuen zur Schlacht und tragen persönlich den Bundschuh voran.

Was ihnen alles nachtorkelt, an Kommerzienräten, Geheimen Kommerzienräten, Doktoren, Börsenagenten und Malern, wer könnte es zählen? Einer vielleicht, der dem Spektakel vom Anfang bis zum Ende als Fremder beigewohnt hat: der Direktor des Schauspielhauses in München. Er ist aus den Leuten hervorgegangen, die den frenetischen Beifall spenden, ja, er war früher selbst bei dem Manne angestellt, der heute den Florian Geyer inszeniert hat. Scheint ihm auch treu geblieben zu sein, denn er klatscht begeistert in die Hände wie die Andern. Freilich, das ist mehr äusserlich. In Wirklichkeit hat er sich redlich gemopst. Was Geschichtliches. Böse Sache. Wer geht da rein? Und ausserdem, wie soll mans spielen? Diese Unmasse Personen, die Darsteller an solchen Stil nicht gewöhnt, die Ausstattung zu kostspielig. Dann gar nur fünf Vorstellungen, weil die vierte kaum mehr die Kosten deckt. Besser schon, morgen bei Alexander oder im Trianon etwas aussuchen wie die Herkulespillen oder die Hochzeitsnacht, lustige Dinge, die ihm im innersten Herzensschrein ohnehin lieber sind, als die ganze, sogenannte litterarische Geschichte. Allerdings, das darf man nur ganz leise denken, nicht im entferntesten andeuten, geschweige denn aussprechen. Sitzt man wieder in München, in dem behaglichen, stilvollen Hause, das Kajetan Schmederer in dankenswerter Weise errichtet und Richard Riemerschmid in trefflicher Weise gebaut hat, dann tut man sich leichter. Dort gibts manchmal auch Stürme, aber so intensiv gehts nicht runter wie im Lessing-Theater. Auch die Ansprüche sind dort geringer. Man kann mit einem Ensemble arbeiten, das ein paar sehr gute, im allgemeinen aber nur Durchschnittskräfte enthält, man kann ein und denselben Rittersaal im Sarazenenschloss Siziliens, in der Villa des Kommerzienrats Schweissheimer und im Pariser Freudenhaus verwenden, man kann wohl akkreditierte Mitglieder nach Belieben hinausschmeissen oder gehen lassen – die Münchner schlucken alles hinunter. Sagen hinterher doch immer wieder: »Besser wie im Schauspielhaus wird nirgends gespielt.«

So war die Reise auch für den Herrn Direktor nur ein Intermezzo ohne weitere Folgen. Mit allen Spesen zu buchen auf Unkostenkonto. Und ein Intermezzo wars auch für die Kundschafter, die sich auf Gummisohlen ins Lager des Florian Geyer geschlichen hatten. Behende stürzten sie weiter, die kurze Strecke zum Deutschen Theater, wo Reinhardt regiert. »Nischt«. Das ist der Grundton ihrer Berichte. Dann holen sie ihren Hausdichter hervor, den nicht unbegabten William Shakespeare. Ziehen ihm ein buntfarbenes Kostüm an, schöne glänzende Ritterstiefel und goldene Sporen. Sie brennen ihm die Locken wie dem Trompeter von Säkkingen und ziehen ihm den Schnurrbart in die Höhe wie einem preussischen Gardeleutnant. Die Berliner aber, die das natürlich alles sehen müssen, schreien dann immer in heller Verzückung: »Nu, schau man, nu sieh man, was der Shakespeare wieder für feine lila Hosen trägt! Aber erst das grüne Wams! Das letztemal war es rot, das vorletztemal gelb. Sags ja, nicht zum Wiedererkennen ist er, der olle Kunde.« Und Reinhardt reibt sich die Hände. Er ist der Zauberkünstler, der Tausendsasa. Lässt neue Reiche und Welten erstehen, stürzt Throne und Götter. Hat den achtzehnten Brumaire längst hinter sich, hat Marengo geschlagen, ist erster Konsul der freien Theaterrepublik, lässt sich nächstens zum Kaiser krönen. Wird vielleicht auch nach Moskau gehen; mit dem ganzen Betrieb, mit allen Dramaturgen, mit den unter seinem Hute vereinten Theatern und Tingeltangeln, mit dem ganzen Deutschen Reiche, seinem Parlamente und der obersten Spitze. Ein Riesengastspiel, wies die Welt seit Napoleon I. noch nicht erlebt hat, ein Unternehmen, wies nur das moderne Berlin hervorbringen kann. Weil man dort mit der Hochbahn in wenigen Minuten vom Zoologischen Garten bis zum Potsdamer Bahnhof fährt, weil man bei Kempinski schon am Samstag den Platz bestellen muss, will man am Sonntag dort Holsteiner Austern mit Henckell Trocken geniessen, und weil der Verkehr in der Leipzigerstrasse um zwei Uhr morgens noch nicht zur Ruhe kommen will.

Das alles lässt sich in München nur im Kleinen machen. Mit einem Vorortbetrieb, der um zwölf Uhr schon endet, mit einer Kneipe, die nach Märzenbier duftet und mit einem Eroberer, der ins Bayrische übersetzt ist. Herr von Possart, der frühere Leiter der Hofbühnen, stellte zwar mit Vorliebe auf den Brettern wie im Leben den Sieger von Jena und Austerlitz dar, in Wirklichkeit aber glich er viel eher dem Sohne der Hortense, dem dritten Napoleon. Das wäre auf Grund historischer Dokumente leicht festzustellen, vom zweiten Dezember 1851, dem Tag des Staatsstreiches an bis zur Schlacht von Sedan. Das heisst bis zu jener Stunde, wo das ganze Kartenhaus endlich zusammenbrach und der volle Bankerott nicht länger mehr zu verbergen war. Auch nicht mehr die Tatsache, dass die königliche Zivilliste ihre Theater in geradezu jämmerlicher Weise subventioniert. Darunter hatte Herr von Possart naturgemäss zu leiden. Aber er erklärte nicht, dass es unmöglich sei, unter solchen Umständen überhaupt zu regieren, sondern suchte, wie der letzte Kaiser der Franzosen, durch äussere Wirkungen zu blenden und dadurch die Aufmerksamkeit vom eigentlichen Grundübel abzulenken. So durch das Prinzregententheater und die Mozartspiele. Denn er prüfte alles vom Standpunkt des Komödianten alten Stils. Den nur jene Stücke interessieren, wo er selber die grösste Rolle spielt, dem die Hauptszene des dritten Aktes, wo er die grosse Ansprache in Form einer Arie singen kann, die liebste ist, und der die Geste der Oper über alles schätzt. Die junge dramatische Kunst sah er nicht oder wollte er nicht sehen. Allerdings, als sie anfing, ganz schüchtern draussen im Deutschen Theater, wo jetzt die Weiber auf den Redouten herumfegen, suchte er ihr zu begegnen. Aber nicht dadurch, dass er sie an sich riss und so die Gründung des Schauspielhauses verhinderte – was er nämlich gekonnt hätte –, sondern dadurch, dass er das Polizeipräsidium bat, die ihm fatale Konkurrenz glatt zu verbieten. So was durfte er in München tun, ohne öffentlich für irrsinnig erklärt zu werden. Ja, noch mehr, er durfte dabei den ältesten Benedix, die elendesten Schwankfabrikanten neueren Datums ungestört weiterspielen: die Münchner merkten noch nichts. Wie sollten sie auch? Sie hatten ja keine Vorbilder. Vom Gärtnertheater, dieser gänzlich heruntergekommenen Schmiere, konnte man schon damals nicht mehr reden, und das Volkstheater, das jetzt einen merkwürdigen Mischmasch für kleine Leute, sowie Sherlock Holmes für die gute Gesellschaft spielt, kam gleichfalls nicht in Betracht.

Nach Berlin aber geht der Münchner nicht. Höchstens einmal als junger Mensch. Auf ein Semester oder ein Lehrjahr. Doch da sieht er keine Theater, sondern nur Kneipen. Er sieht die Siegesallee, auf die er vorschriftsmässig schimpft, er sieht den Kaiser, zu dem er mit scheuem Misstrauen emporblickt, er sieht die Damen der Friedrichstrasse, die er zuerst für Komtessen hält. Fortwährend hat er Heimweh. Kann kaum erwarten, dass das Exil zu Ende geht. Denn so schön wie in München ists halt doch nirgends auf der Welt. Auch nicht in Potsdam. Dorthin kommt er einmal, wenn es gewiss ist. Gehts hoch her, noch in irgend eine Galerie. Doch das ist schon eine Ausnahme. Der Münchner weiss, dass der Berliner von Kunst nichts versteht. Das haben ihm seine Landsleute von Kindheit auf gesagt, das hat er immer wieder in der Zeitung gelesen. Der erste Schauspieler, die erste Truppe, wenn sie in München gastieren, werden im allgemeinen behandelt wie Herrschaften vom Stadttheater in Straubing oder Vilsbiburg. Nil admirari. Besonders Berlin nicht. Der Münchner hält es einfach für unmöglich, dass, trotz der hier gezeichneten Lächerlichkeiten, Brahm oder Reinhardt für das deutsche Theater etwas bedeuten, er glaubt es nicht, dass ausserdem noch an sechs bis sieben Bühnen vortreffliche Komödie gemacht wird. Erzählts ihm ein Fremder, ein Zugereister, dann lacht er ihn aus. »So gut wie bei uns wird nirgends gespielt.« Und er meint damit noch immer das Schauspielhaus. Kommt er aber einmal dahinter, merkt ers, wie damals beim Residenztheater, dann haut er mit Händen und Füssen um sich. Darum mag sich Herr Stollberg in acht nehmen. Eines Tages wird auch für ihn das Neue erscheinen. Das spielt erst vorzüglich, zehnmal besser wie er. Doch der Münchner ist nicht hineinzukriegen. Darum verkracht es und spielt mässig. Dann wechselt es dreimal den Besitzer und spielt schlecht. Dann findet es der Münchner gut und ist nicht mehr herauszubringen.

Somit Schauspielhaus zweites Intermezzo für den Münchner. Für den Verfasser ist es das letzte, und es bleibt nur noch die allgemeine Betrachtung von München im Gegensatze zur Reichshauptstadt auf dem Gebiete der bildenden Kunst. Das mag mancher als sehr überflüssig empfinden. Besonders was so ein richtiger Bayer ist wie der Herr Kultusminister von Wehner. Der war jahrelang Kunstreferent und kam vor wenigen Wochen zum erstenmal in seinem Dasein nach Berlin. Man will eben auch an leitender Stelle von diesem Thema nichts hören, man will nicht zugeben, weder in politischen Fragen noch sonst, dass man mit solchem Faktor zu rechnen hat, und vor allem, man will das Prestige wahren. Will so tun, als ob man was täte und steckt den Kopf in den Sand. Trotzdem, man kommt nicht darüber hinweg. Keine Vergleiche sollen gezogen werden: die beiden Gesichtspunkte im wohlberechneten Abstand zueinander gemessen, jeder für sich als ein Teil des Ganzen, und München doch wieder unter dem nicht hinwegzuleugnenden Drucke des Andern, so hat es sich darzustellen. Wers vom Standpunkt eines Fanatikers für Zentralisation sieht, etwa nach Frankreichs Vorbild, wirds nimmer verstehen. Leider kommts in solcher Tonart oft über die Donau herunter, schnarrend wie eine Kindertrompete. Redet von Provinz, von längst überwundenem Standpunkt, vom kleinen Wurstwarenhändler, der neben Wertheim und Tietz doch nicht mehr bestehen könne. Das ist natürlich sehr albern, ebenso traurig aber ist, dass das Berliner Knallprotzentum sich nicht ohne Grund brüstet. Die Leute kaufen, sie kaufen wirklich. Draussen am Kurfürstendamm, wenn die Sezession alljährlich geöffnet wird, gehts zu wie bei der Première im Lessing-Theater. Nur dass es sich dort um Liebermann handelt. Und die Galerien unter Bode und Tschudi kaufen erst recht. München dagegen hat jedes Jahr eine Ausstellung im Glaspalast, eine in der Sezession. Da gehen ein paar Leute hinein, und der Staat erwirbt für die geringen Mittel, die zur Verfügung stehen, wahl- und systemlos recht minderwertige Sachen. Nur zwei Privatgalerien hat die ganze Stadt. Die des Herrn Thomas Knorr in seinem gastfreien Heim an der Briennerstrasse, die des Herrn Wilhelm Weigand in der weltfremden Stille des Sternguckerviertels. Darum sei das Intermezzo, das mit dem Theater begann, geschlossen mit dem Ausdruck des Dankes für diese beiden Männer.

DIE GESELLSCHAFT

Der Festsaal eines eleganten Privathauses. In der vornehmen Pracht seiner hochmodernen Ausstattung. Bruno Paul, Riemerschmid, van de Velde. Darin in grosser Toilette eine glänzende Gesellschaft, Herren und Damen der Geburts- und Finanzaristokratie, der Künstlerwelt, der litterarischen Kreise, kurz, das beste, vornehme München. Alles in froher Erwartung, alles geheimnisvoll zischelnd. Jetzt ein Zeichen, die Lichter erlöschen, dann eine Stille, dass man die berühmte Stecknadel hören könnte, die immer zu Boden fallen muss, wenn den Berichterstattern nicht noch ein dümmeres Gleichnis zu Kopf steigt. Auf dem matt erleuchteten Podium erscheint ein Herr, ein grosser, eleganter Herr mit spitzem Vollbart und wohlgepflegten Händen. Das ist ein vielgenannter Arzt, der sich mit Hypnose beschäftigt. Deshalb hält er darüber eine Ansprache. In gemessenen Wendungen, mit schönen Bewegungen. Und während er das tut, streicht ein anderer, der den Bauch und das Gesicht eines Managers hat, auf etwas herum. Erst kann man gar nicht erkennen, was das ist, plötzlich aber entwickelt sichs vor den atemlos schauenden Herrschaften. Eine weisse Gestalt, eine Frau mit rollenden Augen und einem ungewöhnlich grossen Munde. Gurgelnde Laute stösst sie aus, sie macht kreisförmige Bewegungen mit den Armen und auf einmal fängt sie zu tanzen an. Nach einer Melodie, die einer der in Mode stehenden Komponisten Münchens auf dem weitgeöffneten Bechstein hervorzaubert. »Huuuuh« tönt es schauervoll über das fröstelnde Parkett. Dort wirds rebellisch auf der ganzen Linie. Visionen erstehen, man glaubt die blutigen Hände der Lady Macbeth, die Gesichte der heiligen Katharina zu sehen, man fühlt die fleischgewordene Tragödie. Und alles im Schlafe hervorgebracht, so viel Kunst, so viel Schönheit, so viel klingende Rhythmen! Ein ewiges Rätsel. Wie ists nur möglich? Die Mitglieder der psychologischen Gesellschaft rücken näher zum Podium, bekannte Maler holen ihre Mappen hervor, und dann kommen die Ärzte. Mit der alleswissenden Amtsmiene, mit Stethoskop und Taschenuhr. Sie untersuchen die aus dem Schlafe jetzt wieder Erwachte, sie stecken die Köpfe zusammen, sie sagen, »es stimmt«. Allgemeine Ekstase, Tags darauf ein Rausch in der Presse, die folgenden Wochen aber eine unwiderruflich letzte Vorstellung nach der andern gegen wahnsinnige Eintrittspreise. Der Manager hypnotisiert kräftig drauf los, bis ihn endlich weitere Verpflichtungen nach auswärts rufen. Diesen folgt er nur ungern. Denn er sagt sich beim Abschied, dass er ein angenehmeres Publikum wohl nirgends mehr finden werde. So eindrucksfähig, so gläubig, so gut.

Die tanzenden Damen waren in der Residenz Ludwigs I. immer vom Glücke begünstigt, seit die neugebackene Gräfin Landsfeld, die ehemalige Lola Montez draussen in der Barerstrasse die Geschicke Bayerns mit zierlichen Händen lenkte. Dies unauslöschliche Faktum gab ihnen gewissermassen eine höhere Weihe, eine erbeingesessene Berechtigung in den Augen der guten Gesellschaft. Die hohe Aristokratie fauchte zwar damals sehr wütend. Eine hergelaufene Person. War sie wirklich Spanierin, war sie Schottin oder gar aus Amerika, diese in Partizipialkonstruktion besungene Geliebte des Königs, diese Megäre, die sich erfrechen wollte, die Morgenröte des Liberalismus an Bayerns tintenklecksartigem Horizont heraufzuführen? Fort mit ihr! Hätte die Dame mit Abels schwarzen Heerscharen regiert, hätte sie diesen Konvertiten in der durch seine miserable Wirtschaft schwer erschütterten Position noch gefestet, dann brauchte der Ministerpräsident nicht den bekannten Trick mit dem bombastischen Abschiedsbrief zu machen. Die Gräfin Landsfeld wäre als Patrona Bavariae neben der Muttergottes verehrt worden bis an ihr mehr oder minder seliges Ende. Denn die bayrischen Reichsräte sind im Grossen und Ganzen so stockklerikal, dass der Papst, im Vergleiche zu ihnen gemessen, als fanatischer Freigeist zu gelten hat. Sie parlierten im Jahre 1848 ihr gebrochenes Französisch durch die Nase, wie sies heute noch tun, sie sahen damals in Preussen den Erbfeind, wie sie ihn nach 1870 erst recht sahen. Friedrich Wilhelm IV. hatte die Spanierin eigens gesandt, um Bayerns Grösse zu ruinieren. Solcher Blödsinn wurde nicht nur beim Sterneckerbräu von alten Triefmäulern, von bigotten Ratschkathln erzählt: die bayrische Aristokratie kolportierte ihn in ihren nüchternen Hotels noch viel eifriger. Und ein besonders gottergebener Graf liess eigens ein paar Hundert Arme speisen, als das vom leibhaftigen Gottseibeiuns in Gestalt eines preussischen Spions gesandte Schreckengespenst glücklich vertrieben ward.

Immerhin: wie auch Lola hinausflog, wie sie endete – drüben in New-York auf dem Stroh als elende Bettlerin – sie hatte regiert, sie hatte ihre Zunft gehoben. So was war möglich in München. Selbst wenn man mässig tanzte. Wie sies getan haben soll. Und so was wird möglich sein, immer wieder. Auch wenn hinterher aufkommt, dass alles ein heilloser Schwindel war. Ganz gleichgültig. Die es in Szene setzen, mögen sich noch so unsterblich blamieren, die angebliche Hypnose mag allen Männern der Wissenschaft als riesige Seifenblase an dem schwerbebrillten Riechorgan platzen: Die gute Gesellschaft ist von ihrer Leidenschaft nicht mehr zu retten. Das hat sie am stärksten in den letzten Jahren bewiesen. Die langweilige Cléo de Mérode mit ihrer typisch gewordenen Frisur, die kleine Saharet mit ihren frechen Purzelbäumen, die gespreizte Rita Sacchetto – alle wurden jubelnd empfangen, bis zu dem nach Lola grössten Phänomen, der in München entdeckten, hochkeuschen Isadora Duncan. Mit der Stupsnase und den nackten Beinen, mit dem ganz kurzen Unterröckchen und der Etepetetewirtschaft. Ein fortwährender Kitzel der Sinne und dabei doch immer die verdammteste Wohlanständigkeit. Also ein Tanz, wie ihn die gute Gesellschaft just brauchte. Zur Anregung in lauschigen Stunden, zur Verkörperung ihres eigenen Bildes, zur Vergötterung Isadoras. Sie durfte alles wagen. Hätte sie wie Lola die Politik aufgegriffen, hätte sie Geschichte getanzt, hätte sie ein paar in Ehren ergraute Minister nach hundertjähriger Tätigkeit zum Teufel gejagt, ja, hätte sie sozialdemokratisch regiert, es wäre ihr anstandslos erlaubt worden. Doch sie blieb keusch, blieb ein anständiges, allgemein geachtetes Mädchen. Wurde sogar in ersten Familien zu Tische geladen, so ausgezeichnet benahm sie sich. So zurückgezogen, so still. Einzige Erholung, dass sie mit ihrem über alles geliebten Bruder spazieren fuhr. Sonst lebte sie nur ihrer grossen Kunst und – tanzte. Tanzte in allen Gesten, in allen Drehungen, Strauss, Chopin, Beethoven und, wenn sie irgendwie in Musik gesetzt worden wäre, auch noch die Speisekarte vom Löwenbräukeller.

Also Terpsichore Hand in Hand mit der Frau Musika. Salome ins Pensionathafte übersetzt. Ohne das Haupt des Johannes. Und Herodes in Gestalt eines liebenswürdigen, alten Herrn. Der begeistert Beifall nickt und angenehme Schauer verspürt. Ob bei Isadora oder bei Richard Strauss. Letzterer auch nicht übel. Erstens Münchner, Sohn des stadtbekannten Hofmusikers. Überall liest man von ihm, überall dirigiert er, heute in Madrid, morgen in Paris, übermorgen empfängt ihn der Kaiser oder der Präsident der Vereinigten Staaten. Am wichtigsten aber seine Kühnheit. Und noch mehr die Kühnheit der guten Gesellschaft, das anzusehen. Jawohl. Vor fünfzehn Jahren hätten die Damen noch gebeichtet, wäre ihnen auf einer Reise so etwas zufällig zu Gesichte gekommen. Vor zwei Jahren noch hätten sie sich geweigert, ins Schauspielhaus zu gehen, wo der Wilde'sche Urtext immer noch die Kasse füllt – die Musik verklärt selbst das abgeschlagene Haupt eines Heiligen. Man hat nichts zu denken dabei. Man braucht sich nur in den Fauteuil zu lehnen und nur manchmal mit dem Auge zu blinzeln. Die bequemste aller Künste. Die denkfaulste vom Standpunkt des Geniessenden. Somit nach dem Tanze die angenehmste für die Münchner Gesellschaft. Wagner ist schon strapaziös. Hat aber immer noch was zu sagen in München. Und Bayreuth noch viel mehr. Streckt kräftig die Fühlhörner aus, hat alle Fäden in der Hand. Lullt mit trefflicher Regie und den Festspielen die ganze Gesellschaft in ein Meer von schmeichelnden Tönen. Ausserdem ist es Modesache; man muss hin, man muss es wenigstens einmal gesehen haben. Wie man auch nicht zurückbleibt, wenn ein allbeliebter Kapellmeister oder ein stümpernder Dilettant aus guter Familie die Nibelungen herunterklimpert. Ist man aber Gegner, gehört man zur Clique der Massvollen und Geläuterten, brüllt man jeden nieder, der Wagner nur mit dem Hut in der Hand zu kritisieren wagt, dann hört man Beethoven. Aber nur die Quartette, weil die Symphonien viel zu brutal sind. Man langt als Feinschmecker verzückt an die Ohren, wenn eine bestimmte Sängerin in bestimmten Abschnitten bestimmte Lieder vorträgt oder man lässt sich herab, irgend einem Virtuosen Gehör zu schenken, wenn er das Brahmssche Violinkonzert spielt.

Was bleibt noch daneben? Nur Wissenschaft, nichts weiter als strenge, gediegene Wissenschaft. Brahmasamādsch, in bengalischer Beleuchtung und Aussprache. Brahmosomādsch hiess die von dem Brahmanen Rām Mōhan Roy gegründete Sekte zur Hebung des Menschenglücks, die Rām Mōhan Roys Nachfolger, Dēbēndra Nāth Tāgore zum reinen Deismus ausbaute, während dessen Nachfolger Keschab Chander Sēn die mehr mystische, neue Offenbarung, die New Dispensation brachte, eine kühne Verschmelzung von Hinduismus, Islam und Christentum. Über dieses Thema säuselts im starkbesuchten Salon einer vornehmen Dame. An der Hand von Zahlen wird bewiesen, wie unendlich viel durch dieses System in Indien erreicht wurde. Die Mässigkeit feiert jetzt dorten Triumphe, die Polygamie ist erfreulicherweise im Abnehmen begriffen, die Stellung der Frau ist eine bessere geworden. Alle Damen, die gestern noch bei Madame Magdeleine sassen, vernehmen das mit hoher Befriedigung. Eine von ihnen ist enragierte Anhängerin der Frauenbewegung, eine andere ist Präsidentin des Vereins zur Förderung der Interessen krüppelhafter Kinder, eine dritte leitet die zu wohltätigen Zwecken jedesmal wiederkehrenden Monstretees oder jene Basars, wo zugunsten des mit dem Namen einer bayrischen Prinzessin belegten Spitals verkauft und gedudelt wird. Der Vortrag aber geht weiter. Freilich mit etwas heiserer Stimme. Es ist eben der dritte, den der Herr heute hält. Einer hat der Dämonologie des christlichen Mittelalters gegolten, der andere der Theosophie im Gegensatz zum Mystizismus. Jetzt geht er von der sozialen Seite des Brahmosomādsch zur Begründung seiner monotheistischen Religionsform über. Die Damen neigen sich nach vorne, die Herren halten die Arme verschränkt. Dazwischen ebenso lautlos ein intelligent aussehender Lohndiener, das Teebrett in der Hand, und die zur Zofe verwandelte Köchin mit dem Gebäck.

Drüben im ausgeräumten Schlafzimmer der freundlichen Wirtin ists nicht minder feierlich wie im Salon. Auch dort lauschen die Gäste mit Interesse. Nur eine Dame, eine stattliche Frau von vierzig Jahren, lehnt sich nach rückwärts. Denn was hinter ihr geflüstert wird, interessiert sie. Das Thema kennt sie ja schon. Alle Welt kennt es. Der Sohn eines hohen Militärs ist mit einer ganz gewöhnlichen Kellnerin abgeschoben. Wohin? Ins Ausland. Und das Schönste, er hat die Person geheiratet. Die ganze Stadt ist voll davon. Die Skandalblätter bringen niederträchtige Artikel. Aber hier im Nebenzimmer ist man noch besser informiert, man kennt alle Details. Die bis zum Wahnsinn gehende Raserei des sehr hochmütigen Vaters, die Entrüstung der königlichen Familie. Und die Ursachen solch entsetzlichen Leichtsinns? Schlechte Lektüre. Der junge Mensch soll Schopenhauer gelesen haben, selbst Nietzsche hat man auf seiner Nachtkommode gefunden. Was man dazu sagt? Die horchende Dame sagt natürlich nichts. Sie schaut mit anscheinender Spannung auf den Vortragenden, sie lässt ihn nicht aus den Augen, sie folgt jeder seiner Bewegungen, sie hebt nach jedem Absatz wie neu erfrischt das stolze Haupt. »Das Geld zu der Auskneiferei hat er gepumpt.« So tönts wieder hinter ihr. Und sie horcht immer intensiver. Jede Liebesgeschichte interessiert sie. Sie hat selber ihr Leben genossen ohne Rücksicht auf die Leute; sie freut sich, wenn Andere geniessen. Darum wünscht sie im innersten Herzen dem jungen Burschen mit seiner Angebeteten recht glückliche Fahrt.

»Kannst sagen, was du willst, die Baronin ...« So flüstert ein Leutnant und schnalzt mit der Zunge. »Wär' noch eine Todsünd' wert«, antwortet der Andere. Sie kichern beide. Das merkt eine Dame in der Nähe hinter einem Paravant. Deshalb droht sie den Beiden lächelnd mit dem Fächer. Einige von der Gesellschaft drehen sich um. Auch die Baronin. Sie hat gemerkt, dass man sie aufs Korn nahm. »Galt uns« sagt sie zu ihrem Nachbarn. »Sollen sich beruhigen, habens selber miteinander« antwortet der. Dann wendet er sich wieder zu dem Vortragenden. Die Baronin aber ist enerviert. Trotzdem der Klatsch nicht zum erstenmal über sie kommt. Sie begreift es nicht, dass man sie nicht endlich in Ruhe lässt. Andere dürfen doch treiben, was sie wollen. Da, gleich vor ihr sitzt eine Dame von fünfzig Jahren oder noch drüber. Man sieht es heute noch, dass sie einmal sehr schön war, man merkt, wie sie sich fühlt, im Vollbesitz erworbener Rechte. Links hat sie den Mann, mit dem sie dreissig Jahre verheiratet ist, rechts hat sie den Liebhaber, mit dem sie neunundzwanzig Jahre ein Verhältnis pflegt. Ihr von Stadt und Gesellschaft genehmigtes Verhältnis. Das einzige, in allen Ehren und Züchten. Eine Sache, an die sich München gewöhnt hat wie an die Existenz der Steuerbehörden oder des Standesamts. Darüber spricht man schon nicht mehr; das ist selbstverständlich. Im Gegenteil. Würde nur peinliches Aufsehen erregen, wenns heute dem noch sehr flott aussehenden Liebhaber einfiele, plötzlich aus dem Dreieck fortzubleiben, oder wenn die sehr reife Frau selbst noch auf exzentrische Gedanken käme. Fast wäre es ihr zuzutrauen. Denn alles an ihr ist noch echt. Nur die Haare sind gefärbt, kastanienbraun im Stile des Cinquecento. Doch das ist nicht ihre Schuld. Das hat einer von jenen getan, die über die Köpfe von Gatten und Liebhaber hinweg den Damen sagen, wie sie sich herzurichten haben, und der Gesellschaft, wie sie sich benehmen soll.

Solche Männer, solche Gewalthaber hat es immer gegeben in München. Wie sie auch auswärts existieren. Nur treten sie dort nicht so charakteristisch in Erscheinung. Sie raten wohl, welche Bilder man kaufen soll, sie erklären, welcher Maler gut oder schlecht ist, aber sie haben nicht diese umfassende Exekutivgewalt. Die geht zur höchsten Stelle, sie umfasst die Politik ebenso wie die Kunst, sie vermittelt zwischen Parteien und Gegensätzen; wenns not tut, zwischen Bayern und Preussen. Mit diplomatischer Gewandtheit, und doch wieder zur rechten Zeit mit bajuwarischen Schimpfworten. Im Fürstensalon wie im Boudoir. Braucht ja gar nicht so ernst gemeint zu sein mit der Grobheit. Sie ist nur die Umgangsformel, die Pose. Muss wirken, muss niederwerfen. Vor allem jeden Gott, der sich daneben auftut. Mag er Wilhelm Leibl heissen und draussen im Aiblinger Moor als geborener Kölner die Bauern malen, wie sie keiner vor ihm gemalt hat, so echt, so international und so bayrisch. Als Troddel muss so ein Herrscher alle andern erklären. Er allein nur regiert. In jeder Abstufung der guten Gesellschaft, von den Kaufleuten an bis zu den Reichsräten. Und nicht zuletzt bei der dazwischen stehenden Kaste jener ausgesucht feinen Kreise, die von Geburt zwar noch bürgerlich, doch schon ein bisschen mit kleinerem Adel vermischt sind. Wo das Familienoberhaupt den Zivilverdienstorden hat, wo der Titel den

Ausschlag gibt, wo gemässigt liberal gewählt wird, wo man für Reformkatholizismus schwärmt, wo man sich nach Möglichkeit günstig verheiratet und mit stärkster Wahrung aller bayrischen Sonderinteressen auch dem Kaiser einen ehrerbietigen Gruss nicht verweigert. Denn man mag über Wilhelm II. sagen, was man will, das Eine – –, jetzt kommt ein entsprechender Nachsatz. Jeder kann ihn sich selbst ausdenken. Genial, hochstrebend, gross: wie er lautet, er findet bei diesen Herrschaften immer Anwendung. Und zwar nicht nur auf den Kaiser, sondern auf jeden, der mit blendenden Mitteln die Nüchternheit eines nach aussen und innen streng konservativen Daseins vergoldet.

Somit auch auf den jeweiligen Leiter der guten Gesellschaft. Das war bis vor kurzem kein geringerer als Franz Lenbach. Der beste Kenner aller Münchner. Einer der von vornherein wusste, dass ihr Interesse der Kunst gegenüber ein rein platonisches war. Nur porträtieren liessen sie sich, in Lebensgrösse oder in Brust-stück. Draussen in der Luisenstrasse, gegenüber den Propyläen, wo römische Gartenanlagen den Palazzo des Meisters flankier-ten. Und nicht nur die Münchner, die ganze Welt kannte diese starke Persönlichkeit, mit ihrer rücksichtslosen Art zu verkehren und auch zu malen. Der Altbayer kat exochen mit dem schlauen, durchdringenden Blick für alles, was ihm in den Weg läuft. Der aber nicht mehr mit den Augen seiner Landsleute sieht – bis zu den Bergen und nie über die Donau hinaus – sondern auf seinen Wanderungen alles in sich aufgenommen hat: Welt, Schule und Menschen. Zu eigenem Zwecke, um im Grossen sich dienstbar zu machen, was der Bauer im Kleinen nur kann. Mit einem Worte, das Prachtexemplar von unbezähmbarem Gewaltmenschen. Der nur tyrannisiert, nur über den Stock springen lässt und denen ein paar tüchtige über den Buckel pfeift, die etwa nicht wollen. Dazu war er im Recht. Er fand keinen stärkeren über sich, sondern nur eine Herde ergebener Liebediener, die alle warteten, dass er ihnen eine Gnade erweise. Dafür brutalisierte er sie gehörig, hielt ihnen aber auch zur rechten Zeit wieder ein Zuckerbrot hin. Denn die-ser Weitgereiste wusste, dass die Menschheit auch manchmal zu lachen wünscht. Drum gab er ihnen Feste, in einem Meere von Farben und Lichtern. Wo er umgeben war von einem Kranze blendender, schöner Frauen. Von jenen Modellen, die die ganze Welt kannte, die er protegierte wie ein Fürst, die er kleidete, frisierte, die er wie durch besonderes Dekret zur grossen Lenbachschen Schönheit beförderte. Ein Renaissancemensch. So hat ihn einmal in öffentlicher Verhandlung Münchens bekanntester Verteidiger, der ebenso geschickte wie witzige Max Bernstein, genannt. Das Wort war schon damals ziemlich verbraucht, weil es jeder Kaffeehauslitterat auf sich selber bezog oder auf den, der ihn zu einem solchen machte. Auf Lenbach passte es trotzdem. Weniger auf die Art seiner nicht sehr selbständigen Malweise, sicher aber auf seine Persönlichkeit. Wie ein Mann, der sich aus dem Niedersten emporgearbeitet hatte, kannte er einzig sich selber, wie ein Kondottiere schlug er alles tot, was sich ihm in den Weg stellte, wie ein Grosser hat er gelebt, und wie ein ganz Grosser ist er gestorben.

Die Münchner Gesellschaft aber ist die in tiefster Trauer Hinterbliebene. Drei Jahre kaum ist der Meister tot, und schon weiss kein Mensch mehr, wer schön ist, und wer nicht. Unetikettiert ziehen die Damen einher, niemand kümmert sich um sie, niemand rubriziert sie, niemand sagt ihnen, wie sie sich anziehen sollen. Fritz August von Kaulbach malt zwar auch schöne Frauen. Er hat Aufträge, dass er sie kaum bewältigen kann, er hat auch eine Villa im römischen Stil. Nicht gerade vor den Propyläen, doch in einem nicht minder klassischen Viertel, gegenüber dem Atelier seines Onkels, des einst so gefeierten Wilhelm von Kaulbach. Auch macht er grosses Haus, wies die Gesellschaft verlangt. Trotzdem trennt ihn von Lenbach eine weite Kluft. In der Malerei sowohl wie in der diktatorischen Gewalt des Oberbayern. Also vielleicht Franz von Stuck? Der wäre bei Passau geboren, gibt noch berühmtere Festlichkeiten und hat ein Haus, das, wenn auch nicht römisch, an Geschmack und Eigenart wohl rivalisieren könnte. Aber auch er dürfte der Rechte nicht sein. Zu unbeweglich im Ausdruck, gesichtlich wie sprachlich. Zu viel niederbayrischer Moltke im Gegensatz zur dreinfahrenden Bismarcknatur des Schrobenhausener Meisters. So etwas vererbt sich eben nicht von heute auf morgen. Das fühlt die Münchner Gesellschaft am besten. Sie tastet, sie sucht; am liebsten liesse sie inserieren. Denn einen Führer braucht sie nun mal. Und kanns ein Maler nicht sein, dann ein Anderer. Vielleicht Herr von Possart?

Eine Zeitlang schien es, als wollte mans mit ihm probieren. Seine Vorträge, seine Rezitationen sind heute noch eine Zugkraft. Aber die wahre Liebe ists eben doch nicht. Es greift nicht so keck, so tief. Und was an andern Führern noch in der Münchner Kunst lebt, an Spezln, an Mitgliedern der Monumentalbaukommission, so sind das ja im allgemeinen recht tüchtige Gewaltmenschen, aber, so viel sie auch erreichen auf dem Gebiete der Kunst – ihre Erscheinungen wirken zu wenig auf das weibliche Geschlecht, also auf den ausschlaggebenden Teil bei der Besetzung der Führerstelle. Man darf daher für die nächste Zukunft mit Recht gespannt sein. Wer wird diesen wichtigen Posten übernehmen?

DIE DICHTER

Vor einigen Monaten sah ich im Schauspielhause das Stück eines in München lebenden Dichters. Ein Kampfstück, ein Tendenzdrama, gerichtet gegen einen anderen Dichter, der auch einmal in München gelebt hatte, als Freund des selben Mannes, der ihn jetzt angriff. Also eine persönliche Abrechnung, ein Internum, das nichts mit der Kunst zu tun hatte. Schon deshalb, weil die Sache ohne jeden Humor war. Der Gegner erschien als der übliche Theaterschurke schwärzester Färbung, ders geschrieben hatte als der schwerverkannte Menschenbeglücker edelster Rasse. Vier böse, endlose Akte voller Reden und Redensarten. Neben mir, im stimmungslosen Hause, ein Mann, dem das literarische München völlig unbekannt. Ich sage ihm, das ist der, das ist die, das ist das. Ich erkläre ihm die Münchner Sitte, dass man erst Brüderschaft trinkt und sich vier Wochen später per Ew. Hochwohlgeboren schreibt, ich erzähle ihm in den Zwischenakten auch von den beiden Dichtern. Als von Leuten, wo jeder was geleistet hat im Leben, jeder in seiner besonderen Art. Auch ihre Trennung suche ich ihm klarzumachen. Der eine trank eben Weisswein, der andere roten. Solche Weltanschauungen müssen einmal aufeinander platzen. Dazu noch die liebe Menschheit, der Tratsch, die berühmten geselligen Abende, die Trabanten, und jetzt da oben auf dem Theater das Resultat der ganzen Krakehlerei: die einer überreizten Phantasie entsprungene »Insel der Seligen«. Die den Zufluchtsort für erlesene Geister bilden soll, die den Leuten vorrechnet, wie viel Butterbrote sie bekommen haben. So etwa sprach ich, vielleicht auch noch etwas deutlicher. Der Fremde hörte dem allen sehr aufmerksam zu. Als ich aber fertig war mit meinem Latein, sagte er achselzuckend: »Es ist ja alles recht schön, aber was geht das mich an?« Anfangs war ich wie vor den Mund geschlagen, je länger ich aber nachdachte, um so mehr musste ich mir sagen, wie recht der gute Mann hatte. Er wollte ein Stück sehen und fand eine Schimpferei, ich wollte ihm das Leben der Münchner Dichter erklären und musste entdecken, dass ihn das nicht interessierte. Trotzdem er mich selber darauf angeredet hatte. So liess ich mir seine Zurechtweisung gefallen. Aber vergessen konnte ich sie nicht. Und heute liegt sie mir besonders auf den Nerven.

Der Leser wird bald erfahren, warum. Er hat selber, wer er auch ist, wenigstens einmal in seinem Leben den bekannten schweren Traum gehabt. Wo er irgend was unternehmen soll. Um sieben Uhr an der Bahn sein, um acht Uhr noch einmal das Absolutorium machen, um neun Uhr eine Rolle aufsagen. Dabei kommt er nicht vom Fleck, so heftig er sich bewegt und ist auf das Absolutorium ebensowenig vorbereitet wie auf die Rolle. Schlimmer noch, wenn das Stück überhaupt gar nicht geschrieben ist, das eben aufgeführt werden soll. Das Publikum hat sich versammelt, doch harrt es vergebens, die Souffleuse sitzt an ihrem Platze, doch hat sie kein Instrument zum einblasen, der Dichter steht fassungslos hinter der Szene. So was einfältiges kann natürlich nur ein Dramatiker träumen. Wacht er dann auf, mit dem bekannten Seufzer der Erleichterung, sieht er, dass alles nur Einbildung war, ists ja gut. Ganz schlimm aber, wenns nicht Traum oder Zwangsvorstellung, sondern schreckliche Wirklichkeit bedeutet. Dann wäre er wieder froh um den Traum, er wünschte aus dem Leben zu erwachen, möchte sich beissen und zwicken – vergebens. Die graue Wirklichkeit bleibt bestehen. Und die Arbeit schleicht wie die Schnecke, so träge, so klebrig. Da ein Wort, da ein Satz, da ein Strich. Nicht zu erleben mit dem Tempo. Darum wird er ungeduldig, der Dichter, er forscht nach den Ursachen, sieht das gestern Geschriebene noch einmal durch, er rennt durch das Zimmer, er flucht der eigenen Existenz. Ein Holzhauer möchte er sein, ein Beamter, ein Bankkommis mit regelmässigen Arbeitsstunden. Hat er aber das ganze Register der Berufsarten erschöpft und noch einmal die Attacke gemacht, hat er wieder mit der Feder gekritzelt – drei lumpige Zeilen, die nichts fördern – dann wirft er schliesslich den ganzen Krempel in die Ecke. Vorher kann er noch mit dem Personal einen Skandal anfangen, kann beanstanden, was er sonst unbeanstandet lässt, kann ein Fenster einhauen, eine Bronze vom Schreibtisch fegen oder mit heilloser Wut alle Dichter inklusive sich selber als impotente Philister erklären.

Als Bierhuber und Vereinsmeier. Die nur sumpfen, nur gründen. Wie die Münchner selber. Die im Rauchklub beisammenhokken, monatliche Beiträge erheben, einen Vorstand, einen Schriftführer, drei Beisitzer und den gänzlich überflüssigen Kassier wählen. Auch die Vereinsfahne darf nicht fehlen, und vor allem: ein Titel muss die Sache krönen, ein schöner, klingender Titel. So etwa lernte ich die Dichter kennen, als ich vor dreizehn Jahren unter sie trat. Eine in sich geschlossene Korona, eine Aktiengesellschaft. Mit dem Hauptsitz in Berlin, mit einer ansehnlichen Filiale in München. Otto Julius Bierbaum war der erste Geschäftsmann und Betriebsleiter, sämtliche Litteraten die Aufsichtsräte mit der stillschweigenden Versicherung auf Gegenseitigkeit. Offizielles Organ für Süddeutschland: der Münchner Musenalmanach. Für Berlin: der Pan. Beitreten konnte jeder bis dahin noch unbescholtene Mann mit ein paar mehr oder minder dämonischen Instinkten und unheilbarem Grössenwahn. So bekam auch ich eine auf Namen lautende Aktie und einen bestimmten Wirkungskreis zugewiesen. Ich sollte mich rühren, sollte mich nützlich machen. Dafür wurden mir bestimmte Gegenleistungen zugesichert, wie Empfehlungen an Theaterdirektoren, günstige Leitartikel und verschiedene Naturalien, zu liefern am Tag der Première. Auch ein Name, ein Vergleich mit der Ewigkeitslinie sollte für mich ersonnen werden, wie es bereits einen schlesischen Shakespeare, einen germanischen Heine und einen mosaischen Kleist gab. Gute Führung natürlich vorausgesetzt. Aber damit haperte es. Ich hatte, das zweite Kapitel zeigte es deutlich, von kaufmännischen Dingen nie was verstanden. So warf ich auch diesmal um, ich liquidierte die Kosten und wandte mich von der verschlossenen Türe wieder hinaus in das Freie.

Dort ists heute nicht besser. Graublaue Wolken lagern am Himmel in unbeweglicher Ruhe, schwer und massig, als wollten sie jeden Augenblick herunterfallen. Und eine Schwüle wie Blei in der drückenden Frühlingsluft, dass man meint, sie müsste explodieren. Auf einer nahen Pappel schlägt eine Amsel an. Das macht die Stille noch tiefer, das schiebt die Häuser noch enger zusammen. Was soll man tun? Noch länger warten, bis einem die Spatzen aufs Dach machen? Ich überlege und bleibe mitten auf dem Pflaster stehen. »Hopla«, sagt ein Münchner und plumpst auf mich. »Öha«, sagt ein anderer und tritt mir auf die Pedale. Das sind die allgemein gültigen Entschuldigungsformeln, wenn nicht, je nach dem Temperamente, noch eine kräftigere erfolgt, wie: »Tritt auf deine Haxen, Grasaff, gselchter«, oder »Jee, der lehnt si zuawi, da gar ander.« Wies auch ist, ich merke, die Menschen sind heute gerade so wie ich selber, so schwerfällig, so unentschlossen. Gehe daher ein paar Schritte weiter in die Richtung, wo der Maibock winkt. An den kommt jetzt die Reihe, nachdem der Salvator glücklich getrunken ist. Unten im Hofbräuhaus stecken sie ihn an, in Anwesenheit des Landtagspräsidenten, der Gesandten, der Minister und einer Musikkapelle. Eines der bedeutsamsten Ereignisse im Jahre. Wenn Bayern eine neue Verfassung bekäme, könnte mans nicht feierlicher begehen. Und man müsste immer erst fragen, was der Münchner in solchem Falle für wichtiger hielte, die Verfassung oder die Bockpartie. Käme es zur Abstimmung, wie bei der Reichstagswahl, sicher das Fressen und Saufen. Und zwar hat es die Masse zu bringen, die grosse, umfangreiche Portion. Man muss es nur hören, mit welcher Liebe gekaut wird, man muss die Quantitäten sehen, die vertilgt werden, man muss die Bestellungen hören. Mit welcher Peinlichkeit werden sie der Kellnerin übertragen, als müsste die Hebe ein geliebtes Kind aus anderen Weltteilen dem besorgten Vater zurückführen. »Fünf Paar Abbräunte, aber recht schön durch, gelten S', Fräul'n Kathi«, oder »a Beinfleisch, aber recht a weichs, vom Bug halt, wenns mögli is.« Oder »geb'n S' ma a Dutzend Bratwürst mit hoam, Fräul'n Anna, aber recht frische und recht fest eing'macht, dass s' recht guat halten.« Fast flehend, beschwörend klingt es. Beim Trinken ist die Gewissenhaftigkeit nicht geringer. Denn der Maibock bedeutet eine Kur wie das Karlsbader Wasser, nur viel angenehmer zu schlucken. Er soll reinigen, soll befreien von den Bresten des Winters. Ein Jungbrunnen ist der köstliche Trank für eingesessene Münchner, ein Sorgenbrecher, wie die Weine der Pfalz, nur mit dem Unterschied, dass er nicht so gepantscht wird. Tropfenweise ist er zu trinken, mit Verstand, mit Genuss, an der Quelle am Platzl oder, noch besser, draussen am Hofbräuhauskeller.

Da unter den jungen Linden sitzen die ganz Gerissenen, die Kenner, die Kieser. Darunter der, den ich heute aufsuchen will, der Oberst Ritter Heinrich von Reder. Irgendeine Kabinettsordre hat den verdienstvollen Max-Josefritter zwar vor kurzem zum General befördert, für mich aber bleibt er der Oberst. Und noch mehr, der Mann und der Dichter. Dass ich ihn bei seinem siebzigsten Geburtstag an die Welt lockte, mag er mir verzeihen, dass ich ihm auch beim achtzigsten keine Ruhe liess, nicht minder, und dass ichs heute noch einmal tue, erst recht. Weiss wohl, ich könnte von Dichtern reden, die viel berühmter sind als er selber, könnte die offizielle Liste aufzählen, worin die vereinte Münchner Litteratur bei grossen Gelegenheiten immer eintöpfig zusammengeworfen wird – der alte Soldat, dies Original, ist mir lieber, mit seiner prächtigen Kunst zu schimpfen, mit seiner ganzen reichen Vergangenheit. Der junge Student, der als angehender Forstmann durch den Spessart schritt, der Artillerieleutnant, der Anno 48 über die farbenreiche Münchner Revolution lachte, der Schöpfer der Landsknechtlieder, der mit Geibel im Krokodil kneipte und der tapfere Hauptmann, der die höchsten militärischen Auszeichnungen bekam: so seh ich ihn vor mir und neben ihm seinen Stammesgenossen, den Unterfranken Michael Georg Conrad. Auch ein streitbarer Haudegen, dieser Gnodstadter Bauer, ein Kämpfer, ein Bezwinger. Als er sechzig Jahre wurde, hat ers wenigstens fertig gebracht, die ganze Münchner Schriftstellerwelt in schönster Eintracht an einen Tisch zu setzen. Das will schon was heissen. Aber er tat noch mehr. »Die Gesellschaft« hat er gegründet, junge Talente gefördert und für Andere seine Haut zu Markte getragen. Die schöpften den Rahm, aber er hat nicht umsonst gelebt. Bei den »Modernen Abenden« in der »Isarlust« gings ja manchmal recht drollig her. So wurde einmal mit allen Stimmen die Reformierung des Kunstvereins beschlossen, gleichzeitig aber stellte sich heraus, dass von den Anwesenden keiner sich rühmen durfte, Mitglied dieser vornehmen Vereinigung zu sein. Trotzdem warens prächtige Stunden. Vielleicht manchmal mit zu vollem Brustton gegeben, zu sehr im Sinne der Hecker-Schule, jedenfalls aber legten sie für die junge Litteratur die erste Bresche.

Wohl merke ich, als ich jetzt wieder durch die Strassen schreite, warum mir der heutige Sciroccotag so bleiern in Gliedern und Nerven liegt. Ich will über Dichter schreiben, über »Kollegen«, wie man in München so reizend sich ausdrückt, als spräche ein Bezirksamtmann über den andern, oder ein Veterinärarzt über den Medizinalrat. Eine heikle Sache, die heikelste wohl vom ganzen Buche. Wird einer übersehen, dann fasst ers als Animosität auf, wird einer kritisiert, kriegt er erst recht eine Wut auf mich. Kommt man überhaupt auf die Dichter zu sprechen in einem Buche, das mit bestimmtem Umfang zu rechnen hat, dann schreien Maler und Musiker wie aus einem Munde: »Da hat mans wieder!« Und die Münchner, die gewohnt sind, sich unter einem Dichter immer noch was vorzustellen in der Art wie ihn die arg verstaubten »Fliegenden Blätter« unentwegt abbilden, mit Zitrone und Lorbeerkranz, findens erst recht gespreizt. Sie haben für diese Kunstgattung niemals viel übrig gehabt. Höchstens für einige Lokalgrössen, die was Fideles schreiben, oder was Treuherziges, Gschnasiges aus biederen Bergen. Die einzige, wirklich litterarische Persönlichkeit, ders glückte, Fuss zu fassen, dürfte wohl nur Ludwig Thoma sein. Der Schöpfer der direkt aus dem Volke geholten Typen, der Dichter der unnachahmlichen »Soldatenlieder«, der Schilderer der ganz prachtvollen »Hochzeit«. Keiner hat vor ihm den oberbayrischen Dialekt mit allen Ausdrucksmitteln so gemeistert, keiner hat aus dem Landvolke mit solch intimer Kleinmalerei den stillen Humor behoben. Darum wirkt er auch nie verletzend, darum hat man ihn gern. Noch mehr aber als seine eigentliche Künstlerschaft trug zu seiner Popularität der »Peter Schlemihl« bei. Das liebt man, wenn fortwährend auf den Staatsanwalt geschimpft wird, wenn die Preussen derbleckt werden und die Mukker die Maulschellen kriegen. Mag das auch auf die Dauer zum Klischee werden, ganz wurst – der Dichter ist einmal anerkannt.

Wer von auswärts hierherkommt, wer da glaubt, eine Rolle spielen zu können, wird bald wieder von dannen ziehen. Einen Stachel im Herzen, die schlechten Geschäfte im Kontobuch. Die Münchner sind nicht wie die Berliner. Die glauben von einem Bayern, er müsse in jenem Kostüm durch die Bendlerstrasse tappen, das sie selber im Sommer am Tegernsee tragen, sie meinen, er müsse allen Leuten mit Nagelschuhen auf den Bauch treten, und setzen voraus, er müsse täglich ein Kalb und einen Hektoliter Bier konsumieren. Berauschende Phantasiegebilde, die nichts mit der nüchternen Wirklichkeit zu tun haben. Alles geht hier ohne Grimasse, alles geht hier seinen unbekümmerten Trott. Nur eine Stätte gibts, in dem schon einmal genannten Viertel der Theresien- und Amalienstrasse, von der Jung-München den Adlerflug zur Reichshauptstadt nimmt: das vielgenannte Café Stefanie. Von aussen wie jedes andere der zahllosen Lokale, worin die Münchner von zwei bis fünf dem Tertel obliegen, von innen ein wesentlich anderes Bild. Schon der Geruch ist verschieden. Keine Zigarren, nur Zigaretten, kein Bier, nur Stefan George. Nicht als ob der gefeierte Dichter in eigener Person zugegen wäre: seine Jünger, seine Bekenner, seine Verehrer sitzen herum. In allen Altern, in allen Typen, in allen Geschlechtern. Schwarzhaarige Jünglinge aus den Donaustaaten, Malweiber, die Reformkostüme tragen, und Studenten, die dichten. Alles nach Gruppen und Cliquen geregelt. An jenem Tische schwärmt man für Maeterlinck, da drüben für Huysmans, am dritten für Strindberg, am vierten für alle zusammen. Dazu klappernde Dominosteine, rollende Billardkugeln. Und dies alles vom Mittag bis zum Morgen. Dann ruhen die Herrschaften, getrennt oder gemeinsam – je nachdem – in den Betten. Möglich auch, ein besonderer Frühauf flaniert, die Hände in der Tasche, die Zigarette im Mundwinkel, zum Polytechnikum oder zur Universität, möglich auch, es pinselt einer auf einer Leinwand herum, die die reiche Impression der Rieselfelder darstellt, möglich auch, es komponiert einer an einer Oper, die das Orchester für »Salome« um zwei Dreschmaschinen, drei Dampfpfeifen und vier Huppen dynamisch vermehrt.

So aber ein Poet sich bereits den Schlaf aus den Augen gerieben hat, dann schafft er im Café Stefanie bei Melange und Zitronenwasser nur Ewigkeitswerte. Im Stile des Meisters, den er bewundert, und mit souveräner Verachtung all dessen, was an Plebejertum mahnt. »Gesund« bedeutet das Wort, das die tiefste Erniedrigung ausdrückt, »krank« die frohe Verheissung für duftiges Schaffen. Ein Tag wie der heutige, gesättigt vom Hauche des Südens, gepriesen sei er als Bringer der Stimmung. Stundenlang lässt sich da träumen, die Nase ans Strassenfenster gedrückt, von

Botticellischen Sehnsuchtsgeschöpfen, vom Wiener Zahlkellner und Maiandachten. Von der Ludwigskirche, die so nahe dabeiliegt, von ausschlagenden Birkenstämmchen. Der Marienkultus ist ja so schön, er bietet eine so reiche Kunst in seinen formvollendeten Zeremonien, dass es, man mag in Krotoschin, in Agram oder in Lemberg geboren sein – überall zum katholisch werden ist. Diese Messen, diese innige Anbetung aller Heiligen, dieser Weihrauch, die rote Ampel in silberner Fassung vor dem dunkeln Hochaltar: das hatte der gute Luther freilich nicht kapieren können. Es war auch nicht für den Bauerntölpel berechnet, sondern nur für die eminent musikalischen Nerven der heutigen Hyper-Kultur. Die gerät am stärksten in Schwingungen, wenn man stundenlang als Geniessender in einer katholischen Kirche geträumt hat oder wenn auf reicher Palette alle Farben der Fronleichnamsprozession auftauchen. Beseligend wie ein Gedicht vom Meister oder ein Gebet von Franz von Assisi. Vom letztgenannten besonders. Denn dieser Heilige war einer der grössten Dichter aller Zeiten, eigentlich war er der einzige. Wäre er ein bisschen später geboren worden – das tiefste Erfassen war ihm sicher und ein Stammplatz im Café Stefanie obendrein. Gleich bei der Büffetdame links. Oder noch besser, im Nebenzimmer, wo die wilden Weiber die Zeitungen lesen.

Was er da alles in die Hand bekommt, ob die Bildlpresse, jene auf höchste Stufe gelangte Kulturblüte Münchens, ob die mehr akademischen als »Süddeutschen Monatshefte«, ob den »März«, der die Witze des »Simplizissimus« in demokratische Leitarikel überträgt und »jene Zeitschrift grossen Stils darstellt, die Deutschland gerade noch gefehlt hat« – es hängt davon ab, was im Café Stefanie aufliegt. Ich bekümmere mich jedenfalls nicht mehr um ihn, sondern schleiche die Häuser entlang, weiter nach Norden hinauf. Immer stärker liegt der Tag auf mir, immer stärker das Thema. Einen Atelierbesuch machen? Eine Stunde verschwatzen? Aber da scheue ich schon wieder die vier Treppen. Und schliesslich, was schaut heraus bei der Geschichte? Mit Malern über Litteratur reden? Schon besser eine Droschke nehmen ins entgegengesetzte Viertel, sich auf den Divan werfen und schlafen. Oder arbeiten. Nicht das Gewohnte. Nein, ein paar lyrische Gedichte, an irgend eine ferne Geliebte. Hab sie ohnehin immer beneidet, meine Kollegen mit der goldenen Harfe, und heute tue ichs erst recht. Möchte mir auch was zusammenträumen in der schwülen, lastenden Maienluft. Meine altgewohnten Modelle, die Leute, die Wasserstiefel und grüne Hüteln tragen, will ich beiseite schieben vor neuen Bildern. Und weil mir selber so gar nichts einfällt, vor den Schöpfungen Anderer. Vor den heissen Stellen in den »Kindern der Welt«, vor dem »Sonnenspektrum«, dem eklatanten Bordelldrama Frank Wedekinds. Beides auf Münchner Boden gezeugt, beides so grundverschieden im Aussehen wie die Verfasser selber.

Weiss wohl, einst gabs eine Zeit, da las ich als junger Fant Heyses mir verbotenen Roman des Nachts im Bette, weiss wohl, einst setzte mir, dem erst Widerstrebenden, Max Halbe mit aller Glut eines Freundes und Dichters die Vorzüge Wedekinds auseinander. In der längst entschlafenen »Nebenregierung« wars, einer Künstlergesellschaft, die ihr Lokal in der Adalbertstrasse hatte. Mit rotem Rupfen war es ausgeschlagen wie eine Schiessbude vom Oktoberfest. Tannen, denen die braungelben Nadeln ausfielen an den Wänden, verschüttetes Bier und Zigarrenreste auf dem Boden. Im Hintergrunde ein Podium. Dort musste an bestimmten Tagen jeder etwas Gutes vortragen, und wenn er das nicht konnte, was Anderes. Ein Vereinsleben, ein regelrechtes Vereinsleben. Selbst die Exkneipe hatten wir, drüben in der Dichtelei, einem nicht weniger ungeleckten Beisel. Und wies damals tollte bis zum frühen Morgen in den unvergesslichen Stunden der Rederkneipe, den Saufereien mit Hartleben, den Kegelabenden und den Atelierfesten, meinte ich eigentlich, das müsste dauern bis ans Ende aller Tage. Kein Mensch in München kannte uns, weder die Götter, das heisst die grossen Kollegen, die bei den Propyläen wohnten, noch die Dichter, die der Ehre teilhaftig wurden, von Ernst von Possart regelmässig gespielt zu werden, wie der treffliche Lyriker Martin Greif. Die »Allgemeine Zeitung« übersah uns vollkommen, die »Neuesten Nachrichten« brachten literarische Beiträge von Nudlmeier und Frau Wurzl, nur die Zentrumspresse schilderte uns manchmal als Anarchisten, die stets ein wohlassortiertes Lager explosionsreifer Bomben mit sich trügen. Auch soll gelegentlich der eine oder andere Dichter sich in schweren Zorn geredet haben, weil wir in bösen Epigrammen seine kaufmännische Tüchtigkeit höher einschätzten, als seine lyrischen Dichtungen. Aber das kümmerte uns nicht. Gekränkte Leberwürste lachten wir aus, und die Presseerzeugnisse wurden auf der Kneipe coram publico zum allgemeinen Gaudium verlesen. Oder sie kamen zum ewigen Angedenken in ein Album, dem Mittelpunkte der ganzen Vereinigung. In ihm floss zusammen, was an geistigen Strömungen sich regte. Nichts war ihm heilig vom lieben Herrgott an bis herunter zum kleinsten Dekadenten des Universitätsviertels. Und Witze und Ausdrücke! Ein strebsamer Staatsanwalt, ders zufällig fände, könnte heute mit ihm noch Karriere machen, als Entdecker ewiger Bosheiten.

Vorbei – vorbei! In dem kleinen Hofe ists nicht mehr so stimmungsvoll. Die Kastanienbäume sind zwar dicker geworden in den zwölf Jahren, aus dem Kneiplokal riechts noch genauso stickig wie damals, aber die Litteraten sind andere geworden. Vornehmer, abgeklärter, wie die alte Vorstadt Schwabing selber. Da grünen, wenn man jetzt weiter geht um Neureuthers neue Akademie herum, zum Siegestor hinaus, nicht mehr verwilderte Gebüsche auf breiten Wiesen: ein Riesenbau, ein Familienhaus prangt neben dem andern, und mit der Noblesse der Bauten wuchs auch die Noblesse der Dichter, die dieses Viertel, den Norden, nach wie vor als ihre Domäne betrachten. Nur noch mit zartem Schamgefühl werden sie jener Zeiten gedenken, da sie als stramme Vereinsmitglieder am Stammtisch sassen und die Monatsbeiträge schuldig blieben.

Seitdem ist eben so manches geschehen im litterarischen Leben Münchens, was eine Veränderung hervorrief. Die Tage der Waschermadl sind nicht mehr, ein gesteigertes Drängen machte sich geltend nach bürgerlicher Ehe, nach Glanz und Highlife. Die Insel des Herrn Walter Heymel wurde von Otto Julius Bierbaum, dem Unermüdlichen, begründet, als Höhepunkt, als Krönungsmantel, als Spezialabzug auf Japan oder Van Geldern. Dicht vor dem Siegestor erstanden, und daselbst, nach dem Muster aller nicht illustrierten Zeitschriften, die in München ins Leben treten, auch wieder verschwunden, warf sie ihren Schimmer auf den ganzen Stadtteil bis zum Anfang der Fröttmaninger Heide, wo sich die Füchse mit freundlicher Miene gute Nacht sagen. Und es verstand sich von selbst, dass solch neugeadeltes Viertel bei der Beschaffenheit der Münchner Bodenverhältnisse auch einen Verein haben musste. Für reiche Leute, für Herrschaften, die ausser der Tour ins Theater gehen, für Damen mit weit ausgeschnittenen Kleidern und Herren mit Kronen auf Taschentüchern und Unterhosen. Soweit hats die Münchner Dramatische Gesellschaft jetzt schon gebracht. Von der alten Garde ragt zwar nur noch Max Halbe in einsamer Grösse. Alles andere ist mit geballten Fäusten und grimmen Geberden nach allen Richtungen zerstoben. Darunter ich selber. Die Weltanschauungen waren eben zu verschieden: wie Wedekind Rotwein trank, trank ich Thee, das musste zum Bruche führen. Und das Wetter, das Frühlingswetter, kam noch dazu. Es macht krabblig, es verzögert die Arbeit, es reizt zum Einschnappen. Ach, wenns doch schon Sommer wäre, knalliger, oberbayrischer Sommer! Da kann man schaffen, besser als hier, draussen in dem Bauernhäusl, das man sich in den Bergen gebaut hat. Da vergisst man die ganzen Cliquen, das litterarische Gezänk, die widrige Maulfechterei, man sieht niemand von den »Kollegen«, sondern geht mit dem Münchner Bürger, der seine Geburtsstadt nur bis zur Peripherie des Schliersees verlässt, im seligsten Nirwana des kompletten Stumpfsinns zur Ruhe.

Wirklich? So weg über Wunsch und Welt? So stolz, so philosophisch? So erhaben über alle Dinge, über Maibock, Frühling und Litteratur, dass nichts, nichts mehr aufrütteln kann aus der sicheren Ruhe? Ach, nein, leider nein. Ich müsste kein Münchner sein, keiner vom Schlage derer, die ich schon so oft verlacht habe, und zu denen ich ja doch selber gehöre, mit Haut und Haaren, als Fleisch vom Fleisch, als Geist vom Geiste, hätte die allgemeine Vereinsmarotte, jenes Gespenst, das immer wieder auftaucht und einfach nicht auszuräuchern ist, nicht mich selber beim Kragen gefasst. Also gründete ich auch was. Schon der Konkurrenz wegen. Und die königlich bayrische Universitätsbehörde war so liebenswürdig, meine Absichten in entgegenkommendster Weise zu fördern. Sie löste den Akademisch-dramatischen Verein auf. Wer das war, wusste sie bis dahin selber nicht; am letzten der Herr Rektor. Sein Siegel prangte zwar mit breiter Würde auf der Bekanntmachung, dass der Verein Schnitzlers »Reigen« aufführen wollte. Aber der weltentrückte Gelehrte hatte natürlich nicht die leiseste Ahnung, welchem Satanswerke er damit seine amtliche Genehmigung erteilte. Belletristik geht ihn nämlich nichts an; sie schlägt in die andere Fakultät. So muss der Nationalökonom was wissen von Kohlensyndikaten, der Gynäkologe von der Gebärmutter, der Theologe von der unbefleckten Empfängnis; darüber hinaus ist weder der Theologe, noch der Gebärvater, noch der Nationalökonom im öffentlichen Leben zu irgend welcher geistigen Leistung verpflichtet. Allerdings vom Literaturprofessor sollte man meinen, er müsste hier wohl oder übel ... aber zu jener Zeit war die offizielle Statistik über Gottfried Keller noch nicht hinausgekommen; Paul Heyse wurde als junger Spritzer behandelt, eben in den Gesichtskreis getreten, dessen schönes Talent man mit Lächeln begrüsste. Darfs einen da wundern, wenn die Herren höchlich entsetzt taten, als die liebe Zentrumsfraktion wieder einmal wimmernd angesockt kam und mit flammender Entrüstung auf die Existenz eines so bösen Vereins aufmerksam machte. Man denke, seit fünfzehn Jahren bestand er schon, dreissig Werke hatte er aufgeführt, darunter die besten der jungen Litteratur, das schreit nach Sühne, nach Inquisition!

Mit solchen Worten oder schärferen habe ich damals in der sozialdemokratischen »Münchner Post« geredet, dem einzigen Blatte, wo man in Bayerns Hauptstadt manchmal frei von der Leber reden darf, vorausgesetzt, dass nicht öde Parteiwut es ebenso blind macht, wie die andern Blätter die Loyalität. Dann rief ich alle Freunde zusammen, wo ich nur einen wusste. Ich hab sonst im Leben wenig Ambitionen, aber, dass ich Ehrenmitglied des aufgelösten »Akademischen« war, ist heute noch mein besonderer Stolz. Darum sollte eine reiche Vergangenheit nicht ohne weiteres jener Fraktion zum Opfer fallen, die nach Karl Stielers schlagendem Wort wohl die dümmeren Mitglieder hat, aber »de mehran aa«. Die neuen Aufführungen hatten zu bürgen für Wahrung des Ansehens und schwer erworbener Traditionen. Und auch vom Geiste der seligen »Nebenregierung« sollte wieder etwas rebellisch werden. Weiterpflanzen sollte sichs mutatis mutandis, was davon noch zu retten war an persönlicher und künstlerischer Freiheit. So gings denn wieder an, mit dem altgewohnten Präsidium, dem Schriftführer, dem Schatzmeister, den Beisitzern: die schönste

Vereinsmeierei. Aber auch mit prächtigen Künstlerabenden in der Türkenstrasse, im Quartier Latin. Wo einst die »Elf Scharfrichter« gehaust haben, wo Marya Delvard ihre blassblauen Lieder sang, wo Monsieur Henry in absichtlich gebrochenem Deutsch »die Errschaften bat, nicht zu ra – uchen«, wo Hanns von Gumppenberg, Leo Greiner, Paul Schlesinger und Otto Falckenberg ihre famosen Satiren aufführten, wo Wedekind zur Gitarre sang und Hannes Ruch nicht immer eigene, aber nette Musik machte, da sitzt jetzt der »Neue Verein« im umgestalteten Gesellschaftslokal. Der Namen hat er nicht mehr so viele, wie die »Nebenregierung«, aber er hat was Wichtigeres, was ihn stets halten wird, wies den Akademisch-dramatischen Verein stützte: die Jugend und die Begeisterung.

Die Neuesten Nachrichten

Es klingelt am Telefon. »Hier Redakteur der Neuesten Nachrichten.« »Hier Apotheker Giftmischer.« »Sie wünschen?« »Herr Doktor, ich hätt' eine Bitt, eine grosse Bitt.« »Also vorwärts, ich bin beschäftigt.« »Selbstverständlich, Herr Doktor! Wollt' auch nur sagen, mei' Tochter, die Fanny, hat gestern am Kurtheater in Wörishofen die Elsa im Lohengrin gesungen, hat 'n recht schönen Erfolg g'habt, die Fanny.« »Und was geht das mich an?« »Ja, Herr Doktor, ich möcht' halt doch bitten, dass vielleicht möglicherweis', wenns halt ging, a kleine Notiz in d' Neuesten kam.« »Mein Gott, wenn wir da alle berücksichtigen wollten ...« »So? Wissen S' was? I inserier fei in d' Neuesten, zweimal in der Wochen, mei Hühneraugenpflaster: Fahr ab.« »Ja, ja, es ist gut. Werden sehen.« »Ah, i dank halt recht schön, sehr freundli vom Herr Doktor, sehr freundli'.« »Schluss!« »Hab die Ehre recht gut'n Abend zu wünschen, untertänigster Diener, Herr Doktor.« »Schluss!« wiederholt der Redakteur heftig. »Rindvieh«, sagt er hinterher und hängt das Mikrophon ein. Dann schreibt er auf einen Zettel: Fanny Giftmischer ... Wörishofen ... ansprechendes Talent ... und geht wieder an seinen Leitartikel.

Der ist heute besonders schwierig. Die Künstler – unter Künstlern versteht man in München immer nur Maler und Bildhauer, zur Not noch die Musiker, niemals die Dichter – befinden sich in einer Streitfrage. Oberrammeldorf, die schöne Gemeinde Oberrammeldorf, Bezirksamt Lackelhausen, Amtsgericht Gscheertheim, fakultative Haltestelle der Lokalbahn Dunkelschlupf im niedersten Niederbayern, hat beschlossen, dem Landesherrn ein Denkmal zu errichten. Nicht etwa ein unscheinbares Medaillon oder eine lumpige Gedenktafel, nein, schon was grosses, in voller Figur zu Fuss, oder noch besser, zu Ross. Wenn Augsburg, Nürnberg, Bamberg, Landau, Würzburg, Traunstein, Kulmbach, Reichenhall, Berchtesgaden, Füssen und so viel andere Nester dem noch in voller Rüstigkeit Lebenden eine solche Aufmerksamkeit erwiesen, dann braucht Oberrammeldorf sich erst recht nicht lumpen zu lassen. Wers lang hat, lässts lang hängen. Die Regierung gab ausserdem Geld dazu aus der Wittelsbacher Stiftung, wie sies immer machte, wenn wieder Zinsen fällig waren. Für freie künstlerische Aufgaben tat sie ja nichts; nackte Weiber oder sonstiges sinnloses Beiwerk waren strenge verbannt: der Patriotismus sollte gehoben werden. Das hatte der Herr Bezirksamtmann dem loyalen Dorfe eigens gesagt. Meinte auch, man sollte nur nicht nachlassen, sondern fest sammeln, dann könnte es leicht ein paar Orden absetzen. Ja, der Odelbauer, der den höchsten Misthaufen im Umkreis hatte, könnte sogar Kommerzienrat werden. Ganz sicher. In München drinnen seien das schon viel grössere Deppen geworden, mit viel kleineren Geschäftsbetrieben. Also, warum sollte so eine Ehre nicht auch einmal die Oberrammeldorfer treffen? Sie brauchten nur zu zahlen und zu allem schön ja zu sagen. Die Regierung in ihrer unergründlichen Weisheit nahm dann alles Weitere in die Hand, nachdem sie die ausgesprochene Willensäusserung der Oberrammeldorfer, ihre tiefe Sehnsucht nach einem solch patriotischen Denkmal schwarz auf weiss in Händen hatte. Wo das Denkmal zu stehen hatte, wie es aussehen sollte, vor allem aber, wers herstellen durfte, das sagte sie, die gütige Regierung.

Und weil sie sich gar so darum annahm, um diese Dinge, muss heute der Redakteur einen Artikel schreiben. Richtiger, er muss ein Experiment machen, einen Tanz muss er aufführen. Auf einem Samtteppich zwischen frischgelegten Eiern. Eine Glanzleistung, eine immer gern wiederholte Nummer des vielverbreiteten Blattes. Wie ein Varietéscherz zieht sie vorbei in folgendem Arrangement: die Eier sind buntgefärbt, wie die Ostereier. Darauf sind die Namen der einzelnen Gruppen gekritzelt, die bei der Konkurrenz um das neue Denkmal beteiligt waren. Ferner ihre Sprüche, die Motti, ihre Freude, ihre Genugtuung, ihre Entrüstung oder ihre Empörung über den gefällten Richterspruch. In der Mitte liegen die Eier des glücklichen Siegers. Um sie herum noch einige andere, von Herren, die die Geschichte eigentlich gar nichts angeht, die aber nach alter Münchner Sitte ihre Eier überall hineinlegen, wo man sie noch nicht hinausgeschmissen hat. Die sehr heikle Aufgabe des Redakteurs ist es nun, zwischen all diesen Eiern glatt durchzukommen. Das dauert gerade so lange, als man sonst braucht, einen recht widerwärtigen Leitartikel niederzuschreiben. Also immerhin ein Tanz von ein bis zwei Stunden. Er muss peinlich ausgeführt werden, ohne auch nur eines der Eier zu verletzten. Tritt man trotzdem darauf, gibts einen Heidenskandal. Was nämlich ein richtiges, ausgetragenes Münchner Ei ist, lässt sich so was nicht gefallen. Es erhebt ein furchtbares Geschrei, dass mans gleich in der ganzen Stadt hört, von der Sendlingerstrasse bis zur Residenz. Ist auch imstande, sofort zu den Verlegern zu laufen, hetzt alle seine Vettern und Basen herbei, den ganzen Hühnerhof, alle Bruthennen, alle Gockel, sodass das Gekrächz und das Kikeriki erst recht lebhaft wird. Noch schlimmer aber, wenn der Redakteur ein Ei zufällig übersieht. Dann platzt es vor Wut, dass der Dotter herumspritzt. Darum muss man bei der anregenden Beschäftigung fortwährend nach rechts und nach links schauen, man muss sagen, dass, wenn jetzt auch einerseits die Eier in der Mitte, Dank den Beziehungen zu irgend einem Obergockel bereits das vierzigstemal eine patriotische Konkurrenz gewonnen haben, man andrerseits nur bedauern könne, dass nicht alle ausgestellten Eier zugleich die Palme davontragen, womit man natürlich dritterseits beileibe nicht sagen wolle, dass die preisgekrönten Eier etwa faule Eier seien, sondern im Gegenteil vierterseits den lieben Münchnern nur gratulieren könne, dass sie über eine so achtunggebietende Anzahl kräftiger Eier verfügen, während man fünfterseits ...

Brrr. ... Es klingelt schon wieder am Telefon. Diesmal ists ein Bierbrauer. Ein recht ansehnlicher, mit jährlich hunderttausend Hektolitern. Gemeindebevollmächtigter und Mitglied des Vereins zur Hebung der Fremdenindustrie. Ausserdem, wie er besonders betont, seit dreissig Jahren Abonnent des Blattes. Aber so etwas ist ihm doch noch nicht vorgekommen, so etwas, wie der gestrige Artikel von dem Mässigkeitshanswurschten. Predigt der Bazi gegen den Biergenuss! Ja, wo soll man denn da hinkommen? Bei den Steuern, bei den Löhnen! Er bedanke sich für eine solche Vertretung berechtigter Interessen, er schäme sich für München. Und, wie gesagt, seit dreissig Jahren Abonnent der Neuesten Nachrichten. Wird aber nächstens das Blatt abbestellen, wie er dem Redakteur spöttisch bemerkt. Der tut untröstlich und küsst beim Sprechen förmlich das Membran. Ein Abonnent weniger – ein Mann, der dann eine andere Zeitung, vielleicht ein Zentrumsblatt hält – nicht auszudenken wäre solch ein Verlust. Schon wegen der Konsequenzen. Möglicherweise folgt dann auch der Pschorr nach, der Augustiner, der Spaten, und das Festjubiläum, das man neulich durch die Anmeldung des 117423. postalischen Abonnenten begehen konnte, ist wieder zu schanden gemacht. Darum schnell ein sympathisches, kleines Entrefilet, diesmal über dem Strich. Mit der Mässigkeit ists nicht so wörtlich zu nehmen. Ein Versuch, nichts weiter. Der wackere Bürger soll auch künftig sein bescheidenes Gläschen im Frieden geniessen, er soll nicht irre werden durch die wohlgemeinte Predigt eines Abstinenten, die mehr für die Norddeutschen gegolten habe, weil die so viel trinken, oder noch besser, für jene Elemente, die von auswärts hierher ziehen, auf den Ehrentitel Münchner aber keinerlei … Da klingelts schon wieder.

Noch stärker als zuvor. Kein Wunder, es rufen sämtliche Fledermäuse und Wanzen auf einmal zum Hörrohr herein. Die Herrschaften sind empört, sie rasen, sie toben. Das Sendlingertor, eines der ältesten Ziegelbauwerke, ihre langjährige Heimat, ihre traute Familienstätte, wo sie sich wohlgefühlt haben seit Generationen, wo sie flattern konnten im Dunkeln, will man abbrechen. Aber, sie lassen sichs nicht gefallen, die Wanzen und die Fledermäuse, nein, sie haben Protektion. Der Verein der Altertumsfreunde beschützt sie, und die Monumentalbaukommission nicht minder. Ha, ha, man sollte es nur riskieren! Mit der alten Mauth wollte man es gerade so machen. Auch mit dem ehemaligen Justizpalast, der immer so appetitlich nach Mäusedreck gestunken hat. Nur vergisst man dabei, dass, was eine richtige Wanze oder eine ehrliche Fledermaus ist, nimmer herausgeht aus dem Loch. Und wenn die Neuesten nicht hören, wenn sie etwa den Bauspekulanten die Sparre in die Hand drücken oder Leuten, die nicht von oben entsprechend gewappelt sein sollten, dann könnten sie schon sehen, was käme. Die amtlichen Inserate würden entzogen werden, die ganze Redaktion müsste auffliegen, und man würde einen eigenen Redakteur anschaffen. Einen aus Kautschuk, der dehnbar ist wie ein Schlangenmensch, den man auseinanderzieht, so lang man nur will, und den man schliesslich so zusammenrollt, dass man ihn bequem in die Tasche stecken kann. Denn sie sind auch sonst noch sehr zahlreich, die Wanzen. Im Theater, im Landtag, in der Gesellschaft, in der Bauspekulation, in der Fälschung der öffentlichen Meinung, in der Verdrehung der offenkundigsten Tatsachen, kurz und gut, überall, stromauf- und stromabwärts regiert das grosse, ungeheure Wanzengesindel.

Und dieses Blatt behandelt es als seine Domäne. Oft mit Grobheit, oft mit kriechender Schmeichelei. Mit der pöbelhaften Rücksichtslosigkeit einiger Geldprotzen, mit der devotesten Bitte um eine lumpige Notiz, immer aber nach echter Münchner Art. Nirgend wo anders wäre das denkbar. Da gilt kein Hinweis auf auswärtige Zeitungen, das ist nur so bei den Neuesten Nachrichten. Nicht den Herren Knorr und Hirth gehört dieses Blatt, nicht der Gesellschaft m. b. H., nicht der Redaktion: den Münchnern gehört es. In ihnen hat es sich aufgelöst wie ein chemisches Produkt, es ist ihre zweite Seele geworden. Eigentlich ists gar keine Zeitung mehr, kein Presseerzeugnis im gewöhnlichen Sinne. Ein lebendiges Wesen, ein Original ist es, wie der selige Quastlmeyer oder der Kasperl vom Marionettentheater. Jedenfalls, noch einmal seis gesagt, ein Ding, das nur in München möglich ist, sonst nirgends auf der Welt. Ein Buch über diese Stadt schreiben, ohne der Neuesten Nachrichten in einem besonderen Kapitel zu gedenken, hiesse ein Kind in die Welt setzen und im schönsten Augenblicke den Kopf vergessen – den Kopf des Kindes natürlich. Denn wenn je ein Blatt auf deutscher Erde sich rühmen darf, das wiederzugeben, was den innersten Herzschlag der Stadt bedeutet, in dem es erscheint, so ist es dieses. Jeder Münchner, wo immer er das Licht der Welt erblickte, in der Au, in Giesing, in Schwabing, im Stall oder in der Residenz, ist von vornherein geborener Mitarbeiter des Blattes. Er gehört zur ungeheuren Zahl der unsichtbaren Redakteure. Durch sein Dasein, seine Begierden, seine Leidenschaften. Die Gemütlichkeit, das seelische Gleichgewicht, woraus der Münchner, selbst wenn er die Residenz stürmt, niemals gebracht zu sein wünscht, sein politischer Horizont leiten das Blatt. Und sein Geschmack lenkt den Roman. Den täglich erscheinenden Roman, den er hübsch sauber herausschneidet, in blaue Hefte bindet, um dann mit Abonnenten einer anderen Zeitung ergiebigen Tauschhandel zu treiben.

»Zum Donnerwetter, hauen Sie dem Kerl doch ein paar herunter! So eine Frechheit, so eine Unverschämtheit!« Wers gerufen hat, weiss man nicht ganz bestimmt. Der Anonymität nach aber eine jener Wanzen, die zwischen Verlag und Leitung Verdauung fördernden Zickzackkurs pflegen. Das sind ganz besondere Arten von Ungeziefer, die nie an die Öffentlichkeit kommen, nie mit freiem Visier kämpfen. Schon deshalb nicht, weil sie da ein paar fürchterliche aufs Dach bekämen, diese Kulissenschieber, diese Arrangeure, diese Redaktionswanzen. Den ganzen Tag läuten sie an, fortwährend fragen sie, fortwährend informieren sie, alles wissen sie und überall haben sie ihre schmutzigen Finger. Selbst anonyme Briefe verfassen die Kerle. Das ist das einzige, was sie schriftstellerisch von sich geben können. Trotzdem, sie nennen sich Doktor, auch wenn sie von Haus aus Seifensieder oder Oberkellner sind, sie tragen vielzackige Kronen im Chapeau claque, auch wenn sie hundsgemein bürgerlich geboren wurden, und sie schreiben Artikel, obwohl sie nicht fähig sind, drei Sätze lesbarer Prosa nach einander von sich zu geben. Eine Rolle möchten sie spielen, wichtig möchten sie erscheinen; nur ungern sind sie im Hintertreffen. Deshalb gehören sie auch zum Geschlechte der in München ganz besonders ausgeprägten Art der gekränkten Leberwürste. Grau in grau liegen sie auf dem alltäglichen Sauerkraut, paffende Bläschen treiben sie, wenn man sie drückt, wie eine echte, fette, klebrige Wurst. Die Neuesten Nachrichten kennen diese Sorte in allen Gangarten, in jeder Berufsklasse, sie reissen vor ihr aus in den tiefsten Winkel, sobald man die schlürfenden Schritte auf den Hintertreppen hört und – sie tun ihnen wieder mit tausend Flüchen den Willen.

Obwohl sies nicht brauchte. Nein, sie brauchtens nicht. Das muss einmal in München öffentlich ausgesprochen werden. Ohne Rücksicht auf die unantastbare Ehrenhaftigkeit von Verlag und Redaktion. Die ewige Sucht, es allen recht zu machen, die allgemeine Schmuserei, das behäbige Gwappelhubertum, sowie die Taktik der immer offenstehenden Türen hat eben Besitzern und Leitern jedwedes Gefühl dafür geraubt, dass sie eine Macht sind, eine unerhörte Macht. Oder, dass sies sein könnten. Dass sie nur den Besen zu nehmen brauchten, um das ganze Gesindel hinauszufegen, alle Cliquen, alle Kunstspezln, alle Vereinswanzen, kurz, was da kreucht und fleucht an widrigem Insektentum in dem grossen Annoncenzwinger. Freilich müsste es ein eiserner Besen sein, der fest zugreift, der die Petenten, die Unterhändler und Türenhorcher mit einem Ruck auf die Mistschaufel lädt, der sie die Treppen hinunterfeuert, dass sie das Wiederkommen vergessen. Nur keine Sorge; sie lassen sichs ruhig gefallen. Sie bleiben die treuen Abonnenten, auch wenn sie bei der Höllenfahrt Löcher in den Schädel bekommen. Denn da zeigt sich die Kehrseite des lustigen Bildes: die Münchner können ohne die »Neuesten« ebenso wenig leben und denken, wie es die »Neuesten« bis jetzt ohne sie fertig gebracht haben. Sie schimpfen darauf und warten ungeduldig, dass es vier Uhr schlägt, wo die Abendnummer erscheint, sie lachen über die Leitartikel und lesen sie mit pedantischer Gewissenhaftigkeit, sie weilen in der Fremde und jammern, wenn einmal eine Nummer ausbleibt. Jede Konkurrenz hat da vergebens gearbeitet. Die Zentrumspartei hat sich mit verbissener Wut den Stierkopf eingerannt, die Sozialdemokraten mokierten sich ohne jeden Erfolg, die Geistlichkeit suchte aufklärend zu wirken – die Neuesten sind nicht aus dem Sattel zu heben. Vielleicht, dass der nordische Scherl, dieser Vampyr in Inseratengestalt, jetzt festen Fuss fasst, drei Jahre die Allgemeine Zeitung umsonst liefert, und jedem ein Rittergut zusichert, der dort frische Anguilotti anzeigt. Vielleicht. Lange dürfte es wohl dauern, und jedenfalls muss er in München mehr den eingesunkenen Pflasterstein, die Vorteile des Schwemmsystems und den ausgekommenen Kanari vom Schlikkergassl kultivieren, als die Reden Wilhelms II. Aber selbst dann ists noch fraglich, ob er durchdringt. Er kommt von Berlin, das ist verdächtig. Der Münchner macht eigene Politik. Weder ultramontan, noch liberal, noch sozialdemokratisch. Konservativ ist er, der Münchner. Nicht im Sinne der Ostelbier, wohl aber im Sinne der Neuesten Nachrichten. Die Reichspolitik, die das Blatt treibt, ist ihm vollkommen wurscht. Seinetwegen könnte es auch für den Kaiser der Sahara schwärmen, oder den Kanzler der Fidschiinseln zu seinen Leistungen auf dem Gebiete der auswärtigen Politik beglückwünschen, wenn man sich nur sonst darauf verlassen kann.

Früher war das wohl einmal anders. Als das Blatt im Umfang ums fünffache kleiner erschien, als es noch das Zehntel der heutigen Abonnenten und noch nicht das Hundertstel der jetzigen Inserate hatte, als es noch in der Fürstenfeldergasse erschien, da wurde eines warmen Septembertages ein kleiner, kranker Kerl von seinem Vater aus dem Bette gerissen und vom Rindermarkte die kurze Strecke vor das Haus der Neuesten Nachrichten getragen. Dort standen unzählige Menschen, die taten sehr aufgeregt und schrieen fortwährend hoch, hoch, hoch. Hurrah war damals noch nicht in Mode; man vermisste es auch nicht, man war ohne dieses Schlagwort begeistert, man umarmte sich und gab sich die Hände. Von dem Dache aber hing eine schwarz-rot-goldene Fahne herab. Das war schön, das gefiel dem kleinen Hydrioten, es blieb ihm ein Eindruck fürs Leben, von Macht, von Sieg, von Grösse. Als es aber immer wieder tönte, dieses laute Geschrei, als es fortwährend aus demselben Hause kam, trotzdem kein Sedan geschlagen und kein Napoleon gefangen ward, fand ers mit den Jahren recht überflüssig. Es klang so aufdringlich, bald oberm, bald unterm Strich, in der Morgen-, in der Abendnummer. Was in München geschah, war ein Sieg; jede Ausstellung, jede Theatervorstellung, jede Wahlversammlung. »Uns kann keiner, hi, hi«, so klangs in dem immer geheizten Tone, obs ein Schützenfest zu schildern gab, obs als Antwort galt auf die Behauptung von Münchens Niedergang als Kunststadt. Keine Kritik; weder an sich selber, noch an anderen. Wahllos himmelte man Maler an, die alle drei Wochen zur Allerhöchsten Tafel gezogen wurden, noch wahlloser die Theater, die damals schon durch und durch übel waren. Und zur rechten Zeit verbeugte man sich stillschweigend vor der allerhöchsten, königlich Bayrischen Wildsau.

Ein fettes Borstentier, diese Wildsau, das in der Hauptstadt des Landes eine ganz ungebührliche Rolle spielt. Es wird gehätschelt, geehrt und gepflegt wie der heilige Stier in Aegypten, es hat den Vortritt vor politischen Staatsaktionen, es darf ungestört die Forste durchziehn, es darf auffressen, was es will: die Felder, die Wiesen und den Zuschuss der königlichen Hofbühnen. Weil es eben ein so liebes, prächtiges Viecherl, weil es die königlich Bayrische Wildsau ist, das Überbleibsel aus den Zeiten der Herrenrechte, das Noli me tangere des Bayrischen Hofes. Darum hütet man sich, darum sagt man nicht mit dürren Worten: Ja, diese Bestie ist schuld an allem, unter ihr hat die Kunst zu leiden, mit ihr hatte auch, mag er noch so viele Fehler gemacht haben, Herr von Possart zu kämpfen und wird jeder seiner Nachfolger zu kämpfen haben. Die Zeiten von Ludwig II. sind vorüber, die Hofbühnen erhalten eine Subvention, die erbärmlich ist, viel kleiner als die aller anderen süddeutschen Höfe, von Berlin, Wien und Dresden ja gar nicht zu reden. Mag dazu auch beitragen, dass die Luitpoldinische Familie für das Theater an sich wenig Interesse hat: die königlich Bayrische Wildsau ist das Grundübel. Da hilft es nichts, wenn in nachgerade läppischen Artikeln fortwährend verlangt wird, dass der Lohengrin drei Schritte näher beim König stehen, oder, dass die Walküre den Speer mehr in der Mitte halten soll, da hilft kein herumnörgeln an Schauspielern, da hilft überhaupt die ganze Kritik nichts mehr, sondern nur noch die offene Aufdeckung der trostlosen Tatsachen.

Georg Hirth, der im vorigen Kapitel bereits genannte Begründer der »Jugend«, hätte wohl einmal das Zeug gehabt, fest auf den Tisch zu hauen. Hats auch, was ihm unvergessen sein soll, bei mancher Gelegenheit getan. Bei der Grundstückspekulation in Bogenhausen, als die Villenbesitzer da oben ein bisschen gar zu üppig wurden, bei den Kultusdebatten in der Kammer, als anno 1891 die Herren Daller und Orterer ganz Bayern vor aller Welt dem Gelächter preisgaben und bei vielen gewichtigen Fragen der Münchner Künstlerwelt. Er hat, kein Mensch kann ihm das streitig machen, die Sezession ins Leben gerufen. Gegen eine Horde von Gifthammeln, ja, gegen Lenbachs unzerstörbare Allmacht. So schuf er Männern wie Uhde und Habermann festen Boden, so schuf er der jungen Kunst ihr Heim. Hielt die Mehrzahl der dort untergebrachten Talente nicht, was man sich von ihr versprochen hatte, so lag es sowohl an der überschwänglichen Voraussetzung, mit der ihr die damalige Kunstkritik der Neuesten Nachrichten begegnete, als auch daran, dass die Importierung der fremden Muster nach München die meisten Köpfe verrückt machte. Unselbständig, unfähig, mit eigenen Augen eigene Natur zu sehen. Also nicht an dem, der sie gefördert hatte. Der war sicher von bestem Willen beseelt, aber mit den Jahren wurde er müde. Die Künstler lohnten es ihm nicht immer mit Dank, die obengezeichneten Herren Mitarbeiter seines eigenen Blattes waren aufs unangenehmste im schönsten Schnarchen unterbrochen worden, und der inzwischen neugegründete Simplizissimus verhöhnte den Herausgeber der Konkurrenz sowie den Verleger der Neuesten Nachrichten in Angriffen nicht mehr künstlerischer, sondern rein persönlicher Natur.

Hier war ein Wendepunkt, wo man ansetzen konnte. Fast schien es, als sollte mit dem jungen Blatte, das so ungestüm begann, den Neuesten Nachrichten ein gewaltiger Gegner erstehen. Das räumte auf mit alten Vorurteilen, mit Liberalismus und Loyalität. Den sogenannten vornehmen Lesern der Neuesten war es freilich ein Dorn im Auge, ein unsagbarer Greuel, aber dem eigentlichen Stamme, den Weisswurstphilistern sprach es trotz seiner himmelstürmenden Tendenz so recht aus innerster Seele. Schon deshalb, weil es den absterbenden Dr. Johannes Sigl ersetzte, der keine so guten Witze mehr fertigbrachte auf Preussen und Reichsjungfrauen. Wer im Dusel eines nimmerklugen Phantasten lebt, mochte damals wohl hoffen, ein kräftiges Reiben werde entstehen, eine Kontroverse, aus der Gutes erwachsen könnte für München und alle, die darin schaffen. Eine Regenerierung der Neuesten Nachrichten im Gegensatz zu dem bei aller Trefflichkeit der Zeichnungen und der Schlemihlgedichte oft trostlosen Horizont der dort getriebenen Buren- und Kolonialpolitik. Weit vom Schuss! Man ist ja in München, man steckt mitten drinnen im angestammten Spezltum, das sich überall breit macht, das alles vergiftet, das alles Werdende mit seiner fetten Duzbrudersauce übergiesst und jeden ehrlichen Gegensatz auflöst in einen grossen, molligen Schnadahüpfl-Akkord. »Neueste«, »Jugend« und »Simplicissimus« entdeckten ihr Herz, sie fanden sich in zärtlichster Freundschaft. Die Wanzen aber, die Fledermäuse, die Bruthennen und Obergockel, kurz, die ganze versippte, versumpfte Vettern- und Basenschaft begrüsste das Bündnis mit lautem Freudengewieher. Das war Kollegialität, das war der nivellierende Ausgleich, der in München immer erfolgen muss, soll die Hauptsache, die Gemütlichkeit, im öffentlichen Leben gewahrt bleiben.

Nur ein Neidhammel kann an so was rühren, nur ein Mensch, dem nichts heilig ist auf der Welt, dem jede ehrliche Annäherung ein Dorn im Auge bleibt. Diese unumstössliche Meinung kann man auch als Endresultat der von der Redaktionswanze angeregten Sitzung in den vornehmen Räumen des Prachtbaues der Sendlingerstrasse bezeichnen. Der Beschluss wird vorerst noch geheim gehalten, aber die Vertrauten sagens schon wieder den ganz Vertrauten: nichts wird geändert, es bleibt, wie es war. Man will keine Macht. Das höchste Ideal der Neuesten Nachrichten ist nach wie vor das starke Vertrauen der treuen Abonnenten. Ja, man bringt wohl einmal einen Artikel, wenn es gewisse Cliquen gar zu dick treiben, und wenns halt gar nicht mehr zu umgehen ist, weil andere Blätter schon vorher darüber geschrieben haben. Aber man nimmt auch aus dem geschätzten Leserkreis sofort eine Gegenschrift auf. Die sagt, dass es anders gemeint war, dass man nicht richtig verstanden wurde. Und dann sinkt alles wieder in Schlaf, um erst beim nächsten Feste zu erwachen. Ist denn jetzt gar nichts los? Richtig, ja, der Sommer ist vorüber, die Zeit der sauren Gurken ist aus, gelb fällt das Laub, die Herbstluft zieht über die Theresienwiese. Neu gestärkt ist der Münchner zurückgekehrt aus den ländlichen Gefilden, nun kann er mit bestem Gewissen zum Oktoberfest pilgern. Da ists »zünfti«, wies in der Ursprache heisst, da gibts eine Unmasse Sorten köstlicher Biere, da gibts eine grosse Ausstellung von selbstgezüchtetem, bayrischem Rindvieh, da sieht man einen vollkommenen Ochsen braten, da sieht man den Schottenhammel und am Hauptfesttage das ganze angestammte bayrische Königshaus. Sechzehn Tage dauert die Gaudi, sechzehn volle Tage bis die letzte Mass Bier geleert, oder das letzte Stückchen von der Adlerscheibe heruntergeschossen ist. Eine Hetz', eine damische Hetz'; die Drehorgeln spielen, die amerikanische Rutschbahn geht hoch und nieder, der Zauberer Schichtl brüllt aus – bei solchem Lärm geht jedes halbwegs vernünftige Wort verloren.

Das Ende, die Zukunft

Will man sprechen vom Ende der Dinge, wo alles zusammenfliesst, was einst glänzte und funkelte, will man das Fazit ziehen vom Letzten, was überbleibt, die Schlussbilanz vom Sein und vom Leben, will man den Erdenrest sehen in jener Gestalt, wo er mündet beim ärmsten der Käufer oder gleich auf dem Schutt, dann muss man über die Fraunhofer Brücke hinauswandern zu den Trödelbuden der Auer Dult. Dort, zu Füssen der Mariahilfkirche, ist Münchens Grenze gezogen, hier läuft es aus, hier wird es vertandelt. Dreimal im Jahre, im Frühling, im Sommer, im Spätherbst. Mit vollem Aufgebot der Lungen, unter schonungsloser Zerstörung der letzten, der allerletzten Illusionen. Was immer war: jeder Rang, jeder Beruf wird da gezeigt, ohne Festbeleuchtung, ohne Schminke, im erbarmungslosen Oberlichte des Himmels. Der goldgestickte Kragen des Beamten, die Epauletten des Offiziers und die Weihrauchfässer der Geistlichkeit. Fünfzig Pfennig ein Helm mit der Raupe, zwei Mark ein Degen mit Perlmuttergriff und eine Mark ein Eisernes Kreuz samt der siebziger Feldzugsmedaille. So vergehen Ruhm und Ehre vor dem alles bezwingenden Rufe der Feilbieter. »Ei'kaaft, ei'kaaft«, tönt es fortwährend. Nur die Altertumshändler sitzen schweigsam und mustern die Kauflustigen mit misstrauischen Blicken. Bei ihnen hat sich niedergelassen, was einst an Möbeln in guten Häusern prangte: Renaissancestühle, denen die Lehne fehlt, Schränke, die köstliches Linnen bargen, und Sophas, worauf die glücklichsten Stunden verlebt wurden. Doch auch moderne Einrichtungen fehlen nicht. Von der gebeizten Bettstatt reichen sie hinunter bis zu den gewöhnlichsten aller Gebrauchsgegenstände; von Geweihen, Gamskrickeln, Öldrucken hängt es herum in der Runde, unterbrochen von Lebzeltern, Messingverkäufern und Zinnwarenhändlern. Eine letzte, fidele Paarung all dessen, was im Leben nicht immer zusammenpasste. Selbst die Religionen lösen sich auf an der Stätte, wo alles gleichgemacht wird von der Zeit und abbröckelndem Firnis. Dort in der Ecke lehnt sich ein Kruzifix ganz gemütlich an Buddhas vergoldete Figur. Dem Gekreuzigten fehlt ein Arm, dem indischen Gotte die Nase. Und ein Marodespital farbiger Heiligenbilder umgibt im Hintergrunde andachtsvoll Martin Luther. Auch hier die Rahmen defekt, die Scheiben zersprungen.

Nur manchmal ist etwas herausgeputzt, dass es gerade so lange noch hält, bis es der letzte Besitzer vor sein Haus trägt. Dürftig gestrichen, flüchtig zusammengeleimt. Um noch einmal zu leuchten, noch einmal zu blenden wie der wolkenlose Herbsttag. Schön ist er, vergoldet hängen die braunen Blätter wie die kleinen Flügel der nackten Engel an der äussersten Bude bei der Kirche. Und die Isar schimmert smaragdgrün, wie das breite Altartuch, das silberne Fransen umsäumen. Sonst liegts manchmal darüber, so klar, so schroff, dass man meinen möchte, wer in diesem Lichte atmet, müsste klar sehen und könnte nimmer getäuscht werden, weder von Menschen, noch von der Natur. Der Föhn, der die Berge naherückt, der Nordost, der bis auf die Knochen schneidet, zeichnen so unbarmherzig, so deutlich. Heute aber zaubert es noch einmal alle Wunder hervor, wie ein Weib, das sich richtet, zu fangen. Alles nach aussen, wie hier auf dem Trödelmarkt, alles nur hergerichtet. Soll was sein und ist doch nichts. Höchstens was Renommistisches, Spielerisches. Zurechtgeputzt wie die Oberlandler, die in der Stadt scheckige Tracht tragen, um draussen im alltäglichen Schnitt herumzutappen. Wie die Kämpfer von 1705, die man beim 200jährigen Jubiläum in bunten Kopien zu einer Parade für König und Vaterland trieb, obwohl die wahre Historie den Mummenschanz Lügen strafte. Wie die zauberhaften Legenden um den König Ludwig II. und wie die ganze, aufgepäppelte Methode der neuen, bayrischen Geschichtsforschung. Wozu der Tanz? Dem schönen Tag folgt doch der Winter, dem Rausche der Kater. Und was aufgedonnert wurde zu bombastischen Wirkungen im öffentlichen Leben, fliesst ab wie alles irdische Dasein in der grossen Bachauskehr unter dem Nockherberg. Selbst die Wissenschaft, mag sie noch so kunstvoll zusammengeklebt sein, wird da seziert, wie der Mensch in der Anatomie. Denn hier steht auch München vor der Frage des Jenseits, hier wird der Untergang Sodoms auf friedliche Weise vollzogen, hier fallen die Gegensätze im allgemeinen Zapfenstreich, hier kündigen vergilbte Schmöker das Ende der Weisheit, und hier endet auch einmal mein Buch.

Drüben beim Pfarrhof, wo die Antiquare eine geschlossene, papierene Phalanx gegen allzu heftiges Drängen errichtet haben. »Zehn Pfennig«, höre ich im Geist einen Käufer sagen, »mehr geb' ich nicht.« Und schliesslich nimmt ers halt doch. In Gottes Namen für fünfzehn. Weil ihm der Antiquar versichert, es sei gut, wirklich gut, zum Lachen. Auch sei der Verfasser ein Münchner gewesen. Habe es allerdings nie zu was Rechtem gebracht. Wollte immer gescheiter sein als die Andern, spottete fortwährend über alles. Was Wunder, wenns der Menschheit zu dumm wurde? Sie wusste nicht, wo sie ihn einreihen sollte, wohin er gehörte. Im allgemeinen scheint er ja ein guter Kerl gewesen zu sein, aber zu sprunghaft, zu kapriziös. Wollte nie dieselben Geleise wandeln, ging bald links, bald rechts, kurz und gut, ein recht unsicherer Kantonist. Auch gesellschaftlich ist nicht immer alles ganz klar gewesen. Sie verstehen schon, was Korrektheit im öffentlichen Leben betrifft. Man soll zwar einem Toten nichts Übles nachreden, aber unter uns gesagt ... dort beim dritten Kleiderhändler die alte Chevaulegeruniform ist von ihm. Jawohl, mit den Reitstiefeln aus Glanzleder, mit dem Säbel und den Sporen. Wird Ihnen jetzt alles klar? Sein Grimm, sein Hass, seine Verbitterung? Rache an der bestehenden Kleiderordnung – nichts weiter. Deshalb auch der Rettinger in der »Fahnenweihe«, deshalb die peinliche Aufrührung der Lola Montez, deshalb die »Morgenröte«. Wollen Sie die nicht mitnehmen? Fünf Pfennig, weil Sie es sind. Und die Novellen, die er schrieb? Die bissigen Pamphlete gegen hochangesehene Staatsbürger und Künstler? Alles zusammen fünfundsechzig Pfennige. Sie haben genug? Na, kanns Ihnen nicht verdenken. Poesie hatte der Mann ja nicht im grossen Sinne. Die Damen der ersten Kreise wussten mit ihm auch nie was Rechtes anzufangen. Wenigstens nicht mit seinen Werken. Trotzdem, was man ihm nachsagen mag, er hatte Talent. Das haben ihm angesehene Dichter freundlichst bestätigt. Haben sich in ihrem Urteil auch nicht irre machen lassen, wenn er sie hinterher zum Danke respektwidrig auslachte. Und, was die

Hauptsache ist für Sie als Käufer: Das Buch über München ist gut, es ist zum Schieflachen.

Ob er recht hat, der wackere Antiquar mit seinem ehrenden Nekrologe? Ob mein Buch wirklich gar so zum Lachen reizt? Ob es gut ist? So gut, dass es mit fünfzehn Pfennigen Reichswährung nicht ums Dreifache überzahlt ist? Diese inhaltschwere Frage wird nun bald von jenen beantwortet werden, die es mit dem tiefen Gewissen der deutschen Kritik auf Papierwert und Inhalt zu prüfen haben. Ich selber kann es nicht sagen. Manchmal, da schien es wohl, dass mir was in die Feder kam vom wahren Geist, vom vollen Lichte, das über der Stadt ruht. Zu fassen glaubte ich, was vierzig darin verlebte Jahre im Übermass geschenkt hatten, zu ahnen, was hinter jenem Gesichte steckt, das sie flüchtigen Beschauern zeigt. Jetzt aber, wo ich durchsehe, was ich da niedergeschrieben habe, in neun kleinen Kapiteln, fühle ich, dass es nur Stückwerk bedeutet. Ists meine Schuld? Schwerlich. Was kann man auf solchem Raume, auf vorgeschriebener Marschroute geben? Einen Ton, einen Akkord, eine Note, bestimmt vom Temperament. Mit dem der Leser zu rechnen hat. Wie ich es sehe, steht München vor ihm, in grossen Zügen, mit allen Eigenarten – und mit den meinen. Dass dabei vieles übersehen werden musste, was noch beitragen könnte zur breiten Ausmalung des kulturhistorischen Bildes, ist gewiss. Noch gewisser, dass mir jetzt, wo ich das Buch in die Welt sende, nimmer erspart bleiben wird, was mir jedesmal auftrifft, wenn ich mich zu einem Eindruck gesammelt habe. Ein Beispiel: Ich war in einer fremden Stadt, ich glaube von ihr ein Bild zu besitzen, aber da, wenn ich heimkehre, kommt auch schon Vetter Hinz oder Kunz gerannt. Mit durchbohrenden Augen sieht er mich an, mit erhobener Stimme nimmt er mich ins Verhör. Und hab' ich den heiligen Chrysostomus von irgendeinem Quattro- oder Cinquecentisten in alta Croce dei santi e tutti quanti, fünf Viertelstunden vor derselben Stadt, die er auch schon besucht hat, nicht kennen gelernt, dann habe ich diese Stadt nicht gesehen, dann war ich überhaupt nicht wert, einen Fuss auf solch heiligen Boden zu setzen. Denn dieser Chrysostomus ist ja die Krone von allem, er ist dasselbe, was für München das Residenztheater oder der Wittelsbacher Brunnen bedeuten, und steht nicht hinter den Meisterwerken der Glyptothek, der Pinakothek und der Schackgalerie.

Dreht sichs bei solchem Vorwurf um Perugia, oder Siena, kann man seinen Spass haben. Taucht aber die eigene Vaterstadt aus der Versenkung, erforscht man doch noch einmal sein Gewissen. Mit dem Sündenspiegel in Form eines Skizzenbuches. Eine Flut von Worten strömt da entgegen. Unzusammenhängend, wirr durcheinander geschrieben, mit roten und blauen Strichen. Zum Teil erledigt, zum Teil nicht zu brauchen, zum grossen Teile aufzuheben für einen dickbauchigen Roman. Der kommt nämlich auch noch. Gewiss. So schnell bin ich mit meiner Vaterstadt nicht fertig. Dafür hab' ich zu viel gesehen, zu tief hinter die Kulissen geschaut. Und in ihr selber zu starkes erlebt an inneren Wandlungen, an Abstieg und Aufstieg an Menschen, Natur und Gebilden. Doch das hilft mir heute weder zu Stimmung noch Arbeit. Darum fort, weg über alle papierenen Skizzen zu einem letzten Rundblick aus der Vogelperspektive. Höher und höher hinauf die schmale, steinerne Wendeltreppe und weiter zwischen ragendem Gebälk. Die Bretter krachen unter meinen Tritten, und je mehr ich emporsteige, desto stärker besinne ich mich, dass dreissig Jahre vergangen sind, seit ich als kleiner Lateinschüler fast täglich den Türmer besuchte. Mit ihm hab' ich die Dohlen gefüttert und hab' ausgeschaut nach Rauch und nach Feuer. Auch Geschichten liess ich mir künden, vom Fräulein von Heppenstein, das vor hundert Jahren zur Tiefe sprang, weil es einen Leutnant nicht kriegen konnte, und von jenen Münchnern, die als Herz, Hirn und Leberwurst wie eine lebendige Speisekarte an einem Tage da oben zusammentrafen. Unten aber hab' ich mit dem Mesner die Glocken gezogen, jene schönsten und grössten Glocken Münchens, die jetzt plötzlich zwischen vier ungeheuren Bogenfenstern über mir herauswachsen, als schwebten sie frei zwischen Himmel und Erde. Tief darunter die Stadt, zum ersten Male sichtbar, über ihr der Himmel, und als Zwischenstufe die charakteristische Kopfbedeckung der Frauentürme, jene närrischen Hüteln, die man ihnen aufsetzte, weil das Geld in München wieder einmal nicht gelangt hatte, die man kennt weit und breit als die Deckel zu den zwei Masskrügen.

Hier halte ich ein und schaue mich um. Lotrecht unter mir die weiten Höfe des ehemaligen Augustinerklosters, dahinter, nicht minder schwer und finster, die Jesuiten mit den Karmelitern. Drüben aber als Gegensatz im köstlichsten Blau die stolze, geschlossene Linie der weiten Alpenkette. Dort, wo die Sonne jetzt strahlt auf Zacken und Schründe, bin ich gewandert, so oft, so viel, vom Untersberg bis zum Grünten. Und überall, wo ich gerastet habe, auf Gipfeln und Hütten, hab' ich ausgeschaut nach den zwei Türmen wie nach lieben alten Bekannten. Gleichviel, ob sie im Dunste erschienen oder nicht. Auch sonst hab' ich ihnen zugenickt, diesen feinpatinierten Dickschädeln, wenn ich von Westen, von Norden, von Süden, von Osten in die Heimat zurückkam. Aus Nebeln herauswachsend, im Gewitterschein leuchtend, von der Sonne beglänzt, vom Schneegestöber umringelt, so sah ich sie vor mir als treue Gesellen, als zwei brave Onkel, deren Taschenuhren gleichmässig weitergehen, die rechte wie die linke, im breiten Ticktack des Münchner Lebens. Alle Viertelstunden behaglich brummend, wie so der richtige alte Münchner, der auch nur alle fünfzehn Minuten ein Wort spricht, weil eh' scho' g'nua g'redt werd auf dera damischen Welt. »Alles Blödsinn, alles Schwindel«, tönt es unter der Türmerwohnung. Diese Glocke trug uns Buben die Stunde der Erlösung ins alte Wilhelmsgymnasium hinüber, sie war uns das Vorbild, wenn wir Schiller deklamieren mussten, sie kündete uns mit aufgeregten Schlägen die Brände, weithin durch die Stille der Nacht, sie rief zu kirchlichen Feierlichkeiten, zum Leben, zum Tode. Jetzt, wo ich unter ihr stehe, läutet sie Allerheiligen ein. So stark, so mächtig, dass das ganze Gebälk zittert. Auch die Fenster klirren in leiser Bewegung. Und der Ton vibriert immer stärker, er schwillt an, als riefe er die Toten selber zum Feste. Zu jenem Feste, das ihnen gilt. Denn an diesem Tage werden die Gräber geschmückt und tags darauf die Fürstengrüfte geöffnet, damit das Volk zwischen brennenden Wachskerzen die verstaubten Zinnsärge bewundern kann.

Unwillkürlich wende ich die Blicke nach Süden zum Alten Friedhof. Dort hinaus pilgern sie morgen zu Tausenden. Sie kommen zu Fuss, zu Wagen, mit Kränzen, mit Sträussen, mit bunten Laternen. Eine stumme Andacht am Grabe der Angehörigen, ein flüchtiger

Gruss mit dem Weihwasserwedel. Dann machen sie einen Rundgang und kritisieren die Gräber der Nachbarn. Wie neue Kleider oder Theaterstücke. Da, die weibliche Marmorgestalt, die von Engeln zum Himmel getragen wird, erregt besonderes Aufsehen. Die junge Frau ist erst im vorigen Jahre gestorben. Soll übrigens gar keine solche Heilige gewesen sein, wie sie da dargestellt wird, mit dem sicheren Eintrittsbillett für den Himmel. Und erst dort, der bekannte Grosskaufmann! Ein Spekulant, man kann schon sagen ein Gurgelabschneider. Schön ist ja seine Gruft, aber die erhebende Inschrift darunter passt durchaus nicht zu seinem Leben. Dem Doktor dort, dem einst vielgerühmten praktischen Arzte, kann man dagegen nur Gutes nachsagen. Ein Wohltäter der Menschheit im Sinne des Wortes. Dafür ist sein Grab auch das ärmlichste in der Runde. Zwei Kandelaber mit brennendem Weingeist – das ist alles. Dass sich die Familie nicht vor den Leuten geniert! Unglaublich. Und hier erst, der berühmte Schauspieler mit seinem klassischen in Erz gegossenen Profil! Der Mann, der als Tell, Wallenstein, Egmont u. s. w. ganz München begeisterte, dieser Abgott seiner Zeit, von dem jeder schwärmte, der das Glück hatte, ihn einmal zu sehen, oder gar, ihn zu hören, mit diesem wunderbaren Organ – vergessen ist er. Nicht die bescheidenste Blume ziert sein Grab, nicht der billigste Immortellenkranz. Rings herum werden Sträusse feilgeboten, aber für ihn kauft keiner. Auch der nicht, der so jammert über das Los des Mimen. Er hat anderes zu tun, hat weiter zu wandern mit seiner Ehehälfte, Arm in Arm zwischen den flackernden Lichtern und den schwarzen Schleiergewinden, zwischen tropischen Pflanzen und laut betenden Klageweibern. Jetzt trifft er einen Bekannten. »Diese Protzerei, dieser Luxus! Unerträglich wirds einem auf die Dauer.« »Nicht wahr? Und das widerwärtige Gegaffe der Leute!« – »Allerdings, na, auf Wiedersehen!« – »Auf Wiedersehen!« Und die Herrschaften gehen auseinander, die einen zum nördlichen Friedhof, die andern zum östlichen, wos auch sehr schön sein soll.

Ich aber schaue auf meinem Turme vom Süden zum Westen hinüber. Die Sonne brennt mir direkt ins Gesicht mit vollen, leuchtenden Strahlen. Sie hat sich geneigt zu dem kleinen Wäldchen hinter der Ruhmeshalle. Vor ihr die Bavaria in massiger

Grösse. Doch man kann nichts unterscheiden, so stark blendets von dort. Nur die schwarze Silhouette des Riesenkopfes taucht aus dem zitronengelben Lichte. Darüber ein zartgrüner Himmel in weitem, ungemessenem Bogen. Der schimmert so durchsichtig, dass man den Herrgott selber zu sehen vermeint mit allen katholischen Englein, mit der ganzen Geistlichkeit und all' denen, die tugendhaft gelebt haben auf Erden. Erst als ich mich umwende, gegen Osten, wirds wirkliches Blau. Da hinten, wo das Maximilianeum thront, sogar tiefes. Als sollte noch ein letzter Gruss winken vom Schimmer des Südens auf die Dächer der Stadt. Die sind noch frei von Schnee. Rot, braun, grün, grau, in allen Schattierungen lachen sie zu mir herauf, bald hoch, bald niedrig. Ich erkenne an ihnen bestimmte Gebäude, ich richte mich nach ihnen wie nach einer Landkarte, ich sehe an ihnen die ungeheure Metamorphose meiner Vaterstadt. Wie sie sich hinausreckte gegen alle Richtungen der Windrose mit neuen, gewaltigen Vierteln, wie sie auch zum Himmel emporwuchs mit hohen Giebeln, dem neuen Rathausturme, dem Nationalmuseum, der Kuppel des Justizpalastes, den zahllosen Schulhäusern und den neuerbauten Kirchen. Jahre an Arbeit liegen da vor mir, und ich kann jeden Winkel bezeichnen, jede Stelle, wos aufhörte und wos anfing.

Wäre ich jetzt ein Redner, so einer vom Schlage derer, die an das Glas klopfen, um Feste einzuleiten, wäre ich der König dieser Stadt, die in immer wärmeren Flammengluten unter mir liegt, dann würde ich wohl danken mit weithin vernehmbarer Stimme. Das Summen und Brausen, das von unten heraufdringt, würde ich übertönen mit Worten der Anerkennung für jene Männer, die meine Vaterstadt so weit geführt haben. Denn sie wächst empor als ein Ding für sich, fröhlich und selbständig, in der neuen, farbigen Bauart. Mit den Rundtürmen, den Erkern, den Biedermeier-Fassaden, kurz, mit dem ganzen Stil, den Gabriel Seidl geschaffen hat, und den auch sein Bruder Emanuel erfolgreich verwandte. Dienten dabei alte Muster als Vorbild: der gänzlich verlotterte Baustil der Stadt wurde durch diese Künstler zu neuem Leben geführt. Wo man hinblickt, spricht es von ihrem Wirken, ob sie selbst bauten, ob sie dem Haus nur den Stempel aufdrückten. Der aber ist nicht von Wien, nicht vom Norden bezogen, er ist münchnerisch. Münchnerisch wie seine Schöpfer, bis in die Knochen. Breit und behäbig, fest und selbstbewusst macht er sich Platz. Bums, da steht er und lässt keinen andern neben sich aufkommen. Höchstens die Freundln, die Spezln. Und deren Trabanten, die blind zur Fahne schwören, zu der grossen, mächtigen Münchner Gemeinde. »G'moa« sagt man auf altbayrisch und kann lachen dabei. Lachen über die grossen und kleinen Münchner Tyrannen. Denn das Lachen ist noch die einzige Befreiung im Leben, wenn man sich praktisch nicht mehr zu helfen weiss.

Doch es darf kein Schild sein, kein Vorwand, dieses Lachen, als wollte man sich dahinter vor allzu positiven Gegengründen verstecken. Darum in vollem Ernste: Diese »grüabigen« Zustände, dieser gegenseitige Austausch der Güter, diese Treue in Freundschaft und Spezltum bestehen wirklich. Sie sind. Nicht in der überreizten Phantasie der Zurückgewiesenen, sondern in der ganz spezifischen Art des Münchner Wesens. Nur das Beste will die Clique schaffen, nur zur Ausschmückung der öffentlichen Plätze, nur zum Heile der Kunst will sie wirken. So behauptet sie immer und fragt spöttisch nach den angeblich an die Wand gedrückten Talenten. Wenn aber Dinge, wie das Kriegerdenkmal in der Feldherrnhalle, wie der Kaiser Ludwig vor dem Theresiengymnasium oder der König Ludwig auf der Kohleninsel unter ihren Augen erstehen, dann fällts ihr nicht ein, zu protestieren. Dann verschwindet die Monumentalbaukommission völlig geräuschlos, dann ist alles von vornherein sanktioniert. Warum? Weil das der Mann macht, durch den sie alles macht, weil ihr in diesem Falle energischer Widerspruch das eigene, schöne Geschäft auf immer ruinieren würde. Auch da versagte merkwürdiger Weise die sonst bei jeder Gelegenheit ins öffentliche Leben eingreifende Macht, als ein Künstler wie Theodor Fischer von dannen ziehen musste und viele andere ihm nachfolgten. Namen zu nennen hat keinen Zweck. Denn es handelt sich weniger darum, präzise Beweise zu bringen, wer bei dieser oder jener Konkurrenz übergangen oder aus München selbst hinausgedrückt wurde, es handelt sich um die viel wichtigere Frage, wie viel durch das geschlossene Vorgehen der auch ohne Eintrag in das Handelsregister bestehenden Clique an freier Entfaltung junger und kraftvoller Talente unterdrückt wurde. Kein Wunder, dass ein Mann, mag er nun zur Clique gehören oder nur ihr gelegentlicher Hospitant sein, immer die Arbeiten als die besten erklärt, die ein seinen Ideen oder Theorien willig folgender Schüler geschaffen hat. Aber ebenso klar ist, dass er in führender Stellung als Juror den unbefangenen Blick zu wahren hat für jedes junge, selbständige Talent. Denn in der Kunst gibts kein System, kein Prinzip, kein Gesetz, in der Kunst gibt es nur Freiheit, Eigenart und Naivität.

Merke schon, was erst eine Festrede werden sollte, geht hier auf dem Turme noch über zur schönsten Kapuzinerpredigt. Mit einer solchen möcht' ich nicht schliessen, sondern mit einem Ausblick, wie ichs versprochen habe. Da ists gut, wenn man zuvor noch einmal zurückschaut auf das Jahr, durch das ich München begleitete. Ich habe gezeigt, wie es tanzt, wie es trinkt, wie es liebt. Habe von Typen gesprochen, von Originalen, von mir selber und von Herrn und Frau Schelhaas. Nun beginnt ein neuer Turnus. Oder nein, es beginnt derselbe. Denn da sich bekanntlich alles dreht auf der Welt, wird auch das kommende Jahr die Geschlechter wieder zum Tanze, die Masskrüge wieder an die Lippen, die Herzen wieder zu Herzen führen. Und zu aller Lustbarkeit wird sich an passender Stelle ganz sicher der passende Raubmord fügen. Mit einer nicht aufzufindenden Leiche, oder diesmal mit einer gefundenen. Möglich dass die Verhandlung auf das Oktoberfest fällt. Auch keine schlechte Saison. Hauptsache bleibt, dass sie stattfindet. Einmal hat uns Augsburg mit Freund Kneissl den Rang abgelaufen. Das war sehr bitter. Der weltberühmte Mann hatte ohne alle Unterstützung vier Monate die Hauptstadt belagert, gehörte somit nach München. Dafür darf uns der nächste, der wieder an der Auflösung der sittlichen Weltordnung arbeitet, ganz sicher nicht auskommen. Denn das sind festgefügte Institutionen wie die Kalbsbraten und das grosse, ewige Schnackerltum. Keiner darf daran rütteln und will es auch nicht. Ich am letzten. Ein kleiner Ruck, eine leise Änderung, das ganze Bild ist verschoben. München aber muss München bleiben, wies in Walzern so schön heisst. Kann mir wenigstens nicht denken, dass darin sächsische Reinlichkeit hochkommt, kann mir nicht vorstellen, dass die Vereine zur Hebung der Sittlichkeit auf solchem Boden gute Dividende verteilen, und ich kann mir nicht ausmalen, dass, was der Münchner Gemütlichkeit nennt, sich anders äussert als in tüchtiger Grobheit. Es bleibt also alles, wie es war.

Und noch etwas bleibt, muss bleiben für immer. Der Niedergang Münchens als Kunststadt ist ja schon lange vollzogene Tatsache, die Preussen werden über kurz oder lang die Stadt erobern, der Hofbräuhäusler wird Berliner Jargon sprechen und der bayrische Staatsbürger in deutschen Reichseisenbahnen zum Starnbergersee fahren: der Rahmen aber, in dem sich das lustige Theater abspielt, der grosse, leuchtende Rahmen, wird nimmer vergehen. Jetzt ist die Sonne hinter Sendling hinabgegangen. Doch von der Stelle, wo sie verschwand, lodert die Glut empor. Die volle Glut eines leuchtenden Abends. Weit über die Dächer ragt sie hinauf in das dunkelnde Firmament. Nun brennt alles in der Runde, dass man Sturm läuten möchte auf der einsamen Warte. Dampfwolken steigen vor dem Feuer aus Kaminen und rauchenden Lokomotiven. Daraus wachsen die Türme des Westens wie Giganten. Und von ihnen strahlt es hinaus bis zum Dachauer Schlossberg über das herbstliche Moor; ein Weltenbrand, wie von tausend Händen entzündet. Da wirds lebendig auf der oberbayrischen Ebene, soweit das Auge noch reichen kann. Der Sommer hat sie gelb gebrannt, aber jetzt schillert sie mit dem Himmel um die Wette mit ewig wechselnden Lichtern. Und von ihr zieht es über die ganze Stadt. Über die Strassen, wos wimmelt von heimkehrenden Menschen, über die Dächer, deren Kupfer wie fliessendes Metall glänzt, und über die Bogenlampen, die hell in dem sengenden Feuermeer glitzern, über all das hinauf zu den Frauentürmen, zu den beiden roten Ziegelsäulen, die wie Dolomitenfelsen erstehen. Zum offenen Fenster aber strömt es herein mit erlöschenden Feuergluten. Mit einem Hauch, gesättigt von Heide, von Bergen, von Wäldern. So köstlich, so frisch, dass man hineinbeissen könnte ins Ungewisse, dass man fressen möchte, bis man nimmer genug hat. Mag die bayrische Regierung noch so fromm werden, mag der Landtag den letzten Groschen nur noch für Heugabeln verwenden oder für Rosenkränze, mögen die Künstler selber die grössten Dummheiten begehen – diese Luft können sie alle zusammen nicht umbringen. Und der Polyp im Norden mit den grossen Fangarmen kann sie nicht nach-machen.

Ende.

Dokumente

A. Briefe von Leo Greiner an Josef Ruederer

Leo Greiner an Josef Ruederer, Bruck, 13. Juli 1906

Bruck b. Muenchen, Emmering 121
13. 07. 06

Lieber Herr Ruederer,

ich habe also die beiden Kapitel sofort gelesen und sende Ihnen die Bogen anbei mit herzlichem Danke zurück.

Ich weiss nicht, ob Ihnen daran liegt, meinen Eindruck zu erfahren. Doch sollte dies der Fall sein, so kann ich Ihnen sagen, dass er stark, stellenweise ausserordentlich, im Ganzen trotz des Fragmentarischen geschlossen ist. Die Technik, die Sie zur Anwendung bringen, scheint mir für derartige Arbeiten direkt einen Fund zu bedeuten. Die scheinbare Nachlässigkeit, mit der hier das Verschiedenartigste, das Persönlichste und das Allgemeinste neben- und hintereinandergestellt wird, gerade sie gibt dem Ganzen dieses Suggestive, das uns zum unmittelbaren Miterleben fortreisst. Ich weiss natürlich sehr wohl, dass diese Nachlässigkeit keine wirkliche, sondern die beste künstlerische Manier ist, den langweiligen Ton der Beschreibungen und historischen Darlegungen zu überwinden zu Gunsten des lebensvollen und einprägsamen Eindrucks, der ja der Zweck einer solchen Arbeit ist. Ich habe nirgends die Empfindung, dass mir etwas beschrieben wird, aber stets die, dass hier etwas gestaltet wurde. Alles scheint von selbst, aus sich heraus zu entstehen, das Gesamtbild baut sich allmählich zwanglos auf, und obwohl das Material willkürlich von allen Ecken und Enden geholt zu werden scheint, so zeigt sich doch bald aus dem Gesamten, dass da kein Stein zu viel ist und sich das Einzelne dem Plane des Ganzen gefällig und zweckmässig einfügt. Mit Ihnen bin ich der Ansicht, dass das Buch im zweiten Kapitel stärker ist, als im ersten, doch braucht es nur im dritten noch stärker zu sein als im zweiten u. s. w., um eine glänzende Steigerung herauszubekommen. Ich bin überzeugt, dass die Sache, wenn sie in diesem Sinne fortgeht, mit eine Ihrer besten Arbeiten wird und für meine Sammlung einen grossen künstlerischen Gewinn bedeutet. Sehr freuen würde ich mich, wenn Sie mir auch späterhin Gelegenheit geben wollten, den Verlauf Ihrer Arbeit zu verfolgen.

Indem ich Ihnen nochmals bestens für die Zusendung danke, bin ich mit herzlichen Grüssen

Ihr ergebener

Leo Greiner

Leo Greiner an Josef Ruederer, Postkarte, Bruck, 28. Februar 1907

<u>Bruck bei München, Schulweg</u>
28. II. 07

Verehrter Herr Ruederer,
ich wünsche Ihnen herzlich Glück zur Vollendung Ihres Buches und freue mich, dass wir nun also bald an die Drucklegung werden herangehen können. Wegen des Termins bitte ich, sich doch freundlichst mit Georg Müller in Beziehung zu setzen. Wann kann ich das Manuscript sehen? Sie können sich denken, wie sehr gespannt ich darauf bin. Mit den besten Grüssen und freundlichen Empfehlungen an Ihre Frau Gemahlin, auch von meiner Frau, Ihr ergeb.

Leo Greiner

Die Briefe befinden sich in der Monacensia, Literaturarchiv und Bibliothek München. Signatur: JR B 165

B. Ludwig Thoma: Erinnerungen an Josef Ruederer

Wir mochten einander nicht, obwohl wir uns persönlich bloß flüchtig kannten und uns eigentlich nur zweimal – im Gerichtssaale als Gegenzeugen und Gegensachverständige – trafen.

Er wurde mir, ich wurde ihm als Widerpart vor Augen gestellt von Leuten, die uns zwei altbayrische Schriftsteller gegen einander abwägen mußten.

Das hat mir nichts ausgemacht, und ihm wohl auch nicht. Eine kleine Zeitungsfehde, die wir einmal gegen einander ausfochten, hat bei mir keinen Groll hinterlassen. Er trat, wie es sein gutes Recht war, für den ihm befreundeten Karl Peters ein, und ich konnte ihm das schon darum nicht verübeln, weil mir mein Angriff auf den verdienten Afrikaforscher hinterdrein selber nicht mehr gefiel. Ich hatte einer Aufwallung nachgegeben und mich über die Hinrichtung einer Negerin entrüstet. Viele Jahre, nachdem sie geschehen war, und gelegentlich eines Prozesses, in dem die alte Geschichte aufgewärmt wurde. Später sah ich ein, daß sich in der Stube kein Urteil fällen ließ über eine Tat, zu der sich ein Mann inmitten von Gefahren veranlaßt gesehen hatte. Ruederer schob mir sehr wenig nette Motive unter, die ich nicht gehabt hatte, indes den Ärger darüber hatte ich mir schnell weggeschrieben.

Also davon kam's sicher nicht.

Dagegen war mir seine ganze Art, Land und Leute daheim zu schildern, unsympathisch.

Ich will – um mit dem Weltenrichter Gothein zu sprechen – kein Werturteil abgeben, ich sage nur, daß ich mich dagegen auflehnte, wenn seine mißgünstige und verärgerte Darstellung als scharfe, aber treue Beobachtung hingestellt wurde.

Er hatte die Ansichten eines allem Ländlichen ferne stehenden Städters, und er war in der Art zu urteilen und sein Urteil zu äußern ein waschechter Münchner, so wenig er auch dafür gelten wollte.

In einer kurzen selbstbiographischen Skizze sagt er bündig, was aus seinen Büchern mehr als Stimmung herausklingt.

Er spricht von dem Schnackerlhaften, Spielerischen, das die

Oberbayern an sich haben, von ihrer Renommiererei, die Taten ersetzen soll, von der ewigen Holdriogaudi.

Da ist kaum über die Theresienwiese hinausgesehen.

Schon daß er die Oberbayern als Leute für sich bewertet, daß er sie von Stamm und Art trennt, ist bezeichnend falsch.

Auf die Altbayern aber rechts und links von Isar und Inn trifft sein Urteil nicht zu, und es gibt gar nichts zu ihrer Kennzeichnung.

Die betriebsamen Groß- und Kleinstadt- und Marktbürger, die sich getroffen fühlen könnten, bedeuten nichts für die Volksart, der Eindruck, den man von ihnen in München oder in Sommerfrischen gewinnt, kann unangenehm sein, aber er gibt einem kein Recht, über ein großes, tüchtiges Volk absprechend zu urteilen.

Schon in der nächsten Nähe der Hauptstadt sitzt eine arbeitsame Bevölkerung, die sich Eigenart bewahrt hat und von Fremdenindustrie und Holdriogaudi gänzlich unberührt geblieben ist.

Ruederer kannte sie nicht, und das war echt münchnerisch.

In der gleichen selbstbiographischen Skizze erzählt er, daß sein Großvater aus »Odelzhausen im Dachauer Moor« nach München übersiedelt sei. Der Satz ist fürchterlich. »*Moos*« heißt es, beim Worte »Moor« sträuben sich einem alle altbayrischen Haare.

Zudem liegt Odelzhausen mitten im Getreidelande, der schwäbischen Grenzscheide viel näher als dem Dachauer Moos.

Hätte Ruederer einmal die Heimat seines Vaters aufgesucht und Dorf um Dorf dieses nur seiner Arbeit lebende, ernsthafte, allem Fremden unzugängliche Volk gesehen, er hätte die Oberbayern nicht mehr für schnackerlhaft gehalten und sie nicht aus einer partenkirchner Stimmung heraus beurteilt.

Riezler sagt in seiner Geschichte Bayerns: »Dichter und Maler entzückt das naturwüchsige und eigenartige, sinnliche und bis zum Übermut selbstbewußte Volk, unter dessen äußerem Phlegma so viel starke Leidenschaft gärt, und dessen derbe Kraft Züge der Gutmütigkeit und des schalkhaften Humors wie die blauen Seen seiner dunklen Waldberge durchschimmern.«

Das ist nicht bloß ein liebevolles, es ist ein wahres Urteil und gibt in einem Satze zusammengefaßt das Beste, was sich über unser Volk sagen läßt.

Es ist überall, im Flachland wie in den Bergen, prachtvoll, und ich mache mich keiner »krachledernen Sentimentalität« schuldig, wenn ich das sage. Nimmt man eine Sammlung altbayrischer und – was erst recht dazu gehört – steyrischer, kärntnerischer Volkslieder zur Hand, was für eine Fülle von unbändiger Lebenslust, von Kraft, Gescheitheit, Humor und von Talent!

Ein Leben reicht nicht hin, um sich die farbenreiche Mannigfaltigkeit ganz zu eigen zu machen, und der Maler und Dichter kann nicht bloß davon entzückt sein, er kann auch heißhungrig darnach werden, unser Volk und seine wundervolle Tradition immer mehr kennen zu lernen.

Ruederer aber schrieb, er betrachte die schonungslose Bloßstellung unserer ewigen Holdriogaudi »als seine ganz besondere Aufgabe«.

Wenn er sich die freudlose Pflicht aufbürdete, die lächerlichen Auswüchse des Fremdenverkehrs zu bekämpfen, so war es seine Sache, aber daß er sie griesgrämig als Entartung des Volkes, als typische Eigenschaften des Stammes hinstellte, verdroß mich und stieß mich ab.

Die Fahnenweihe ist eine gut gefügte, heitere Komödie, der eine Partenkirchner Skandalgeschichte zugrunde liegt.

Und doch, wie sind die Typen verzeichnet, gerade weil sie Ruederer in das bäuerliche Milieu stellt! Dem Kundigen drängt sich die Unmöglichkeit der Handlung, der Motive, der Figuren unangenehm auf. Die Übertreibung wirkt nur echt und komisch, wenn sie die auf die Spitze getriebene Möglichkeit darstellt.

Aber die Figuren sind falsch, kostümierte Bauern, die – gleichgültig, ob edler, anständiger, vornehmer oder nicht – einfach ganz anders denken, reden, handeln.

Ruederer verkannte das Milieu, in dem sich die Geschichte abspielte; er blieb am wirklichen Geschehen hängen und machte Bauern zu handelnden Personen, wo nur geschäftstüchtige Kleinbürger eines Kurortes die Motivierung hätten echt erscheinen lassen.

Nun klingt es doch wie Werturteil oder Kritik; ich erwähne es aber nur zur Kennzeichnung von Ruederers Ansichten über die Bauern, über Land und Volk. Diese Ansichten sind keineswegs eigenartig und aus einer treuen Beobachtung genommen, sie sind im Kerne gang und gäbe in München, wo man vom Leben des Bauern sehr wenig oder nichts weiß und ihn für einen dumm pfiffigen Egoisten hält.

Seit Jahrzehnten spielt in den zahlreichen Komikergesellschaften unserer Hauptstadt der »Gescheerte« die ewig gleiche Rolle mit ewig gleichem Beifall.

Der Steckerlbauer pappt sich eine Stülpnase ins Gesicht, verzieht es zur dummen Grimasse und erregt mit seiner Unkenntnis der feinen städtischen Kultur stürmisches Lachen.

Noch nicht einmal das Aussehen der vor den Toren der Stadt hausenden Bauern ist dem Münchner so vertraut, daß er sich gegen die unechte Maske auflehnt.

»Der Bauer is a Spitzbua ...« Das ist die Summe stadtbürgerlicher Meinungen von einem Stand, über den man sich durch Bildung, Zeitungswissen und verfeinerte Kultur erhaben fühlt.

Über die ländliche Treuherzigkeit und Biederkeit kann man doch wirklich nur in ironischem Tone sprechen; sie ernst zu nehmen, steht einem klugen Manne nicht an.

Ich will nicht sagen, daß dies ganz und gar der Standpunkt Ruederers ist, wenn er vom Bauerntheater, von der »Komödie der krachledernen Hosen« auf Bauern, von Kurortunsitten auf ländliche Sitten schließt. Aber es hat sehr viel davon, und sein Grimm ist auch von der Erkenntnis getragen: »Der Bauer is a Spitzbua ...«

Auszug aus: Ludwig Thoma: Gesammelte Werke. Autobiographisches und ausgewählte Briefe, Bd. 1, München 1933, S. 254–258. – Ludwig Thoma bezieht sich zu Beginn seiner Darstellung auf eine Veranstaltung mit dem Rassisten und Kolonialisten Karl Peters. Der »Neue Verein« veranstaltete am 14. Dezember 1906 einen Vortragsabend mit Peters, der über das Verhältnis der Kulturnationen England und Deutschland referierte. Ruederer übernahm für diesen Abend die Einleitung. In der »Münchener Post« Nr. 283 vom 15. Dezember 1906 erschien ein Artikel, der an Peters' dunkle Vergangenheit in den deutschen Kolonien erinnerte. Unter anderem hatte Peters während seiner Zeit als Reichskommissar für das Kilimandscharogebiet aus persönlichen Rachemotiven seine Konkubine und ihren Geliebten öffentlich erhängen

lassen und wurde 1897 unehrenhaft aus dem Dienst entlassen.
Nach der Publikation der Vortragsrezension in der sozialdemo-
kratischen »Münchener Post« hatte Karl Peters den Redakteur
Martin Gruber wegen Verleumdung verklagt. Ruederer wurde
als Vorstandsmitglied des »Neuen Vereins« vom Gericht ange-
hört. (Alle Angaben nach Claudia Müller-Stratmann: Josef
Ruederer [1861–1915]. Leben und Werk eines Münchner Dich-
ters der Jahrhundertwende. Frankfurt / M. 1994, S. 94–100).

C. Josef Hofmiller: Rezension zu Josef Ruederers »München«

Das Buch Josef Ruederers[1] über seine Vaterstadt hat eine merkwür-
dige Aufnahme gefunden. Die dünnen Bände verkauften sich aus
dem Schaufenster wie warme Semmeln, die Presse ging nicht ohne
Vorsicht um das heißblütige, kratzende und beißende Ding herum.
Die Klügsten machten gute Miene zum bösen Spiel und lachten, sei
es ehrlich, seis verlegen. Weniger klug waren die Ironischen: sie hätten es von Herzen gern totgeschwiegen: Totschweigen ist von je die
Lieblingswaffe betroffener Münchener Ringe gegen unangenehme
Wahrheitsager gewesen. Erfreulicherweise war das Bemühen, mit
den berühmten zwei Filzschuhen, von denen der rechte Zwar heißt,
und der linke Aber, leise um das böse Buch herumzuschleichen,
unmöglich. Es ging schlechterdings nicht an, das Temperament des
Verfassers und die Anschaulichkeit seines Stils zu preisen, dabei
aber die unangenehmen Wahrheiten seines Buchs geräuschlos zu
unterschlagen. Als *geborener* Münchner, das heißt als ein Mann,
von dem es geradezu stillos gewesen wäre, anderswo als in München auf die Welt zu kommen, ist Ruederer befugt und zuständig,
über München zu schreiben wie kein Zweiter. Daß er Tatsachen sehen will und kann, hat der Verfasser der Fahnenweihe bewiesen. Er
schmeichelt nicht, lügt nicht, fälscht nicht; nicht einmal auf Retou-
chen läßt er sich ein. Er stellt die Dinge hin: »So sehe *ich* sie. Ohne
Brille, ohne Vergrößerungsglas. Wems nicht gefällt, läßts bleiben.«

---

[1] München, bei Georg Müller. Die beiden ersten Kapitel sind zuerst in unse-
rem vorjährigen Juliheft erschienen.

Was Ruederer als Grundfehler des Münchner Lebens aufzeigt, ist auch in diesen Blättern mehr denn einmal ausgesprochen worden: *In München wird zuviel gelobt.* Es gibt zuviele Leute, die davon leben, sich gegenseitig für bedeutend zu halten und zur Geltung zu bringen. »Es geht alles durch- und ineinander, es mündet alles an einer Stelle und trifft sich wieder, so entgegengesetzt die Ausgangspunkte sein mögen, im Punkte des gegenseitigen Zusammenhaltens. Geprüft wird niemals, was gut oder schlecht, was wahr oder unwahr, was echt oder unecht, es wird nur gelobt, es wird nur gefördert. Brüaderl, kennst mi scho, leih mir an Sechsa! Das ist die geheime Parole, die mit listigem Augenzwinkern verteilt wird, gegenseitiger Händedruck als Freimaurerzeichen, das ist die Begrüßung, und der bayerische Patriotismus das Banner, unter dem gesiegt wird.« (S. 66 [34 f.])

Als Dramatiker spricht Ruederer viel von den Münchner Theatern. »Sie gehen friedlich weiter, einen angenehmen Trott, und stören in keiner Weise durch selbständige Ideen.« (33 [20]) Er verhöhnt die Wagneraufführungen und zugleich die in München übliche Wagner-Kritik: »Heute, wo die Eintrittspreise ums dreifache teurer sind und die Aufführungen ums dreifache schlechter, behaupten kundige Thebaner mit hochgezogenen Augenbrauen und aufgeblähten Backen, die Tempi von damals seien nicht richtig gewesen, mit der Beleuchtung habe es an so mancher Stelle gehapert und die brodelnden Dämpfe um dem Walkürenfelsen seien nicht immer aus dem richtigen Loch gekommen.« (S. 50 [28 f.]) Wenn er das Hoftheater tadelt, schenkt er dem Schauspielhause nichts: »Auch die Ansprüche sind dort geringer (nämlich als in Berlin). Man kann mit einem Ensemble arbeiten, das ein paar sehr gute, im allgemeinen aber nur Durchschnittskräfte enthält, man kann ein und denselben Rittersaal im Sarazenenschloß Siziliens, in der Villa des Kommerzienrats Schweißheimer und im Pariser Freudenhaus verwenden, man kann wohl akkreditierte Mitglieder nach Belieben hinausschmeißen oder gehen lassen – die Münchner schlucken alles hinunter. Sagen hinterher doch immer wieder: Besser wie im Schauspielhaus wird nirgends gespielt.« (119 [60]) Er verzeichnet als »Tatsache, daß die königliche Zivilliste ihre Theater in geradezu jämmerlicher Weise subventioniert«

(121 [61]), und gibt zugleich die Ursache dafür an, die »königlich Bayrische Wildsau. Ein fettes Borstentier, diese Wildsau, das in der Hauptstadt des Landes eine ganz ungebührliche Rolle spielt. Es wird gehätschelt, geehrt und gepflegt wie der heilige Stier in Aegypten, es hat den Vortritt vor politischen Staatsaktionen, es darf ungestört die Forste durchziehen, es darf auffressen, was es will: die Felder, die Wiesen und den Zuschuß der königlichen Hofbühnen. Weil es eben so ein liebes, prächtiges Viecherl, weil es die königlich Bayrische Wildsau ist, das Ueberbleibsel aus den Zeiten der Herrenrechte, das Noli me tangere des Bayrischen Hofes. Darum hütet man sich, darum sagt man nicht mit dürren Worten: Ja, diese Bestie ist schuld an allem, unter ihr hat die Kunst zu leiden, ... Die königlich Bayrische Wildsau ist das Grundübel.« (197 [95 f.]) Das Theater am Gärtnerplatz ist eine »gänzlich heruntergekommene Schmiere«, und im Volkstheater spielt man »einen merkwürdigen Mischmasch für kleine Leute, sowie Sherlock Holmes für die gute Gesellschaft«. (123 [62].) In der Tat hat kein Münchner Theater gute Versprechen schmählicher gehalten, als das Volkstheater, und kaum irgendwo anderwärts könnte die Salome für geistig Unbemittelte, Lehars Lustige Witwe, so unentwegt Tag für Tag heruntergewerkelt werden, wie im Gärtnertheater. Mit gleicher Unentwegtheit spielt das Intime Theater schon über zweihundertfünfzigmal eine Zote mit dem pikanten Titel »Die Brautnacht«. Wenn aber Reinhardt mit seinem Berliner Ensemble kommen will, wird er und seine Truppe »behandelt wie Herrschaften vom Stadttheater in Straubing oder Vilsbiburg« (124 [63]), oder die hochmoralische Münchner Zensur, die nichts, gar nichts gegen die zweihundertfünfzig Brautnächte hat, verbietet Wedekinds »Frühlingserwachen«, damit nicht die Stadt, die sich des stärksten Prozentsatzes unehelicher Geburten rühmt, durch sexuelle Aufklärung verdorben werde. Es gibt in ganz München, außer Ernst von Possart, kaum einen einzigen Schauspieler, kaum eine einzige Schauspielerin, die in dem Sinne Sprachtechnik besäßen, wie man von jedem Pianisten Klaviertechnik, von jedem Geiger Violintechnik einfach *verlangt*: das heißt, die immer phonetisch einwandfrei, deutlich, sinngemäß, in jeder Schnelligkeit und Tonstärke verständlich Vokale und Konsonanten, Wörter

und Sätze, Verse und Prosa *sprechen können*: aber man schlägt die große Trommel für ein Münchner »Künstlertheater« auf der Ausstellungshöhe, in dem vermutlich auf Grund neuer Dekorationen die neue Kunst entdeckt werden soll.

Wie steht es mit Münchens Spezialartikel, den bildenden Künstlern? »Sie veranstalten Ausstellungen, zerfallen immer mehr in einzelne Gruppen und haben sich beinahe schon so lieb wie Schriftsteller« (33 [20]). Gekauft werden sie nicht. »Aber kauften etwa andere so ein Zeug? Der Bierbrauer X? Der Großmetzger Y? Der Kaffeesieder Z? Leute, die zehn-, ja zwanzigmal soviel Geld hatten? Leute, die fürstliche Wohnungen, Equipagen und Dienerschaft hielten?« (59 [32]) Das Schimpfen auf Berlin ist so wohlfeil, wie das Eigenlob von der Kunststadt München. Die vielgeschmähten Berliner Kreise aber *tun* doch etwas für die Kunst: »Die Leute kaufen, sie kaufen wirklich. Draußen am Kurfürstendamm, wenn die Sezession alljährlich geöffnet wird, gehts zu wie bei der Première im Lessingtheater. Nur daß es sich dort um Liebermann handelt. Und die Galerien unter Bode und Tschudi kaufen erst recht. München dagegen hat jedes Jahr eine Ausstellung im Glaspalast, eine in der Sezession. Da gehen ein paar Leute hinein, und der Staat erwirbt für die geringen Mittel, die zur Verfügung stehen, wahl- und systemlos recht minderwertige Sachen. Nur zwei Privatgalerien hat die ganze Stadt. Die des Herrn Thomas Knorr in seinem gastfreien Heim an der Briennerstraße, die des Herrn Wilhelm Weigand in der weltfremden Stille des Sternguckerviertels« (126 [64]). Was war für einen Münchner Maler das größte Glück? »Offizielle Persönlichkeiten bei sich zu Gaste zu sehen« (89 [46]). »Keine Kritik, weder an sich selber, noch an anderen. Wahllos himmelte man Maler an, die alle drei Wochen zur Allerhöchsten Tafel gezogen wurden« (196 [95]). Es gibt in München eine »festgeschlossene, stille Vereinigung, ohne die man heute innerhalb der weißblauen Grenzpfähle in künstlerischer Hinsicht nichts mehr erreichen kann. Wenigstens jetzt nicht mehr. Früher kam es wohl vor, daß der eine oder andere Auftrag durch fatalen Zufall in unberufene Hände kam. Das hat man zu verhindern gewußt. Man gab der nach innen längst gefesteten Vereinigung auch nach außen ein bestimmtes Gepräge und ließ sich von einer allezeit hilfsbereiten Regierung die offizielle, staatliche Anerkennung erteilen. Durch Allerhöchstes Dekret, sowie durch den Titel einer königlich bayerischen Monumentalbaukommission« (62 [34]). Nichts ist für die Eigenart Münchner Künstlerwesens bezeichnender, als die herzerquickende Selbstverständlichkeit, mit der Fritz August von Kaulbach das Erbe Franz Lenbachs als »der« Münchner Porträtmaler antreten durfte. Es sei denn die Tatsache, daß gerade Münchner Kreise und speziell Münchner Künstler an dem Tanztaumel der letzten Jahre die Hauptschuld tragen: »Und so was wird möglich sein immer wieder. Auch wenn hinterher aufkommt, daß alles ein heilloser Schwindel war. Ganz gleichgültig. Die es in Szene setzen, mögen sich noch so unsterblich blamieren, die angebliche Hypnose mag allen Männern der Wissenschaft als riesige Seifenblase an dem schwer bebrillten Riechorgan platzen: die gute Gesellschaft ist von ihrer Leidenschaft nicht mehr zu retten. Das hat sich am stärksten in den letzten Jahren bewiesen. Die langweilige Cléo de Merode mit ihrer typisch gewordenen Frisur, die kleine Saharet mit ihren frechen Purzelbäumen, die gespreizte Rita Sacchetto, – alle wurden jubelnd empfangen, bis zu dem nach Lola größten Phänomen, der in München entdeckten, hochkeuschen Isadora Duncan. Mit der Stupsnase und den nackten Beinen, mit dem ganz kurzen Unterröckchen und der Etepetetewirtschaft. Ein fortwährender Kitzel der Sinne und dabei doch immer die verdammteste Wohlanständigkeit« (136 [67]). Es gibt keine Dreistigkeit, vor welcher ein richtiger Duncaniot zurückschreckte. Hier ein Beispiel aus der allerjüngsten Zeit: »Wer jetzt in München Gelegenheit hat, unmittelbar vom Prinzregenten-Theater zur Tonhalle zu gehen, dem wird sich wohl die Empfindung aufdrängen, daß hier wie dort in gewissen Sinne das gleiche angestrebt wird: dramatische Musik; in Handlungen, Bewegungen, körperliche Aeußerungen umgesetzte Musik.« Schwarz auf weiß im Vorabendblatte der Münchner Neuesten Nachrichten Nr. 390, Donnerstag, 22. August 1907, Seite 4, Spalte 2. Es ist zum Schreien: das Musikdrama Richard Wagners »im gewissen Sinne« auf eine Stufe gestellt mit den Beinübungen einer temperamentlosen, gezierten Miß, die Chopin, Schubert und Johann Strauß »tanzt«, die sich sogar unter atemloser Bewunderung des Münchner Kunstgeschwerls herabließ, auf Beethovens Siebenter Symphonie mit ihren nackten Füßen herumzutanzen.

Den Münchner Neuesten Nachrichten hat Ruederer ein eigenes Kapitel gewidmet. Auch hierin bewährt er sich als echter Münchner, denn es gibt keinen Münchner, der nicht über die Neuesten schimpft, wie es andrerseits keinen Münchner gibt, der die Neuesten nicht liest. Ruederer wirft dem gelesensten Blatte Süddeutschlands Vieles vor: allzugroße Rücksicht in vielen Dingen, Rücksicht auf alle Vettern- und Basenschaften (184 und 185 [97]), Rücksicht auf jeden abspringenden Abonnenten (186 [91]), Rücksicht auf all die Wanzen »im Theater, im Landtag, in der Gesellschaft, in der Bauspekulation, in der Fälschung der öffentlichen Meinung, in der Verdrehung der offenkundigsten Tatsachen« (189 [92]): »Das muß einmal in München öffentlich ausgesprochen werden. Ohne Rücksicht auf die unantastbare Ehrenhaftigkeit von Verlag und Redaktion. Die ewige Sucht, es allen recht zu machen, die allgemeine Schmuserei, das behäbige Gwappelhubertum, sowie die Taktik der immer offenstehenden Türen hat eben Besitzern und Leitern jedwedes Gefühl dafür geraubt, daß sie eine Macht sind, eine unerhörte Macht. Oder, daß sie es sein könnten.« (192. [93 f.])

In jeder richtigen Uhr muß es eine sogenannte Unruhe geben. Vielleicht will Ruederer die Unruhe in der Münchner Uhr sein. Von Zeit zu Zeit das sagen, was alle Welt weiß, aber alle Welt vertuscht. Satiren schreiben, im alten, Horazischen Sinn: ridendo dicere verum! Wer seine Vaterstadt lieb hat, züchtigt sie! Ruederer ist kein Juvenal. Dazu fehlt ihm die Moralsäure, die sittliche Empörung. München hinwiederum ist kein spätes Rom. Dazu fehlt ihm vor allem das Geld. Aber Satiren im Sinne Horazens sind diese Kapitel: geistreiche Plaudereien über tausendundein Dinge, mit köstlichen Abschweifungen; Skizzen, denen der Ernst nicht fehlt; Federzeichnungen eines wuchtigen Gestalters; Müßiggang eines Dramatikers.

Das alte München mit seiner spießbürgerlichen Gemütlichkeit, seinem behäbigen und billigen Leben, seinen Typhusepidemien und Bierkrawallen ist unwiederbringlich dahin, und das neue München ist erst im Werden. Neue soziale Schichten haben sich angesetzt, oben und unten. Das bajuwarische Gepräge ist da und dort verwischt, die Zahl der geborenen Münchner ist verhältnismäßig geringer, Nichtmünchner und Nichtaltbayern sind zahlreicher und in gewissem Sinne beinahe tonangebend geworden. Vor allem ist das Publikum ein anderes geworden: *das* Publikum, das Konzerte, Theater und Ausstellungen besucht.

München ist unheimlich rasch gewachsen. So rasch wächst nichts ungestraft. Aus dem Provinznest, das durch Sendlingertor, Neuhausertor, Schwabingertor und Isartor so ziemlich begrenzt war, und in dem Jedermann Jedermann, wenigstens dem Namen und Gesicht nach kannte, hat sich eine Stadt von über einer halben Million entwickelt. Entwickelt? Wenn eine Treibhauskultur eine Entwicklung ist, dann ja. Die Entwicklung Münchens zur Hauptstadt und als Hauptstadt ist so künstlich wir nur möglich. (Die natürliche Hauptstadt von Bayern wäre Regensburg.) Erst Ludwig I. schuf aus der Stadt den steinernen Kunstatlas, um dessentwillen München in den Reisebüchern erwähnt wird, auf dem Königsplatz einen Tempel im jonischen, einen im korinthischen Stil, und die dorischen Propyläen; eine Nachbildung von San Paolo fuori la mura in der Basilika; des Florentiner Doms in der Ludwigskirche; der Loggia dei Lanzi in der Feldherrnhalle; des Palazzo Pitti in der Residenz; – wer zählt sie alle auf, die Nachbildungen? Sind wir, nach den Stilexperimenten Maximilians II., nach der Gedonperiode, stilsicherer geworden? Weist nicht sogar das neue Nationalmuseum unverkennbar auf Kensington, und was ist das neue Rathaus andres als ein geschmackloses Brüssel mit einem halbtausend Nippfiguren? Ganz allmählich hat sich ein bodenständiger Münchner Stadtstil gebildet, und ebenso allmählich bildet sich das neue München. Wir sind mitten in diesem Uebergang, und Ruederers Buch ist die Diagnose dieses Uebergangs. Wir fühlen nur, ein neues München ist im Werden. Wir ahnen nicht, *was* es wird, Gutes oder Schlimmes. Aber wir haben das dunkle Gefühl, als seien in diesem Werden Mächte am Werke, die für München schädlich sind. Als seien gerade die lautesten Lokalpatrioten nicht ungefährlich. Die Gefahr, vielleicht die Hauptgefahr aber ist, daß München über seine Verhältnisse lebt. So war es vielleicht symbolisch gemeint, daß Ruederer sein Buch Ernst Schweninger gewidmet hat? Ist das, was für München zunächst und vor allem andern notwendig ist, eine strenge Diät?

Gewiß ist Ruederers »München« nur eines der vielen Bücher, die über München geschrieben werden können: aber es ist das frischeste, unabhängigste. Jedenfalls ist kaum je unserer Stadt eine sonderbarere Liebeserklärung gemacht worden; eine Liebeserklärung, die manchmal einer Kriegserklärung verzweifelt ähnlich sieht. Doch gerade dies tut Not. Wir laufen Gefahr, einem Phantom-München zulieb in eine durch und durch unwahre und unfreie Stimmung zu geraten, ein Gemisch aus ununterbrochenem Festjubel, kurzsichtigem Eigendünkel und billiger Sentimentalität: die unvergleichliche Münchner Kunst! Das goldene Münchner Herz! Das süße Münchner Mädel! Dieselbe Stimmung, wie sie der selige Wenzel Krakauer für Wien in seinen gefühlvollen Kouplets verewigt hat, und die uns in Wiener Feuilletons, Wiener Geschichten und Wiener Operettentexten mit aufdringlicher Monotonie belästigt.

Wer jedoch glaubt, Ruederer übertreibe, der nehme sich die Mühe, ein anderes Buch über München zu studieren. Sein Titel heißt »Dreißig Jahre München«[2] und sein Verfasser ist der bekannte Musikschriftsteller Dr. Theodor Goering, der vor einigen Wochen seinen Freunden und seinen überaus zahlreichen Lesern allzufrüh entrissen worden ist. Dies Buch ist schon vor ein paar Jahren erschienen, sein Verfasser war gut zwanzig Jahre älter als Ruederer, war Nichtmünchner, Nichtbayer, als Temperament milder, als Schriftsteller zurückhaltender, er hat auch keine Dramen geschrieben, die in München schlecht oder gar nicht aufgeführt werden, und dennoch: wer sein hübsches Buch aufmerksam liest, seine Anspielungen versteht, nicht nur in, sondern auch zwischen den Zeilen zu lesen versteht, der wird nicht nur gerade in den Hauptpunkten Goering als Kronzeugen für Ruederer in Anspruch nehmen können, sondern er wird aus dem ganzen Buche denselben Grundton heraushören wie bei Ruederer, wenn auch gedämpfter: Die Sorge, daß vor lauter Entwicklung und Aufschwung und Verschönerung und Fremdenverkehr das eigentlich Wertvolle in München verloren geht! Das Wertvolle, das auch München, so wenig wie irgend einer anderen Stadt, in den Schoß fällt, um das

---

[2] München, O. Beck.

vielleicht gerade München härter und schwerer zu ringen hat als eine andere Stadt: Die eigene Art immer kräftiger herauszubilden und zu wahren, einfach, stolz und unaufdringlich zu leben, und nicht für das Linsengericht eines Scheinaufblühens die Erstgeburt der Unabhängigkeit und der Gediegenheit dranzugeben.

Süddeutsche Monatshefte 4 (1907), S. 401–406

ZUR EDITION

Vorabdruck:

1. und 2. Kapitel (*Der Fasching* ohne die einleitenden Ausführungen über Titel und Kapiteleinteilung des Buches; *Die Vergangenheit*) in: *Süddeutsche Monatshefte*, 3. Jg. H. 7, Juli 1906, S. 31–44

Erste Buchausgabe:

Josef Ruederer: München. Stuttgart / München 1907 (Städte und Landschaften 1)

Textgrundlage für unsere Neuedition ist die erste Buchausgabe. Der Abdruck erfolgt grundsätzlich zeichengetreu; an folgenden Textstellen wurde korrigierend eingegriffen (Neuedition] Erstausgabe)

13,8	bacchantischen] bachantischen *EA*
24,25	dran glauben] dranglauben *EA* dass] das *EA*
27,2	dran glauben] dranglauben *EA*
32,20	bisschen] bischen *EA*
32,21	Schwatzen.] schwatzen. *EA*
34,22	Leute,] Leute *EA*
37,35 f.	Maier oder Meier,] Meier, *EA*
38,17	grosse,] Grosse, *EA*
39,23	bisschen] bischen *EA*
39,24	bisschen] bischen *EA*
39,25	bisschen] bischen *EA*
41,14	zugrunde.] zu grunde. *EA*
41,25	Benediktbeuern] Benediktbeuren *EA*
48,35	Bal] bal *EA*
49,27	Dunsinan,] Dunsinam, *EA*
49,34	Wallgau] Walgau *EA*

ERLÄUTERUNGEN

Neben allgemeinen Konversationslexika und biographischen Nachschlagewerken (*Allgemeine Deutsche Biographie, Neue Deutsche Biographie*) sowie den im Kommentar einzeln nachgewiesenen Titeln wurden dankbar benutzt:

Ruederer, Josef: München. Bierheim und Isar-Athen. Satiren und Erzählungen. Hrsg. von Hans-Reinhard Müller. Textredaktion, Anmerkungen und Zeittafel: Marlies Korfsmeyer. München 1987

Aybar, Canan-Aybüken: Geschichte des Schlacht- und Viehhofes München. Diss. München 2005

Bayerisches Staatsministerium der Justiz: 100 Jahre Justizpalast München 1897–1997. München 2004

Birse, Ronald M.: Art. Cowper, Edward Alfred. In: Oxford Dictionary of National Biography. Online-Ausgabe <http://www.oxforddnb.com/view/article/37317> [1.3.2012]

Busse, Paul: Geschichte des Gärtnerplatztheaters in München. München 1924

Die Gedenktafeln der Stadt München. Gesammelt und erläutert von August Alckens. München 1935

Kiaulehn, Walther: Berlin. Schicksal einer Weltstadt. München 1997 [zuerst 1958]

List, Stephan: Die Münchener Romantik und die Gesellschaft von den drei Schilden. München 1922

Müller-Stratmann, Claudia: Josef Ruederer (1861–1915). Leben und Werk eines Münchner Dichters der Jahrhundertwende. Frankfurt / M. [u. a.] 1994

Nies, Karl-Ludwig: Die Glocken des Münchner Frauendoms. München 2004

Ochaim, Brygida M. und Claudia Balk: Varieté-Tänzerinnen um

1900. Vom Sinnenrausch zur Tanzmoderne, Ausstellung des Deutschen Theatermuseums München 23.10.1998–17.1.1999. Frankfurt / M. 1998
Regnet, Carl Albert: München in guter alter Zeit. Nach authentischen Quellen culturgeschichtlich geschildert. München 1879
Wolter, Franz: Pocci als Simplicissimus der Romantik. München 1925

Für wertvolle Hinweise und Auskünfte danken wir Herrn Martin Höppl, Herrn Dr. Stephan Kellner und Herrn Dr. Wolfgang Rasch.

5   *Ernst Schweninger*: 1850–1924, Leibarzt Bismarcks ab 1881. Bekannt durch die Schlankheitskur (Diät- und Hydrotherapie).
9   *»Gesellschaft«*: »Die Gesellschaft. Realistische Wochenschrift für Literatur, Kunst und öffentliches Leben«; von Michael Georg Conrad 1885 gegründetes Hauptorgan des Frühnaturalismus. »Unsere ›Gesellschaft‹ bezweckt zunächst die Emanzipation der periodischen schöngeistigen Literatur und Kritik von der Tyrannei der ›höheren Töchter‹ und der ›alten Weiber beiderlei Geschlechts‹ [...] Wir brauchen ein Organ des ganzen, freien, humanen Gedankens, des unbeirrten Wahrheitssinnes, der resolut realistischen Weltauffassung!« (M. G. Conrad: »Zur Einführung«, in: Die Gesellschaft, Jg. 1, Heft 1)
den »Neuesten Nachrichten«: siehe Anm. zu S. 95.
führende Kunststadt: Um 1900 entbrannte eine Diskussion darüber, inwieweit München im Vergleich zu Berlin noch führende Kunststadt sei. Hans Rosenhagen stellt in einer 1901 erschienenen Artikelserie die Bedeutung Münchens als führende Kunststadt im Vergleich zu Berlin in Frage. Insbesondere die Marginalisierung der Sezession in München hätte den konservativen Positionen neuen Halt gegeben. (Münchens Niedergang als Kunststadt. Teil I und Teil II, in: Der Tag, Nr. 143 vom 13. April 1901 und Nr. 145 vom 14. April 1901)
10 *Cornelius*: Peter von Cornelius (1783–1867), Maler, seit 1824 Direktor der Münchner Akademie, dessen klassizistisches Kunstdiktat zwischen 1819 und 1840 bestimmend war.

Klenze: Leo von Klenze (1784–1864), Architekt, bedeutendster Vertreter des süddeutschen Klassizismus.

Ziebland: Georg Friedrich Ziebland (1800–1873), Architekt u. a. des Kunstausstellungsgebäudes am Königsplatz, gegenüber der von Cornelius ausgemalten Klenzeschen Glyptothek; ab 1898 Haus der »Sezession«.

Kaulbach: Wilhelm von Kaulbach (1805–1874), Porträt- und Historienmaler, Illustrator, 1849 Akademiedirektor; zu seiner Zeit der berühmteste deutsche Maler.

Schwanthaler: Ludwig von Schwanthaler (1802–1848), Hauptmeister der klassizistischen Plastik in Süddeutschland; Kolossalstandbild der Bavaria, Statuen der Feldherren Johann t'Serclaes Graf von Tilly (1559–1632) und Carl Philipp von Wrede (1767–1838) in der Feldherrnhalle.

Dachauer Moos: 1894 Gründung der Künstlervereinigung Neu-Dachau.

Allotria: Künstlergesellschaft, 1873 in Opposition zum starren Kunstbetrieb der Künstlergenossenschaft gegründet; von 1879 bis zu seinem Tod 1904 war Lenbach ihr Vorsitzender.

eine Maskenkneipe: Wie Lovis Corinth in seiner Selbstbiographie berichtet, fand diese Künstler-Maskenkneipe unter dem Motto »Reise um die Welt« im größten Lokal Münchens, Kiels »Kolosseum«, Müllerstraße, 1881 statt. »Diese maskierte Kneipe endigte mit einer furchtbaren Katastrophe: etwa fünf junge Leute aus einer Bildhauerklasse verbrannten jämmerlich« (Lovis Corinth: Selbstbiographie. Leipzig 1926, S. 85).

11   *Lutetia*: lat. Bezeichnung für Paris.

13   *Komplimente*: hier: Verbeugungen.

Theater … das Deutsche: 1896 eröffneter neobarocker Theaterbau in der Schwanthalerstraße, erbaut von Alexander Blum (Lebensdaten nicht ermittelt) und Joseph Rank (1870–1949).

Prachtbau des Münchner Justizpalastes: 1890–97 im Stil des Neobarock erbaut von Friedrich von Thiersch (1852–1921).

Schelhaas: Zwischen dem 15. März und 6. April 1904 hatten die Eheleute Heinrich und Katharina Schelhaas, wohnhaft in der Rubensstraße in Pasing, den aus Hamburg stammenden siebzigjährigen Rentner Hermann Cramm ermordet und die Leiche beseitigt. Aus der Berichterstattung des »Pasinger Würmtal-Boten« geht hervor, dass sich Ruederer in seiner Darstellung eng an die Tatsachen gehalten hat:

»[...] schon lange vor Beginn der Verhandlungen führte das Publikum förmliche Schlachten um den Eintritt in den Saal. Dies darf um so weniger wundernehmen, als über das Ergebnis der Voruntersuchung und der seit nahezu zwei Jahre[n] währenden Untersuchungshaft wenig oder fast gar nichts in die Öffentlichkeit drang. Das Vorleben der Ehefrau namentlich im ledigen Stande war durchaus nicht einwandfrei. Der Leumund des Heinrich Schelhaas war bisher ungetrübt; er hatte gute Schulen genossen, brachte es bis zum Regierungskanzlisten und wurde am 1. Mai 1900 wegen Kränklichkeit mit einer Jahrespension von 876 Mark in den Ruhestand versetzt. 1904 wurde er mit der mitangeklagten Ehefrau, mit welcher er bereits seit mehreren Jahren zusammenlebte, standesamtlich getraut und ist ohne Zweifel ein Opfer der genußsüchtigen Frau geworden, welche durch unsittlichen Verkehr mit ihren Dienstgebern bedeutende Summen erspart haben will; von Cramm allein angeblich 18,000 Mark. Diese Angabe stimmt jedoch nicht mit dem Charakter des als geizig bekannten Verschwundenen überein und ist bei dem vorgeschrittenen Alter des Verschollenen ausgeschlossen. Frau Schelhaas ist schwer leidend und wurde im Tragstuhl zum Justizpalast geschafft; im Schwurgerichtssaal sitzen ihr zur Seite eine Krankenschwester und ein Kriminalbeamter. Als Hauptbelastungszeuge kommt das Dienstmädchen Susanna Schlenker in Betracht, welche beim Antritt ihres Urlaubs Mitte März 1904 von ihrer Dienstherrin 40 Mk. Reisegeld erhielt. Beim Zeugenaufruf des Mädchens, welches dicht vor sie hintrat, warf ihr die Angeklagte einen haßerfüllten Blick zu. Bei der Rückkehr des Mädchens am 6. April war der alte Cramm und mit ihm ein langes Tranchiermesser, worüber die Schelhaas auf Befragen ausweichende Antworten erteilte, verschwunden. Ein anonymer Brief, von Berlin aus mittels Schreibmaschinenschrift an die Staatsanwaltschaft in München gerichtet, führte zur Verhaftung der Ehegatten. Mangels genügender Beweise wieder freigelassen, förderte eine am 9. Oktober vom Stationskommandanten Herrmann vorgenommene Haussuchung eine mexikanische Obligation im Nennwerte von 20000 Mk. zu Tage. Daraufhin erließ der Staatsanwalt neuerdings gegen die Ehegatten Haftbefehl.

Die Anklage gegen die beiden Eheleute lautete auf Raubmord. Der Privatier Hermann Cramm aus Hamburg, der zuletzt bei den Eheleuten Schelhaas in der Wohnung war, ist seit Mitte März 1904 abgängig. Die Eheleute Schelhaas, die nach Annahme der Anklage über das Verschwinden des alten Cramm müßten Aufschluß geben können, machen hierüber Angaben, die als unwahr zu bezeichnen sind. Ein schwerer Verdachtsgrund gegen die Eheleute Schelhaas ist die Tatsache, daß sie seit März 1904 das gesamte, sehr bedeutende Vermögen des Hermann Cramm besitzen, ohne sich über den Erwerb desselben ausweisen zu können. Das Verhalten der Eheleute Schelhaas bringt die Staatsanwaltschaft zu dem Verdachte, daß sie eine schwere Schuld zu verbergen haben; das Verschwinden des Tranchiermessers, die Reinigung und Beseitigung der Säcke und Gardinen und die auffallende Rauchentwicklung deutet die Anklage dahin, daß eine Leiche im Hause zerstückelt und verbrannt worden ist, und gelangt diese im Zusammenhalte mit den übrigen Verdachtsmomenten, vor allem durch den Ankauf von Cyankali, für den die Eheleute Schelhaas eine befriedigende Erklärung nicht zu geben vermögen, zu dem Schlusse, daß Cramm durch die Eheleute Schelhaas vergiftet wurde.

Das Verschwinden des alten Cramm scheint nach dem bisherigen Gang der Verhandlungen in tiefes Dunkel gehüllt zu bleiben, obwohl die gemachten Wahrnehmungen und die Widersprüche bei der Voruntersuchung und der jetzigen Verhandlung keinen Zweifel darüber aufkommen lassen, daß Cramm vergiftet, zerstückelt und verbrannt wurde« (Pasinger Würmtal-Bote Nr. 21, 17. Februar 1906).

Nach der Urteilsverkündigung meldete die Zeitung:

»Wohl noch kein Prozeß ist mit so anhaltendem Interesse, man darf sagen bis zum letzten Atemzug, seitens des Publikums verfolgt worden, als der gestern nach 9tägiger Verhandlung beendete Mordprozeß Schelhaas. Bereits per Extrablatt meldeten wir gestern, daß die beiden Ehegatten Schelhaas wegen vorsätzlichen Mordes und Raubes, begangen an dem Rentner Hermann Cramm, zum Tode verurteilt wurden. [...]

Bei der äußerst geschickten Verteidigung durch Justizrat Dr. Bernstein, welcher [...] kein Mittel unversucht ließ, um die vielumstrittenen Köpfe der beiden Angeklagten zu retten, glaubte man anfänglich nicht recht an die Vollstreckung des Todesurteils. Aber Staatsanwalt Prunner zerpflückte mit ebensolchem Geschick und Gewandtheit die mit großem Wortschwall umhüllten Festungswälle um die Köpfe der Angeklagten und verhinderte eine Umstimmung der durch alle möglichen Wenn und Aber mutmaßlich etwas beklommenen Geschworenen. Ohne daß einem ein besonderer Weitblick eigen ist, kann man nach dem Gang der Verhandlung ruhig sagen, daß der Mord an dem alten Cramm mit Überlegung und Vorbedacht ausgeführt wurde und das Mittel zum Zweck der Vermögensaneignung bildete. [...] Die Eheleute Schelhaas nahmen das Urteil ohne sichtliche Erregung entgegen. Heinrich Schelhaas erklärte, er überlasse alles seinem Verteidiger, die Ehefrau bemerkte, Cramm sei lebend aus dem Hause gegangen. – Die Verteidiger der Eheleute Schelhaas werden Revision einlegen« (Pasinger Würmtal-Bote Nr. 26, 1. März 1906).

Die Revision wurde zwar verworfen, doch schon im Juni wurde das Ehepaar »von dem Prinz-Regenten zu lebenslänglicher Zuchthausstrafe begnadigt« (Pasinger Würmtal-Bote Nr. 74, 21. Juni 1906). Katharina Schelhaas, die schon während der Verhandlung einen Selbstmordversuch unternommen hatte, ist bald nach der Einlieferung ins Zuchthaus gestorben, Heinrich Schelhaas starb am 12. Dezember 1928.

14 *seit Harpagons Tagen*: Harpagon ist der Titelheld in Molières Komödie *Der Geizige* (1668).
Domino: schwarzer ärmelloser Umhang mit Kapuze.
15 *Michelskirche*: Die Jesuitenkirche St. Michael in der Neuhauser Straße ist seit ihrer Fertigstellung im Jahre 1597 die Begräbnisstätte der bayerischen Herrscher.

16 *Matschackerl*: (heimliche) Geliebte.
Kolosseum: siehe Anm. zu S. 10 (»eine Maskenkneipe«).
17 *Tiroler Spezial*: ein Rotwein.
Gottfried Keller: Er schildert ein solches Fest in seinem
Künstlerroman *Der grüne Heinrich* (1854), 3. Teil, Kap. 13
»Wiederum Fastnacht«. Keller war 1840–42 zum Studium der
Landschaftsmalerei in München.
Kaulbach: siehe Anm. zu S. 10.
Piloty: Karl Theodor von Piloty (1826–1886), Historienmaler;
1855 sensationeller Erfolg mit der Darstellung »Seni an der
Leiche Wallensteins«. Ein pathetischer Naturalismus und eine
pompöse Komposition steigern sich in seinen großformatigen
Bildern zu einem gemalten Bühneneffekt. Piloty war seit 1874
Direktor der Münchner Kunstakademie, die unter seiner Lei-
tung eine Hochblüte erlebte.
Gedon: Lorenz Gedon (1843–1883), Architekt und Bildhauer;
Mittelpunkt der Bewegung, die in den 1870er Jahren die Formen der Renaissance in Architektur und Kunstgewerbe wie-
derbeleben wollte. Erstes Zeugnis die Fassade der Münchner
Schackgalerie 1872–74 und u. a. das Haus des Bankiers Ruederer
am Marienplatz.
Lenbach: Franz von Lenbach (1836–1904), Schüler Pilotys; einer
der begehrtesten Porträtisten seiner Zeit, Mittelpunkt des künstlerischen und gesellschaftlichen Lebens in München. Seine Villa
in der Luisenstraße (heute Städtische Galerie), in gemeinsamer
Arbeit mit dem Münchner Architekten Gabriel von Seidl erbaut,
gilt als klassisches Beispiel gründerzeitlicher Wohnkultur.
Schwanthaler: siehe Anm. zu S. 10.
Sezession: Die Münchener Sezession, ein Zusammenschluss
von 78 aus der Künstlergenossenschaft ausgetretenen Künstlern, war 1892 durch Franz von Stuck (1863–1928), Fritz von
Uhde (1848–1911) und Wilhelm Trübner (1851–1917) mit
Unterstützung des Verlegers und Schriftstellers Georg Hirth
gegründet worden. Ihr Domizil war ab 1898 das Kunstausstel-
lungsgebäude am Königsplatz, gegenüber der Glyptothek.
Luitpoldgruppe: 1896 gegründete Künstlervereinigung, deren
Treffpunkt das Cafe Luitpold war.

Maximilianeum: ein als Abschluss der Maximilianstraße von Friedrich Bürklein (1813–1872) in den Jahren 1857–74 errichteter »Kulissenbau«.

Burg Schwaneck: Die Burg wurde nach Entwürfen Ludwig von Schwanthalers von Friedrich Ludwig von Gärtner (1792–1847), dem zweiten großen Architekten Ludwigs I. neben Klenze, 1842–44 errichtet. Sie ist Ausdruck der spätromantischen Mittelalterbegeisterung. Ludwig Schwanthaler war u. a. Mitglied der »Gesellschaft für deutsche Altertumskunde zu den drey Schilden«, die ein romantisches Mittelalterbild pflegte und romantisches Gedankengut in die soziale und künstlerische Praxis umsetzte. Mitglieder waren unter anderen die Maler Joseph Schlotthauer (1789–1869), der spätere Gründer des Germanischen Nationalmuseums Hans Philipp Werner Freiherr von und zu Aufseß (1801–1872), der Lateinlehrer und Dichter Friedrich Beck (1806–1888), der spätere Passauer Bischof Heinrich von Hofstätter (1805–1875) und Franz Graf von Pocci (1807–1876; siehe Anm. zu S. 57). Die »Gesellschaft« führt in der Satzung von 1831 vor allem romantische Ziele an. Man wolle »die Errettung und Erhaltung der Reinheit der deutschen Kunst«, »mit Ausschließung aller fremden und antiken, und Zurückführung der Kunst auf eine teutsche und christliche Grundlage« und »die Erlösung der teutschen Kunst aus der fremden und antiken Knechtschaft« – Ziele, die gegen den Klassizismus in München gerichtet waren (vgl. Stephan List: Die Münchener Romantik und die Gesellschaft von den drei Schilden. München 1922, S. 21 f.).

Odeon: Konzerthaus in München, 1826–28 nach Plänen von Leo von Klenze erbaut.

18 *Couponabschneider*: auch: Couponschneider; Aktienbesitzer, der von den Dividenden seiner Wertpapiere leben kann.

Grüne Heinrich: Gottfried Keller in seinem gleichnamigen Roman. Zitat aus dem Anfang des 3. Teils, Kap. 13.

19 *Wahrer Ueberblick*: erschienen Straßburg 1800, als Verfasser vermutet man heute Georg Veesenmeyer (1760–1833). Die Schrift setzt sich aus der Perspektive von Aufklärern wie Johann Pezzl (1756–1823) und Johann Kaspar Riesbeck (1754–1786)

kritisch mit der Geschichte Bayerns und den Zuständen unter Kurfürst Karl Theodor auseinander, dessen Regentschaft 1799 endete.

Viertelgalgen: Viertelsgalgen. »In der guten alten Zeit wurden schwere Verbrechen, besonders Hoch- und Landesverrat, dadurch bestraft, dass der Henker den verurteilten Verbrecher zuerst köpfte, dann seinen Körper in vier Stücke zerhieb, und schließlich diese als »Rabenspeise« zur Abschreckung der Untertanen an verschiedene Stellen, meist hart an der Landstraße, ausstellte. Zum Aufhängen, oder richtiger gesagt, zum Aufstecken der einzelnen Viertel des Hingerichteten diente je ein dauernd aufgerichteter Pfahl mit eiserner Spitze darauf und mit einem Rad um diese, was man Viertelsgalgen oder Galgensäule nannte« (Die Heimat am Inn 4 [1930/31] Nr. 18, S. 6).

20 *Landtag ... Prannerstraße*: eigentlich die Kammer der Abgeordneten in der Bayerischen Ständeversammlung des Königreichs Bayern. Der Landtag befand sich in der Prannerstraße 16–23 (heute Prannerstraße 8). Gemeint ist, dass der nach der Wahl neu konstituierte Landtag seit sieben Monaten tagt; die letzte Landtagswahl vor der Abfassung des *München*-Buches fand am 17. Juli 1905 statt und wurde von der Zentrumspartei gewonnen.

Deutsche Bundesschiessen: In München fand vom 15. bis 22. Juli 1906 das 15. Deutsche Bundesschießen statt, ein international ausgerichteter Wettkampf des Deutschen Schützenbundes mit großer öffentlicher Teilnahme.

Possart: Ernst Ritter von Possart (1841–1921), Schauspieler und Intendant des Münchner Hoftheaters (1893–1905), 1898 geadelt. Unter seiner Ägide wurde 1901 das Prinzregententheater als Wagner-Festspielhaus in Konkurrenz zu Bayreuth mit den »Meistersingern« eröffnet. Possart gastierte mit großem Erfolg auch an anderen Bühnen (als Nathan bei der Eröffnung des Berliner Lessingtheaters 1888) und im Ausland.

Hinrichtungsmethoden: ein Thema, das Ruederer in zwei Erzählungen aufgegriffen hat: *Die Hinrichtung* (1897) und *Der strohblonde Augustin, der brennrote Kilian und die sittliche Weltordnung* (1899).

21 *Hauptblatt Münchens*: die Münchner Neuesten Nachrichten.
Die Schackgalerie: Als privater Mäzen und Sammler spielte
Adolf Friedrich Graf von Schack (1815–1894) seit 1857 eine bedeutende Rolle für noch unbekannte Künstler wie Schwind,
den jungen Lenbach, Böcklin, Feuerbach oder Marées. Kunst-
interessierte hatten Zutritt zu seiner Sammlung in seinem
Haus in der Briennerstraße hinter dem Königsplatz.
Glaspalast: 1854 für eine Industrieausstellung errichtet, 1931
abgebrannt. (Siehe Anm. zu S. 135.)
Internationale: Die erste Internationale Kunstausstellung
1869 umfasste 4500 Gemälde und Plastiken, darunter Werke
von Delacroix, Corot, Courbet, Manet. Sie trug zur Neuorien-
tierung der Münchner Kunst bei. Zwei weitere Ausstellungen
folgten 1879 und 1883.

22 *Heinrich der Löwe*: 1129/30–1195, Herzog von Sachsen und
Bayern. Der Markt München entstand aus einem Streit zwischen Heinrich dem Löwen und dem Bischof Otto von Frei-
sing. Heinrich löste eigenmächtig dessen Zoll- und Münz-
stätte Föhring auf, um den ertragreichen Handel mit Salz zu
kontrollieren, und verfügte, dass die neue Zollstation an der
ursprünglichen Mönchssiedlung »Munichen« unterzubringen
sei. Der Schiedsspruch Kaiser Friedrich Barbarossas vom
14. Juni 1158 (»Augsburger Schied«) gilt als Gründungstag
Münchens.
Alte Residenz ... Gustav Adolf: »Die neue Residenz Maximilians mit ihren vier weiten Höfen, zwanzig Sälen, sechzehn
Galerien, vier Kapellen, sechzehn Küchen, zwölf Kellern, acht
Thürnitzen und zweitausendsechzig Zimmern wurde als ach-
tes Weltwunder gepriesen und Gustav Adolf von Schweden
wünschte sie auf Walzen nach Stockholm schaffen zu können«
(Carl Albert Regnet: München in guter alter Zeit. Nach authentischen Quellen culturgeschichtlich geschildert. München
1879, S. 23) – Ruederer spricht von der »Alten Residenz« des
17. Jahrhunderts, um sie von den klassizistischen Erweerun-
gen seit König Ludwig I. zu unterscheiden. Historisch gesehen ist die »alte« Residenz die gotische »Neue Veste« aus dem
14. Jahrhundert.

Kurfürst Max Joseph I.: Maximilian I. Joseph (1756–1825), 1795 Herzog von Zweibrücken, 1799 als Maximilian IV. Joseph Kurfürst von Pfalzbayern, 1806 König von Bayern, Nachfolger Karl Theodors. Unter Max Joseph I. und seinem Außen-, Finanz- und Innenminister Maximilian von Montgelas (1759–1838) entstand das moderne Bayern.

Lang ... Memoiren: Karl Heinrich Ritter von Lang (1764–1835), Historiker, Archivdirektor, Schriftsteller. Seine Memoiren *Skizzen aus meinem Leben und Wirken, meinen Reisen und meiner Zeit* sind postum erschienen (2 Bände, Braunschweig 1842).

23 *Saupreussen*: Lang war seit 1795 Erster Archivar in Bayreuth, seit 1798 Kriegs- und Domänenrat in Ansbach. Beide ehemaligen Fürstentümer waren von 1791 bis 1806 preußische Provinzen. In seinen Memoiren berichtet Lang von der »an öffentlicher Tafel« gefallenen Bemerkung des hohen bayerischen Finanzbeamten Gabriel Bernhard von Widder (1774–1831), »alle Leute, die einmal unter Preußen gedient, hätten dadurch nichts als ein Spitzbubenhandwerk gelernt« (Bd. II, S. 255).

»Präsidenten ... Kapuzinerbettels«: nicht ganz genaues Zitat aus Langs Memoiren, Bd. II, S. 196.

24 *Lola Montez*: 1818–1861; die in Limerick (Irland) geborene Tänzerin Maria Dolores Gilbert gewann 1846 die Gunst König Ludwigs I. von Bayern (1768–1868). Der Einfluss, den sie auf die Regierungsgeschäfte nahm, untergrub die Autorität des Königs und führte im Zusammenhang mit der Märzrevolution am 20. März 1848 zu dessen Abdankung zugunsten seines Sohnes Maximilian II. Joseph (1811–1864).

Sohn, der König Max: König Maximilian II. Joseph (1811–1864), seit 1848 König von Bayern.

Leute ... Nordlichtln: Während Ludwig I. sich vor allem für bildende Kunst und Architektur interessierte, war dem studierten Historiker Maximilian II. Joseph (einem Schüler Dahlmanns, Raumers und Rankes) vor allem an der Förderung von Wissenschaft und Literatur gelegen. Im Einladungsschreiben für Paul Heyse, das Wilhelm von Dönniges im Auftrag des Königs verfasst hat, heißt es: »Die ganze Intention Sr.

Majestät besteht [...] darin, Männern der Wissenschaft und Kunst eine großherzige Unterstützung zur Entwicklung ihrer Kräfte zu geben und selbst allerdings auch an den höheren Genüssen eines geistreichen Umgangs Theil zu nehmen« (Brief vom 7. März 1854). Zu den nach München berufenen »Nordlichtern« gehörte auch der aus Lübeck stammende Lyriker und Dramatiker Emanuel Geibel (1815–1884), dessen Vermittlung der schon in jungen Jahren als großes literarisches Talent gefeierte gebürtige Berliner Paul Heyse (1830–1914) seinen Ruf nach München verdankte. Friedrich von Bodenstedt aus Peine (1819–1892) war durch seine orientalisierenden *Lieder des Mirza-Schaffy* (1851, 142. Auflage 1892) berühmt geworden und lehrte seit 1854 an der Münchner Universität als Honorarprofessor slawische, seit 1858 englische Literatur. 1855 folgte der in Schwerin geborene Dichter, Literatur- und Kunsthistoriker Adolf Friedrich Graf von Schack (1815–1894). Zu den Wissenschaftlern, die Maximilian II. nach München berief, gehörten der Chemiker Justus von Liebig (1803–1873), der Historiker Heinrich von Sybel (1817–1895) und der Physiker Philipp von Jolly (1809–1884). Eine anschauliche Schilderung der »Symposien«, zu denen sich die Berufenen bei König Maximilan II. versammelten, gibt Heyse in seinen *Jugenderinnerungen und Bekenntnissen,* Berlin 1900, S. 227–237. Nicht zuletzt wegen der konfessionellen Unterschiede – die »aufgeklärten« Nordlichter waren überwiegend Protestanten – kam es zu Konflikten mit den einheimischen Dichtern und Wissenschaftlern. Franz von Dingelstedt beklagt in seinem *Münchener Bilderbogen* (Berlin 1879) »die traurige Kluft zwischen Altmünchen und Neumünchen« (S. 114) und schreibt: »In München kam zu angeborenen Abneigungen und Stimmungsverschiedenheiten noch ein wichtiges Moment: das confessionelle. Der Ultramontanismus hat seiner Zeit in Bayern schärfer und strenger regiert als der Clericalismus in Oesterreich. [...] Da nun die Mehrzahl der Maximilian-Colonie zum Protestantismus sich bekannte, – nicht Einer freilich zum streitbaren Muckerthum, – und außerdem von jenseits der Mainlinie ihre Abstammung herleitete, so wurden wir insgesammt, von vornherein als Preußen und als Ketzer angesehen, mithin zur Minorität gezählt, als Opposition gehaßt. Daraus flossen Conflicte, die wir keineswegs herausforderten, denen wir aber auch nicht ausweichen durften, die wir ausfechten mußten, wollten wir nicht uns selbst und unserer Aufgabe untreu werden« (S. 116 f.). Vgl. auch Walter Hettche und Johannes John: »Literatur und literarisches Leben in München um 1855«, in: Zeitschrift für Deutsche Philologie 111 (1992), S. 532–557.

Dönniges: Wilhelm Ritter von Dönniges (1814–1872), Diplomat, Geschichtsforscher, 1841 Professor in Berlin, schon seit 1842 Vertrauter und Berater Maximilians II., riet zu einer politischen Anlehnung an Preußen, was ihn in Bayern missliebig machte.

Dingelstedt: Franz Freiherr von Dingelstedt (1814–1881), Schriftsteller, Theaterleiter; 1855–57 Hoftheaterintendant in München, später Leiter des Wiener Burgtheaters, besondere Verdienste um Shakespeare, Grillparzer und Hebbel.

Franz Bacherl: Der Pfaffenhofener Lehrer hatte behauptet, Autor des Dramas *Der Fechter von Ravenna* von Friedrich Halm zu sein. Bei der Aufführung des Stücks 1856 im Hoftheater inszenierten seine Anhänger eine Demonstration für das verkannte bayerische Genie gegen das »Nordlicht« Dingelstedt, der ein Jahr später zurücktrat.

25 *Mein Vater*: Josef Franz Ruederer (1834–1907), Großhandelskaufmann und Bankier, Großaktionär der Bayerischen Handelsbank und der Löwenbrauerei, portugiesischer Generalkonsul in München (NDB 22, S. 212).

stolze Gelübde: »Ich will aus München eine Stadt machen, die Teutschland so zur Ehre gereichen soll, dass keiner Teutschland kennt, wenn er nicht München gesehen hat.« Eine gesicherte Quelle für diesen Satz lässt sich nicht nachweisen; ein frühes Zitat findet sich bei Karl Stieler: Aus Fremde und Heimat. Stuttgart 1886, S. 275.

Palazzo Pitti: Der Renaissancepalast in Florenz ist das Vorbild für den Königsbau der Münchner Residenz.

Pettenkofer: Max von Pettenkofer (1818–1901) hatte bedeutenden Anteil an der Bekämpfung der in den wachsenden Städten zunehmenden Seuchengefahr. Die 1890 auf sein Betreiben hin eingeführte Schwemmkanalisation befreite München von der ständigen Typhusbedrohung. Pettenkofer schuf die Grundlagen der modernen Hygiene.

Schlachthaus: Der Münchner Schlachthof wurde am 31. August 1878 eröffnet. Bis dahin schlachteten die meisten Metzger im eigenen Hof.

Die Brücken ... fielen ... nicht ein: Anspielung auf den Einsturz der 1891 erbauten Prinzregentenbrücke 1901 und der Isarbrücke 1813 (heute Ludwigsbrücke) sowie der Fraunhoferbrücke 1840.

26 *Legende vom Minister ... Arbeiter*: Diese »Legende« verbreitet auch Paul Heyse in seiner Verserzählung *Die Hochzeitsreise an den Walchensee* (1864):

Sei mir gegrüßt, du Held im Schaumgelock,
Streitbarer Männer Sieger, edler Bock!

[...]

Und nicht das Zwielicht dampfdurchwölkter Schenken,
Den Mittag liebst du und der Gärten Frische.
Hier finden sich auf brüderlichen Bänken
Hoch und Gering in traulichem Gemische;
Den Knechten nah, die seine Pferde lenken,
Der Staatenlenker vom Ministertische,
Pedell, Professor, Famulus, Student –
Du spülst hinweg die Schranke, die sie trennt.

(Paul Heyse: Gesammelte Novellen in Versen. Berlin 1864, S. 249)

In seiner Autobiographie zitiert Heyse diese Stelle und preist erneut »die demokratisirende Macht des Bieres«: »Der geringste Arbeiter war sich bewußt, daß der hochgeborene Fürst und Graf keinen besseren Trunk sich verschaffen konnte als er; die Gleichheit vor dem Nationalgetränk milderte den Druck der socialen Gegensätze« (Paul Heyse: Jugenderinnerungen und Bekenntnisse. Berlin 1900, S. 176).

Hochöfen sollte ich bauen: eine nicht näher bezeichnete öko-
nomische Fehlspekulation um ein Patent, die zum Konflikt
mit dem Vater, aber auch zur verstärkten Hinwendung zur Literatur führte. Siehe auch Anm. zu S. 101.

ein Mann ein System: Ruederer meint wohl den englischen
Ingenieur Edward Alfred Cowper (1819–1893), dessen Erfindung eines neuen Heißlufterzeugers das Hüttenwesen revolu-
tionierte (»Cowper-Winderhitzer«, 1857 patentiert).

ein patriotisches Gedicht: Germania. *Ein deutscher Sang* (1891).

lyrisches Werk: Geopfert. *Eine Episode aus dem Leben eines
Offiziers* (1892). Die Liebe einer Frau fällt der Standesehre des
Mannes zum Opfer.

27 *Kapuzinerpredigt*: nach Friedrich Schillers *Wallensteins Lager*.

mein Vater oft einen Namen genannt ... Wagner: Ruederers
Vater war Mitglied des Patronatsvereins für das Bayreuther
Festspielhaus.

jungen Ludwig ... Semper: Im Auftrag König Ludwigs II. von
Bayern entwarf der Architekt Gottfried Semper (1803–1879)
in den Jahren 1864–66 ein Richard-Wagner-Festspielhaus für
München. Der Plan wurde nie realisiert, zumal Wagner 1865
wegen heftiger Proteste der Bevölkerung München verlassen
musste.

28 *norddeutschen Freimaurer*: Der in Hamburg geborene Gottfried
Semper war Mitglied der Dresdner Freimaurerloge *Zu den drei
Schwertern und Asträa zur grünenden Raute*.

den Münchnern ins Stammbuch: vgl. zu diesem Thema auch
Ruederers dramatische Satire *Auf drehbarer Bühne* zur Eröffnung des Prinzregententheaters 1901.

düsteres Ende: Ludwig II. ist unter bis heute nicht genau geklärten Umständen am Pfingstsonntag, dem 13. Juni 1886, zusammen mit dem Arzt Bernhard von Gudden (geb. 1824) im
damals noch Würmsee genannten Starnberger See ums Leben
gekommen.

Ring des Nibelungen in München: Die erste Aufführung des
gesamten Zyklus außerhalb Bayreuths fand vom 17. bis 23.
November 1878 im Münchner Hoftheater statt.

Therese Vogl ... mit ihrem Gatten: Therese (1845–1921) und Heinrich Vogl (1845–1900) waren nahezu dreißig Jahre Stützen des Münchner Hoftheaters, vor allem in Wagner-Partien.

Hermann Levi: 1839–1900, Hofkapellmeister in München 1872–96; als naher Freund von Johannes Brahms zunächst Anti-Wagnerianer, dann einer der vier ersten Dirigenten in Bayreuth neben Hans Richter, Anton Seidl und Felix Mottl. 1875 Zerwürfnis mit Brahms.

29 *kundige Thebaner*: nach Shakespeare, *King Lear*, III,4 (»I'll talk a word with this same learned Theban«; »Ein Wort mit diesem kundigen Thebaner« in der Schlegel-Tieckschen Übersetzung).

Salve Regina-Glocke: Die im Jahr 1490 von Hanns Ernst in Regensburg gegossene acht Tonnen schwere Susanna (auch Salveglocke) im Nordturm der Münchner Frauenkirche.

30 *Antisemit ... Christlich-Sozialen Wiens*: Die antisemitische »Christlichsoziale Partei Österreichs« war 1893 von dem späteren Wiener Bürgermeister Karl Lueger (1844–1910) gegründet worden; von 1907 bis 1911 bildete sie die stärkste Fraktion im Abgeordnetenhaus.

Zinshaus: Mietshaus.

31 *Kunstverein*: gegründet 1824.

32 *des Nockherbergs Schlachten ... stärkste und grösste*: Am 23. März 1888 war es aus nicht genau rekonstruierbaren Gründen zu einer Massenschlägerei beim Salvatorausschank gekommen.

33 *Tilly ... Wrede*: siehe Anm. zu S. 10.

Kriegerdenkmal ... der Herr von Miller gemacht: im Auftrag des Prinzregenten Luitpold zu Ehren der Krieger von 1866 und 1870 von Ferdinand Miller d. J. (1842–1929), Bildhauer und Erzgießer, gestaltet.

Giessers der Bavaria: Ferdinand (seit 1851 von) Miller (1813–1887).

34 *Monumentalbaukommission*: 1901 durch Initiative des Prinzregenten gegründet, verantwortlich für die Bauprojekte um die Jahrhundertwende; bestimmend in ihr waren Ferdinand von Miller, Gabriel und Emanuel von Seidl, Friedrich von Thiersch und Adolf von Hildebrand.

35 *jammert ... den Raupenhelmen nach*: Dieser Helm mit Kamm und schwarzer Raupe, in der 1. Hälfte des 19. Jahrhunderts. in vielen europäischen Armeen, zumal von berittenen Truppen, getragen, war kennzeichnend für die bayerische Armee und wurde hier erst 1886 durch die Pickelhaube ersetzt. Symbol für den bayerischen Partikularismus.

Arkaden ... Freskogemälde: die im Zweiten Weltkrieg zerstörten Fresken zum griechischen Befreiungskampf in den Hofgarten-Arkaden von Peter von Heß (1792–1871).

Miaulis ... Kos: Sieg der griechischen Flotte unter Admiral Andreas Miaoulis (1769–1835) im September 1821.

Otto von Wittelsbach ... Heldentat: Otto I. der Rotkopf (um 1117–1183) sicherte mit der Erstürmung und Eroberung der Veroneser Klause im Jahre 1155 Friedrich Barbarossa den Rückzug über die Alpen.

Kaiser Ludwig ... Krone: Krönung Ludwigs IV. des Bayern in Rom am 17. Januar 1328.

Max Josef ... Verfassung: Verfassung des Königreichs Bayern vom 1. Mai 1808 (König Maximilian I. Joseph).

36 *Rottmanns*: Carl Rottmann (1797–1850); die 28 Fresken italienischer Landschaften im nördlichen Teil der Westarkaden (1830–33), mit begleitenden Distichen Ludwigs I., wurden abgenommen.

38 *Grützner*: Eduard von Grützner (1846–1925), Genremaler; Szenen aus dem Kloster- und Theaterleben, Trinkbilder.

Palais Royal: Prinz-Carl-Palais, Ausgangspunkt der Prinzregentenstraße, der letzten großen Straßenanlage des 19. Jahrhunderts, die Ruederer im Folgenden beschreibt.

Englische Garten ... trockengelegter Sumpf: 1789 wurden unter Kurfürst Karl Theodor am Westufer der Isar für die gesamte Bevölkerung zugängliche Gartenanlagen eingerichtet. Eine von Leo von Klenze im Jahr 1838 entworfene steinerne Bank im Englischen Garten trägt die Aufschrift: »Hier wo ihr wallet da war sonst Wald nur und Sumpf«.

Nationalmuseum: an der Prinzregentenstraße, 1894–1900 von Gabriel von Seidl erbaut.

neue, prächtige Brücke: Die 1891 von Friedrich von Thiersch erbaute stählerne Luitpoldbrücke war im September 1899 nach einem Hochwasser eingestürzt. Der Neubau einer steinernen Brücke wurde 1901 fertiggestellt.

Friedensdenkmals: Der Friedensengel am östlichen Ufer der Isar wurde von 1896 bis 1899 zur Erinnerung an die 25 Friedensjahre seit dem Deutsch-Französischen Krieg errichtet.

39 *Prinzregententheater*: architekturgeschichtlich bedeutender Theaterbau von Max Littmann (1862–1927), Typus eines Volkstheaters als demokratische Alternative zum Ranglogentheater; als »Münchner (Wagner-)Festspielhaus« 1901 eröffnet. Der ursprüngliche Plan Ludwigs II. und des Architekten Gottfried Semper wurde nicht realisiert. – Die Satire zielt nicht nur darauf, dass man Wagner nach Bayreuth gehen ließ, sondern auf eine für München typische Verbindung von Kunst und Kommerz. Vgl. Ruederers Satire *Auf drehbarer Bühne* (1901).

Aufschwung ... zusammengekracht: Der durch die französischen Reparationszahlungen nach dem Krieg von 1870/71 beförderte wirtschaftliche Aufschwung Deutschlands nahm mit dem Börsenkrach von 1873 ein jähes Ende.

42 *Moritz von Schwind*: 1804–1871, Maler, von der Wiener Romantik geprägt; Unterricht u. a. bei Ludwig Schnorr von Carolsfeld, siedelte 1828 nach München über und erhielt 1847 eine Professur an der Münchener Kunstakademie.

Ritter Mayer von Mayerfels: Karl Ritter Mayer von Mayerfels (1825–1883), Kunsthistoriker und Heraldiker; er hat 1863 die Burg Schwaneck als Wohnhaus erworben und dort seine umfangreichen Sammlungen mittelalterlicher Waffen, Rüstungen »und sonstigen culturhistorischen Merkwürdigkeiten« (ADB 21, S. 132) untergebracht.

43 *Tartarins*: Held des Romans *Die wundersamen Abenteuer des Tartarin von Tarascon* (1872) von Alphonse Daudet; ein liebenswerter Aufschneider.

Palas: (mhd.) der aus der germanischen Königshalle entwickelte Wohn- und Festsaal einer Pfalz oder Burg.

44 *Strohblondem Augustin*: Die Erzählung *Der strohblonde Augustin, der brennrote Kilian und die sittliche Weltordnung* war 1899 erschienen.

Schandi: Gendarm.

Goethe ... Pompeji: *Italienische Reise*, Neapel, 13. März 1787: »Sonntag waren wir in Pompeji. – Es ist viel Unheil in der Welt geschehen, aber wenig, das den Nachkommen so viel Freude gemacht hätte. Ich weiß nicht leicht etwas Interessanteres.«

Museum für Völkerkunde: Die Sammlung des Völkerkundemuseums ist eine der größten in Deutschland (seit 1926 im Museumsbau an der Maximilianstraße untergebracht). Einen eigens konzipierten Bau hat sie nicht bekommen.

45 *Accessisten*: Assessor.

Habenschaden: Sebastian Habenschaden (1813–1868), Landschafts- und Tiermaler, Radierer, Modelleur; schuf Prunkpokale, Tafelaufsätze und Wandleuchter, widmete sich der Förderung des Künstlerunterstützungsvereins und stiftete die Mittel zu einem alljährlich stattfindenden Künstlerfest (Habenschadenfeier) in Pullach.

46 *Steeplechase*: Hindernisrennen. Möglicherweise eine Anspielung auf die Karikatur *Großes Dichter-Steeplechase* von Franz Graf von Pocci, aus den Alben der Gesellschaft Altengland, 14. Februar 1858, vgl. die Abbildung in Franz Wolter: Pocci als Simplicissimus der Romantik. München 1925, S. 55.

47 *Vollmar*: Georg von Vollmar (1850–1922), sozialdemokratischer Politiker, ursprünglich bayerischer Offizier und Beamter, 1877 Redakteur des »Dresdener Volksboten«, 1879 des »Sozialdemokrat«, Zürich. Als Reichstagsabgeordneter (1881–87 und 1890–1918) entwickelte er sich zum Führer der bayerischen Sozialdemokratie, wobei er für den bundesstaatlichen Föderalismus eintrat. 1899, 1905 und 1907 ging er – eine bayerische Besonderheit – mit dem Zentrum Wahlbündnisse ein.

horizontale Lage: satirische Anspielung auf die *talking cure* nach Freud, bei der das freie Assoziieren ein wichtiger Bestandteil ist.

49 *Birnam Wald gegen Dunsinan*: William Shakespeare, *Macbeth*, V,4 und V,5.

Donat: Fedor Maria von Donat (1847–1919), ehemaliger preußischer Offizier, der sich nach seiner aktiven Militärzeit vor allem um die Trockenlegung der pontinischen Sümpfe verdient gemacht hat; vgl. Fedor Maria von Donat: »Über die Pontinischen Sümpfe« in: Verhandlungen der Gesellschaft für Erdkunde zu Berlin 19 (1892), S. 186–202.

50 *procul negotiis*: »fern von Geschäften«, nach Horaz, *Epoden* II, Vers 1.

51 *Freiheit auf den Bergen*: Anspielung auf das *König-Ludwig-Lied*, dessen erste Strophe lautet:

Auf den Bergen wohnt die Freiheit,
Auf den Bergen ist es schön,
Wo des Königs Ludwigs Zweiten
Alle seine Schlösser stehn.

»In weiten Teilen Altbayerns war dieses auch politisch aufzufassende ›Totengedächtnislied‹ schon kurz nach dem Tod König Ludwigs II. bekannt« (Volksmusikarchiv des Bezirks Oberbayern <http://www.volksmusik-archiv.de> [1.3.2012]). – Die erste Strophe des Liedes ist wahrscheinlich eine Anspielung auf den *Prolog* zu Heinrich Heines *Harzreise* (1826), dessen dritte Strophe lautet:

Auf die Berge will ich steigen,
Wo die frommen Hütten stehen,
Wo die Brust sich frei erschließet,
Und die freien Lüfte wehen.

52 *Afrikanische Inselgegend*: Szene aus *Kasperl unter den Wilden* von Franz Graf von Pocci (1807–1876), siehe Anm. zu S. 57.

56 *Cavalleria rusticana*: 1890 uraufgeführte Oper von Pietro Mascagni (1863–1945).

57 *Papa Schmid*: Josef Leonhard Schmid (1822–1912), Marionettenspieler. Für ihn errichtete die Stadt München 1900 den Bau eines Marionettentheaters, den ersten in Europa.
Adolf Lentner: 1880–1930, Anfang des 20. Jahrhunderts Fassadenmaler in München, Ehrenmitglied des Kunstgewerbevereins.

57 *Franz Graf von Pocci*: 1807–1876, Schriftsteller, Maler, Komponist, 1830 Zeremonienmeister bei Ludwig I., 1847 Hofmusikintendant, 1863 Oberzeremonienmeister bei Maximilian II.

und seit 1864 Oberstkämmerer bei Ludwig II. In Poccis spätromantisch-biedermeierlichen Anschauungen nimmt die kindliche Phantasie eine wichtige Rolle ein. Pocci und Josef Leonhard Schmid gründeten das Münchener Marionettentheater.
Gedenktafeln ... Geburtshaus: Pocci wurde im Haus seines Großvaters am Promenadeplatz 4 geboren. Die dort angebrachte Gedenktafel trägt die Inschrift: »In diesem Hause ward / am 7. März 1807 / der Dichter und Jugendschriftsteller, / Musiker, Zeichner und Radirer / Dr. Franz Graf von Pocci / geboren. / Derselbe starb als k. Oberstkämmerer / am 7. Mai 1876 / im Hause No. 5 am Maximiliansplatze dahier.« (Die Gedenktafeln der Stadt München. Gesammelt und erläutert von August Alckens. München 1935, S. 59).

58 *Erich Schmidt*: 1853–1913, Literarhistoriker, Schüler Wilhelm Scherers, Lessingforscher, Entdecker des Goetheschen *Urfaust* (1887). Ruederer insinuiert, dass der Erfolg eines Theaterstücks Ergebnis von Manipulationen ist.

59 *Professor Richard Moses Meyer*: Gemeint ist Richard M. (= Moritz) Meyer (1860–1914), Literarhistoriker (1903 Professor) in Berlin. Meyer sah in der Änderung seines zweiten Vornamens eine »literarische Anrempelei«. Siehe seinen Brief und Ruederers Antwort darauf in *Süddeutsche Monatshefte*, Jg. 6, Bd. 2 (1909), S. 731 f.
Rundschau: Die 1890 von Otto Brahm als *Freie Bühne für modernes Leben* gegründete Zeitschrift, die seit 1893 *Die neue deutsche Rundschau*, ab 1904 *Die neue Rundschau* hieß. Seit 1894 war Oscar Bie ihr Chefredakteur.
Sami Fischer: Samuel Fischer (1859–1934) gründete den S. Fischer Verlag 1886; ist Mitbegründer der Zeitschrift der Freien Bühne (1890) in Berlin und Förderer der modernen Literatur seit dem Naturalismus (Hauptmann, Thomas Mann, Schnitzler, Hofmannsthal, Hesse).
treu wie Löffelholz: nicht ermittelt.
Lessing-Theater: Die vom Verein »Freie Bühne« veranstalteten Aufführungen fanden im Lessingtheater statt.
Kerr: Alfred Kerr (eigentl. Kempner, 1867–1948), einflussreicher Berliner Kritiker in der Zeit des Naturalismus bis 1933. Über

Ruederer hat Kerr geschrieben: »Doch da ist einer, ein frühe hingegangener Prachtkerl über den ein Wort zu sagen wäre. Joseph Ruederer hieß er und lebte, als er lebte, in München« (Die Welt im Drama, Teil I, Berlin 1917).

Florian Geyer: von Gerhart Hauptmann. Die *Tragödie des Bauernkrieges* (Untertitel) war am 4. Januar 1896 im Deutschen Theater Berlin unter der Regie von Emil Lessing uraufgeführt worden. Die Uraufführung von Hauptmanns Bauernkriegstragödie am 4. Januar 1896 im Berliner Deutschen Theater war ein Misserfolg, im Gegensatz zur Aufführung unter Otto Brahm von 1904, in der die Darstellung Rudolf Rittners das Stück für die Bühne rettete. (1906 malte Lovis Corinth Rittner in dieser Rolle.)

Schlacht von Weinsberg: Sieg der Staufer unter Konrad III. (1093–1152) über die Welfen am 21. Dezember 1140.

Jonas und Elias: Gemeint sind Paul Jonas, der als Rechtsbeistand zum Vorstand der »Freien Bühne« gehörte, und Julius Elias, der neben Georg Brandes und Paul Schlenther auch als Mitherausgeber der großen autorisierten Ausgabe der Werke Henrik Ibsens hervorgetreten ist (S. Fischer, Berlin 1898–1904).

Direktor des Schauspielhauses in München: gegründet 1897. Der Wiener Schauspieler Georg Stollberg (1853–1926) war als Regisseur an verschiedenen Berliner Bühnen (Bruno Willes »Freie Volksbühne«, Neues Theater am Schiffbauerdamm), vor allem an Otto Brahms Deutschem Theater tätig, ehe er 1898–1919 Direktor des Münchner Schauspielhauses war.

60 *Alexander*: Richard Alexander (1852–1923), Schauspieler, von 1904 bis 1912 alleiniger Direktor des Berliner Residenztheaters, »ein Charmeur, der sich besonders gern in Unterhosen zeigte« (Walther Kiaulehn: Berlin. Schicksal einer Weltstadt. München 1997 [zuerst 1958], S. 448).

Trianon: das Trianon-Theater in der Berliner Georgenstraße, eine Varieté-Bühne.

Herkulespillen ... Hochzeitsnacht: Richard Alexander brachte im Residenztheater zumeist die neuesten Boulevardstücke

149

»aus Paris« (Richard Alexander: Meine Streiche beim Theater. Aus meinen Erinnerungen. Berlin 1922, S. 130); seine erste Spielzeit als Direktor eröffnete er »am 3. September 1904 mit dem dreiaktigen Schwank ›Die Hochzeitsnacht‹«. Später folgte unter anderem *Herkulespillen*, ein 1904 uraufgeführter Schwank von Paul Bilhaud und Maurice Hennequin (*Les dragees d'Hercule*). Vgl. *Meine Streiche*, S. 130–134.

Kajetan Schmederer: 1847–1923, Mitbesitzer der Zacherl- und heutigen Paulanerbrauerei, Mäzen und Mitdirektor des Schauspielhauses.

Richard Riemerschmid: 1868–1957, Architekt und Designer, Mitbegründer der »Münchner Werkstätten für Handwerkskunst«. Zu seinen Hauptwerken gehört der Jugendstil-Innenausbau des Schauspielhauses (Kammerspiele). Eröffnung 1901.

Reinhardt: Max Reinhardt (1873–1943) war 1905–20 und 1924–33 Direktor des Deutschen Theaters in Berlin, 1903–06 des Neuen Theaters, wo er 1904 Ruederers *Morgenröte* zur Uraufführung brachte. Seine Theaterreform erweiterte die Gegenständlichkeit des naturalistischen Spielraums mit Hilfe der modernen Bühnen- und Beleuchtungstechnik zum impressionistisch-magischen Raum. Die Intensität seiner Shakespeareaufführungen war berühmt.

Locken … Trompeter von Säckingen: Nach Joseph Victor von Scheffels Versepos *Der Trompeter von Säkkingen* (1854), wo im Ersten Stück (»Wie jung Werner in den Wald einreitet«) über den Helden gesagt wird:

Lustig flatterte im Winde
Ihm der lange graue Mantel,
Flatterten die blonden Locken,
Und vom aufgekrempten Hute
Nickte keck die Reiherfeder.

61 *Possart*: 1893–1905 Intendant des Münchner Hoftheaters. Siehe Anm. zu S. 20.

62 *den ältesten Benedix*: Julius Roderich Benedix (1811–1873), Schauspieler, Theaterleiter, Redakteur und Schriftsteller, Ver-

fasser von rund 100 bühnenwirksamen Lustspielen, die vor allem von der Situationskomik leben.

Gärtnertheater: ursprünglich »Actien-Volkstheater«; 1864 gegründetes und 1865 eröffnetes Theater am Gärtnerplatz.

Volkstheater: seit 1903 in der Münchner Josephspitalstraße.

63 *Brahm*: Otto Brahm (1856–1912), Literarhistoriker, Kritiker, Regisseur, Leiter der »Freien Bühne« (1889–93) und Herausgeber der gleichnamigen Zeitschrift, Intendant des Deutschen Theaters (1889–93), seit 1904 des Lessingtheaters in Berlin; Hauptvertreter des deutschen Bühnenrealismus.

wie damals beim Residenztheater: Es ist nicht zu klären, worauf sich »dahinter«, ›es‹ (»ers«) und »damals« beziehen.

Stollberg: Siehe Anm. zu S. 59.

Wehner: Anton von Wehner (1850–1915), Zentrumsabgeordneter und Kulturreferent; ab 1903 Kultusminister, vielfach karikiert im *Simplicissimus*.

64 *Wertheim und Tietz*: Warenhäuser.

Liebermann: Max Liebermann (1847–1935); 1878–84 in München, dann in Berlin. Gründung der dortigen Sezession 1900 unter seiner Führung. Einer der bedeutendsten Vertreter des deutschen Impressionismus.

Bode: Wilhelm von Bode (1845–1929); 1880 Direktor der Gemäldegalerie in Berlin, 1904 Gründer des Kaiser-Friedrich-Museums (heute Bode-Museum); 1905–20 Generaldirektor der Staatlichen Kunstsammlungen in Berlin.

Tschudi: Hugo von Tschudi (1851–1911), seit 1896 Direktor der Berliner Nationalgalerie; wurde 1909 Direktor der Staatlichen Galerien in München, für die er viele moderne Gemälde erwarb.

Thomas Knorr: Siehe Anm. zu S. 83 (»Neueste Nachrichten«).

Wilhelm Weigand: 1862–1949, Schriftsteller, Mitbegründer der *Süddeutschen Monatshefte* (1904), Kunstkenner und -sammler. Freund Ruederers, der auch die Grabrede hielt.

Sternguckerviertel: Bogenhausen, wo sich das Observatorium befindet.

65 *Bruno Paul*: 1874–1968, Architekt; auch Karikaturist des *Simplicissimus* und der *Jugend*.

Riemerschmid: siehe Anm. zu S. 60.

van de Velde: Henry van de Velde (1863–1957), belgischer Architekt und Kunstgewerbler, lebte von 1900 bis 1914 in Deutschland; in seiner ersten Schaffenszeit ein Hauptvertreter des Jugendstils und von großem Einfluss auf die deutsche Kunst.

psychologischen Gesellschaft: 1886 gründeten Carl du Prel (1839–1899), Albert von Schrenck-Notzing (1862–1929) und Wilhelm Hübbe-Schleiden (1846–1916) mit anderen an psychologischen und insbesondere parapsychologischen Phänomenen interessierten Akademikern, Künstlern und Schriftstellern die »Psychologische Gesellschaft«. Eine Abspaltung unter du Prel führte zur Gründung der »Gesellschaft für wissenschaftliche Psychologie«. 1890 ging die »Psychologische Gesellschaft« mit der in Berlin gegründeten »Gesellschaft für Experimental-Psychologie« unter der neuen Bezeichnung »Gesellschaft für Psychologische Forschungen« zusammen. Ruederer berichtet über eine öffentlich vorgeführte Hypnose, wie sie auch als Jahrmarkt- und Schaubudenhypnose auf dem Oktoberfest vorkam, vgl. den Bericht von Oskar Maria Graf über einen Oktoberfestbesuch im Jahr 1908 in: Der Simpl. Kunst, Karikatur, Kritik, Jg. 1, 1946, S. 146.

66 *Lola Montez*: siehe Anm. zu S. 24.

Partizipialkonstruktion: Anspielung auf das von Ludwig I. bevorzugte Stilprinzip.

Morgenröte des Liberalismus: vgl. Ruederers Komödie *Die Morgenröte*.

Abels schwarzen Heerscharen: Durch den Einfluss der Lola Montez war 1847 das ultramontan-reaktionäre Ministerium Karl von Abels abgelöst worden.

Gräfin Landsfeld: Lola Montez, die Ludwig I. zur Gräfin Landsfeld erhoben hatte.

67 *als elende Bettlerin*: Das ist unzutreffend; Lola Montez verdiente zuletzt ihren Lebensunterhalt mit öffentlichen Vorlesungen. »Even though her earnings from twelve weeks of lecturing did not compare with the great sums she had taken in when she was dancing, now she would husband it so that it would provide for her well in the modest life she intended to lead« (Bruce Seymour: Lola Montez. A Life. Yale 2000, S. 390).

Cléo de Mérode: 1875–1966, berühmte Kurtisane; gemalt u. a. von Friedrich August von Kaulbach. Sie trug ihr langes Haar offen mit einem Stirnband.

Saharet: eigentlich Clarissa Rose Campell (1879–1942), Tänzerin. »Ihr Vater war ein irländischer Dudelsackpfeifer, ihre Mutter stammte aus den Pyrenäen, mehr Spanierin als Französin. [...] Sie hat von den Früheren, etwa von den Tänzerinnen des 18. Jahrhunderts, gerade das, was wir gern haben und nie haben können, das nicht zu viel und nicht zu wenig Süßigkeit im Ausdruck, gerade genug Stil; und von den Heutigen gerade genug Einfälle. So blödsinnig die Musik ist, die sie sich dazu machen läßt, sie paßt glänzend dazu« (Julius Meier-Graefe: »Saharet«, in: Neue deutsche Rundschau, Jg. 12, Bd. 1, Berlin 1901).

Rita Sacchetto: 1880–1959, Tänzerin und Schauspielerin.

Isadora Duncan: 1878–1927, amerikanische Tänzerin, kam 1899 nach Europa, 1901 nach München; Vorkämpferin des Ausdruckstanzes (»Barfußtänzerin«).

68 *Richard Strauss*: 1864–1949; die Uraufführung seiner einaktigen Oper *Salome* nach Oscar Wilde war 1905 in Dresden ein großer Erfolg.

69 *Tagore*: Rabindranath Tagore (1861–1941), indischer Dichter, Philosoph und Maler; schuf die moderne Literatursprache des Bengali; Repräsentant der geistigen Auseinandersetzung Indiens mit dem Westen. Nobelpreis für Literatur 1913.

starkbesuchten Salon: Der Salon gehörte zum festen Bestandteil des kulturellen Lebens in München. Die bekanntesten Salons waren jene von Elsa Bernstein (1866–1949), der Familie Ganghofer oder Carry Brachvogel (1864–1942). Gemeint ist hier wohl der Salon der Schriftstellerin Helene Böhlau (1856–1940); »Helene Böhlau und ihr Gatte, der seinen ursprünglichen Namen Arnd mit dem klangvolleren al Raschid Bey vertauscht hatte – er war bekanntlich Mohammedaner und Türke geworden – sahen in ihrem Haus nahe dem Englischen Garten häufig Gäste bei sich. Deren größter Teil bestand aus jungen Leuten, die sich als Anhänger von al Raschid Beys indisch aufgezäumter Philosophie bekannten. Der Meister und seine Jünger trugen unverkennbar den Stempel des Schwabingertums« (Kurt Martens: Schonungslose Lebenschronik. Zweiter Teil 1901–1923, Wien [u. a.] 1924, S. 15).

Frauenbewegung: »München war seit 1899 ein vitales Zentrum der Frauenbewegung, die als bürgerliche Initiative mit vorwiegend karitativen und erzieherischen Zielen begann, aber schon seit der Gründung und dann in immer stärkerem Maße eine spezifisch kämpferische Note erhielt« (Friedrich Prinz: Die Geschichte Bayerns. München 2003, S. 405). Insbesondere um Anita Augspurg (1857–1943) und Lida Gustava Heymann (1868–1943) entwickelte sich eine Frauen- und Friedensbewegung, die auch von bürgerlichen Kreisen getragen wurde. Zu den gemäßigt bürgerlichen Gruppierungen zählte die 1894 von Ika Freudenberg (1858–1912) gegründete »Gesellschaft zur Förderung der geistigen Interessen der Frau«.

71 *Wilhelm Leibl*: 1844–1900, Vollender des malerischen Realismus. »Ich will nur malen, was wahr ist, und das hält man für häßlich, weil man nicht mehr gewohnt ist, was Wahres zu sehen« (Julius Mayr: Wilhelm Leibl. Sein Leben und sein Schaffen. Berlin 1906, S. 50).

72 *Lenbach*: siehe Anm. zu S. 17.

73 *Max Bernstein*: 1854–1925, Münchner Rechtsanwalt, Schriftsteller und Kritiker der *Münchner Neuesten Nachrichten*, verheiratet mit Elsa Bernstein-Porges (1866–1949, Ps. Ernst Rosmer).
Kaulbach: Friedrich August von Kaulbach (1850–1920); erfolgreicher Gesellschaftsporträtist und Genremaler, vom neu-

barocken Stil des Piloty-Schülers Hans Makart (1840–1884) und der französischen Malerei beeinflusst; 1886 Akademiedirektor als Nachfolger Pilotys, Freund Lenbachs. Wohnung und Atelier Kaulbachstraße 15.

Wilhelm von Kaulbach: siehe Anm. zu S. 10.

Franz von Stuck: 1863–1928; ließ 1897/98 nach eigenen Plänen sein Wohnhaus in der Prinzregentenstraße errichten. Architektur und Innenausstattung zeigen die Idee eines Gesamtkunstwerks zur Zeit des Jugendstils.

Possart: als Münchner Hoftheaterintendant vor allem auch Förderer der Oper (Mozart und Wagner). Seinen Wagner-Rezitationen gilt Ruederers Satire *Wagelaweia* in *Münchener Satiren* (1907); siehe Anm. zu S. 20.

75 *»Insel der Seligen«*: Diese Komödie von Max Halbe wurde im Spätherbst 1905 am Münchner Schauspielhaus aufgeführt, sie war nach einer schweren Kontroverse mit dem einst befreundeten Frank Wedekind entstanden.

77 *Otto Julius Bierbaum*: 1865–1910, Lyriker, Erzähler, Zeitschriften-Herausgeber, mit Alfred Walter Heymel (1878–1914) Begründer der *Insel*.

Münchner Musenalmanach: *Moderner Musen-Almanach*, hg. von Otto Julius Bierbaum, 2 Bde., 1893 und 1894. – 1891 hatte Michael Georg Conrad die Anthologie *Modernes Leben* herausgegeben.

Pan: eine von Otto Julius Bierbaum und Julius Meier-Graefe 1895 in Berlin gegründete Gesellschaft (in Form einer Genossenschaft), die die Kunst- und Literaturzeitschrift gleichen Namens herausgab, sich aber schon 1900 wieder auflöste.

einen schlesischen Shakespeare, einen germanischen Heine und einen mosaischen Kleist: gemeint sind der schlesische Dramatiker Gerhart Hauptmann (1862–1946), der fränkische, als Journalist in Paris tätig gewesene Michael Georg Conrad (1846–1927), dessen 1883 erschienenen Essays den Heines *Lutetia* wiederholenden Titel *Madame Lutetia* tragen, und schließlich der aus Preußens Hauptstadt und mütterlicherseits aus jüdischer Familie stammende Novellist Paul Heyse (1830–1914).

78 *Hebe*: griechische Göttin der Jugend, Mundschenk der Götter.

79 *Oberst Ritter Heinrich von Reder;* 1824–1909, 1870 Ritter des Max-Joseph-Ordens; Zeichner, Maler und Lyriker; seine Landsknechtslieder und Geschichten aus dem Bayerischen Wald ließen ihn als Nestor der »bayerischen Dichter« erscheinen.

mit Geibel im Krokodil: Emanuel Geibel (1815–1884), Mittelpunkt des Münchner Dichterkreises um König Maximilian II. und des »Krokodils«, der von Paul Heyse mitbegründeten literarischen Gesellschaft, die sich im *Münchner Dichterbuch* (1862) selbst darstellt.

Michael Georg Conrad: 1846–1927; der aus Gnodstadt in Unterfranken stammende Schriftsteller wurde durch seine Zola-Essays, die Herausgabe der Zeitschrift *Die Gesellschaft* (siehe Anm. zu S. 9) und seine Romane (*Was die Isar rauscht*, 1888) zu einem Wegbereiter des deutschen Naturalismus.

Isarlust: Café und Restaurant auf der Praterinsel in München, einer der Treffpunkte der Münchner Naturalisten; heute Sitz des Alpinen Museums München.

im Sinne der Hecker-Schule: d. h. in radikalem Sinn. Friedrich Hecker (1811–1881), revolutionärer Politiker, forderte 1848 einen republikanischen Nationalstaat, floh in die Schweiz, dann nach Amerika.

80 *verstaubten »Fliegenden Blätter«:* 1845 in München gegründete humoristische Zeitschrift, geschätzt wegen ihrer graphischen Mitarbeiter, darunter Moritz von Schwind, Carl Spitzweg, Franz Graf Pocci, Wilhelm Busch, Adolf Oberländer, Franz von Stuck, Thomas Theodor Heine.

Ludwig Thoma: Ps. Peter Schlemihl (1867–1921), Mitarbeiter der *Jugend*, des *Simplicissimus*, Mitherausgeber des *März* (1907). Seine bissigen *Simplicissimus*-Gedichte und bayerischen Soldatenlieder gehörten zum unentbehrlichen Repertoire des größten deutschen literarischen Kabaretts »Die Elf Scharfrichter« (siehe Anm. zu S. 87).

Soldatenlieder: Hannes Ruch [d. i. Hans Richard Weinhöppel]: *Soldatenlieder-Album. Dichtungen von Peter Schlemihl* [d. i. Ludwig Thoma]; *mit Gitarre oder Klavierbegleitung.* Leipzig o. J.

Bendlerstrasse: in Berlin, Tiergarten.

81 *Café Stefanie*: 1896 in der Theresienstraße eröffnet, Treff-
    punkt des literarischen Schwabing; nach einem Karikaturen-
    Album des *Jugend-* und *Simplicissimus*-Mitarbeiters (und
    späteren Bühnenbildners bei Max Reinhardt) Ernst Stern von
    1902 auch Café Größenwahn genannt. Für Ruederer eine von
    zahlreichen für München signifikanten Cliquenbildungen.
    dem Tertel obliegen: Das Tartlspiel, an dem nur zwei Personen
    teilnehmen können, gehört besonders in Österreich zu den
    beliebtesten Kartenspielen.
    Maeterlinck ... Huysmans ... Strindberg: Maurice Maeter-
    linck (1862–1949), belgischer Dramatiker; Joris-Karl Huysmans
    (1848–1907), französischer Romanautor; August Strindberg
    (1849–1912), schwedischer Dramatiker und Romanautor. – Die
    Namen stehen hier stellvertretend für literarische Kunstrich-
    tungen wie Symbolismus oder Impressionismus, denen Rue-
    derer skeptisch, ja ablehnend gegenübersteht (vgl. auch seinen
    Hinweis auf Stefan George). Eine über dem Leben stehende
    »poésie pure«, Vollendung des »L'art pour l'art«-Prinzips, ver-
    bunden mit einem magisch-mythischen Ästhetizismus, einer
    nach Musikalität strebenden Sprache und einem esoterischen
    Anspruch, ist ihm fremd.

82 *Bildlpresse*: Anspielung auf die *Fliegenden Blätter* und die seit
    1849 im Verlag Braun & Schneider erscheinenden *Münchner
    Bilderbogen*, den heutigen Comics vergleichbar.
    »*Süddeutsche Monatshefte*«: nationalkonservative Kultur-
    zeitschrift, von Paul Nikolaus Cossmann (1869–1942) zusam-
    men mit Wilhelm Weigand (siehe Anm. zu S. 64) und Josef
    Hofmiller (1872–1933) 1904 in München gegründet (auch
    Buchverlag); 1936 eingestellt.
    »*März*«: eine »Halbmonatsschrift für deutsche Kultur«, 1907 von
    Albert Langen als »seriöses« Gegenstück zum *Simplicissimus* ge-
    gründet, zunächst betreut von Hermann Hesse und Ludwig
    Thoma, später politisch ausgerichtet. (1913 bis zu ihrer Ein-
    stellung 1917 redigiert von Theodor Heuss.)
    Simplizissimus: von Albert Langen (1869–1909), einem der
    bedeutendsten Verleger um die Jahrhundertwende, und dem
    Zeichner und Maler Thomas Theodor Heine (1867–1948) 1896

in München gegründete politisch-satirische Zeitschrift Ihr Symbol war eine blutrote Bulldogge. 1944 eingestellt, erschien sie noch einmal 1954–67, neu gegründet von Olaf Iversen.

die vier Treppen: in die Giselastraße 7, IV. Stock, zu Lovis Corinth, der dort von 1891 bis 1897 sein Atelier hatte.

Mit Malern über Litteratur reden: Lovis Corinth schreibt dazu in seinen Erinnerungen: »Er [Ruederer] gab mir einzelne Winke, wie man arbeiten sollte, wie der Leser meistens klüger wäre, als man selbst. [...] Aber [...] [später] schien er nicht nur keine Erinnerung mehr [...] zu haben, vielmehr zeigte er deutlich, dass er nicht mehr daran erinnert sein wollte« (Lovis Corinth: Meine frühen Jahre. Hamburg 1954, S. 132 und S. 136.)

83 *»Kindern der Welt«*: 1873 erschienener Roman in sechs Büchern von Paul Heyse.

»Sonnenspektrum«: ein in einem Bordell unter »Damen« jeglicher Haut- und Haarfarbe (daher der Titel) spielendes Stück von Frank Wedekind, das der Dichter im Frühjahr 1896 in der »Nebenregierung« vorlas. Es löste so viel Heiterkeit aus, dass Wedekind wütend das Lokal verließ. »Natürlich war auch Ruederer an der Spitze der Seinen erschienen. Er liebte Wedekind durchaus nicht, hatte ihm aber – ob mit, ob ohne Hintergedanken – den Abend für die Vorlesung eingeräumt« (Max Halbe: Jahrhundertwende. München 1976, S. 159).

»Nebenregierung«: in Opposition zum tonangebenden »Krokodil« (siehe Anm. zu S. 79) einerseits und wohl andererseits zu M. G. Conrads »Gesellschaft für modernes Leben« (1890–93) von Ruederer 1892/93 gegründete Künstlergesellschaft, der auch Halbe, Wedekind, Corinth, Otto Eckmann und Carl Strathmann angehörten. Ihr Lokal war das Café »Minerva« in der Adalbertstraße.

Dichtelei: Künstlerkneipe in der Türkenstraße; dort trafen sich Schriftsteller und Zeichner des *Simplicissimus*, Schauspieler und Studenten vom »Akademisch-dramatischen Verein« und Maler der Sezession.

Rederkneipe: siehe Anm. zu S. 79.

Hartleben: Otto Erich Hartleben (1864–1905), mit Ruederer befreundet, kam 1901 nach München. Er genoss den Ruf eines Antiphilisters und Spötters, den er auch in seinen Dramen bestätigte; man schätzte ihn als weisen Zecher und Bohemien. Seinen größten Bühnenerfolg hatte er mit der Tragikomödie *Rosenmontag* (1900).

Kollegen ... Propyläen: zum Beispiel Paul Heyse, der eine Villa in der Luisenstraße bewohnte.

Martin Greif: eigentlich Friedrich Hermann Frey (1839–1911), Dramatiker und Lyriker. Das Urteil »treffliche[r] Lyriker« impliziert im Zusammenhang mit Greifs Dramenproduktion eine harte Kritk an dessen historisierend-klassizistischen Theaterstücken wie *Ludwig der Bayer oder Der Streit von Mühldorf* (Stuttgart 1891), *Francesca da Rimini* (Stuttgart 1892) oder *Agnes Bernauer, der Engel von Augsburg* (Stuttgart 1894).

»*Allgemeine Zeitung*«: erschien ab 16. Januar 1807 in Augsburg, ab 1. Oktober 1882 in München.

die »*Neuesten Nachrichten*«: christlich-konservative Tageszeitung, gegründet 1848 in München als *Neueste Nachrichten aus dem Gebiete der Politik*, 1862 von dem liberalen Politiker Julius Knorr erworben; dessen Nachfolger wurden 1881 sein Sohn Thomas Knorr (1851–1911) und sein Schwiegersohn Georg Hirth (1841–1916). 1887 Umbenennung in *Münchner Neueste Nachrichten*; Verlag Knorr & Hirth. Nachfolgerin ist die *Süddeutsche Zeitung*.

Nudlmeier ... Wurzl: Figuren aus den humoristischen Schriften von Benno Rauchenegger (1843–1910), die zuerst in den Münchner Neuesten Nachrichten publiziert wurden, bevor sie auch in Buchform erschienen (*Münchner Skizzen. Humoristische Schilderungen aus dem Volksleben Isar-Athens. Bd. 2: Die Familie Nudlmaier*. München 1888; *Frau Wurzl vom Viktualienmarkt. Gesammelte Briefe an die »Münchner Neuesten Nachrichten«*. München 1893; *Nudlmaier jr. in Afrika und sonstige Reiseberichte des Redactions-Personales der Weltschrift »G'schaftlhuber«*. München 1898).

84 *Neureuthers neue Akademie*: Gottfried von Neureuther (1811–1887), Architekt, erhielt 1875 den Auftrag zum Neubau der Akademie der Bildenden Künste in München, der erst 1886 fertiggestellt werden konnte.

Die Insel: 1899 in München von Alfred Walter Heymel, Rudolf Alexander Schröder und Otto Julius Bierbaum gegründete Monatsschrift. Bierbaum brachte hier seine zahlreichen Kontakte zu Schriftstellern und Künstlern aus seiner *Pan*-Zeit ein.

85 *Münchner Dramatische Gesellschaft*: Sie wurde von Michael Georg Conrad, Max Halbe und Kurt Martens geleitet. Vgl. Oskar Gluth: »Am augenfälligsten wurde dieser wahre Reichtum unserer Stadt, [...] bei einer Richard Strauss-Premiere, wenn die Duse spielte oder Josef Kainz, Isadora Duncan tanzte oder wenn die Münchner Dramatische Gesellschaft oder der von Joseph Ruederer geleitete Neue Verein in eines der Münchner Theater Gäste und Mitglieder berief, um ihnen durch erste Kräfte ein aus irgendwelchem Grunde problematisches, vielleicht von der Zensur verbotenes und darum besonders schmackhaftes Stück in einer geschlossenen Aufführung vorzustellen. Dann kam er, der geistige und künstlerische Adel der Stadt [...]« (Oskar Gluth: Buch meiner Jugend. München 1949, S. 120).
Bauernhäusl: Ruederer selbst besaß ein solches Haus am Kofel bei Oberammergau.

löste den Akademisch-dramatischen Verein auf: Auf Weisung des Kultusministeriums löste der Rektor der Universität den Verein 1903 auf. Anlass war die Aufführung einiger Szenen aus Arthur Schnitzlers *Reigen*. Hanns von Gumppenberg schreibt dazu: »Als […] 1903 der ›Akademisch-dramatische Verein‹ wegen eines Konflikts mit den Behörden sich auflösen musste und der ›Neue Verein‹ an seine Stelle trat, übernahm Ruederer dessen Führung, während aus dem Halbe-Kreis die ›Dramatische Gesellschaft‹ hervorwuchs. Beide Vereinigungen sollten die junge Literatur pflegen und namentlich neuauftauchende, noch vergeblich um die Eroberung des Theaters ringende bühnendichterische Begabungen fördern, sie wetteiferten in Vereinsaufführungen auf diesen und jenen Münchener Bühnen und erwarben sich beide damit unleugbare Verdienste« (Hanns von Gumppenberg: Lebenserinnerungen. Aus dem Nachlass des Dichters. Berlin/Zürich 1929, S. 299 f.).

86 »*Münchner Post*«: *Münchener Post*, gegründet 1887, verboten im März 1933.
jener Fraktion … Stielers schlagendem Wort: Der bayerische Mundartdichter Karl Stieler (1842–1885) war ein Anhänger der Liberalen und hat einige Spottgedichte auf die Zentrumspartei (die »Schwarzen«) geschrieben. Ruederer meint das Gedicht *Die mehrern* aus Stielers Gedichtband *Weil's mi freut*!:

»Hans,« sag i, »jeder hat dös Sei',
Aber dös geht mir gar net ei',
Daß du jetzt mit die Schwarzen gehst,
Daß du die Sach' no' nit verstehst;
So stell dir nur die Leutl z'samm,
Wo d'Schwarzen ihr Regentschaft ham!
Wo niemand lesen kann und schreiben,
Da haben s' am besten ihner Treiben.
So thua di' nur a weni kümmern,
Bei enk san do' die mehrern Dümmern.«
Mir scheint, daß dös 'n Hansei g'fallt.
»Ja, ja, dös glaub i selber bald,«
Sagt er, »die dümmern san mir scho',
Aber die mehrern san mir do'.«

(Karl Stieler: Weil's mi freut! Neue Gedichte in oberbairischer Mundart. 12. durchgesehene Auflage. Stuttgart o. J. [zuerst 1876], S. 144).

87 »*Elf Scharfrichter*«: Das literarische Kabarett residierte unter der Leitung des Franzosen Marc Henry (d. i. Achille Georges d'Ailly Vaucheret) von April 1901 bis 1904 im »Goldenen Hirschen«, Türkenstraße 28. Vorbild war das Pariser Cabaret »Chat noir« (1881). Zu den Scharfrichtern gehörten u. a. die Chansonette Marya Delvard, der Schriftsteller und Kritiker Hanns Freiherr von Gumppenberg (1866–1928; *Das teutsche Dichterroß in allen Gangarten vorgeritten.* München 1901), der Schriftsteller und Dramaturg Leo Greiner (1876–1928), der Publizist Paul Schlesinger (1878–1928), der Schriftsteller und Regisseur Otto Falckenberg (1873–1947), der Komponist Hans Richard Weinhöppel (Pseudonym Hannes Ruch; 1867–1928) und Frank Wedekind.

der »*Neue Verein*«: siehe Anm. zu S. 85.

91 *Monumentalbaukommission*: siehe Anm. zu S. 34.

alten Mauth: in der Neuhauser Straße. Der Name bezieht sich auf die Augustinerkirche, die nach der Säkularisierung vorübergehend als Mauthalle genutzt wurde. Das Konventgebäude diente bis 1897 als Sitz des bayerischen Justizministeriums, bis 1912 war es auch Sitz des Stadtgerichts München.

92 *Quastlmeyer*: Mayer von Mayerfels; siehe Anm. zu S. 42.

93 *Die Neuesten Nachrichten*: Deren Opportunismus wird von Ruederer wiederholt attackiert (siehe Anm. zu S. 83).

94 *Anguilotti*: See-Aale.

Scherl: der Berliner Buch- und Zeitungsverleger August Hugo Friedrich Scherl (1849–1921); Verlagsgründung 1883. Zu seinem Imperium gehörten Tages- und Wochenblätter (u. a. *Der Tag*, *Die Woche*) und Familienzeitschriften (u. a. *Die Gartenlaube*).

Schwemmsystem: siehe Anm. zu S. 25 (»Pettenkofer«).

Ostelbier: Bezeichnung für die als reaktionär geltenden konservativen Großgrundbesitzer in preußischen Gebieten östlich der Elbe.

95 *Hydrioten*: Bewohner der griechischen Insel Hydra; vgl. das Gedicht *Der kleine Hydriot* von Wilhelm Müller (1794–1827).

königlich Bayrischen Wildsau: Anspielung auf die Priorität der Jagdleidenschaft des Prinzregenten Luitpold.

96 *Daller und Orterer:* Schon im März 1890 fanden heftige
Kultusdebatten über Budgetfragen statt, bei denen die Zen-
trumspolitiker Balthasar von Daller (1835–1911) und
Georg von Orterer (1849–1916) die moderne Kunstrichtung
(Sezession) beklagten (»Verbreitung der Nuditäten«) und
Etatkürzungen forderten, was Studentendemonstrationen zur
Folge hatte.

Sezession: siehe Anm. zu S. 17.

Uhde und Habermann: Gerade Fritz von Uhdes Kunst (siehe
auch Anm. zu S. 15, »Sezession«) wurde von Orterer verurteilt
als eine, die das »Fratzenhafte und Gemeine« darstelle, weil sie
auf Idealisierung der Nacktheit verzichte.

97 *Dr. Johannes Sigl:* Johann Baptist Sigl (1839–1902), Redakteur
des preußenfeindlichen *Bayerischen Vaterlands*, dem
Ruederer als Nichtpartikularist kritisch gegenüberstand (vgl.
auch Ruederers Nachruf in *Der Tag*, 17. Januar 1902).

Schlemihlgedichte: von Ludwig Thoma, der unter dem Pseudonym Peter Schlemihl seine Beiträge für den *Simplicissimus*
schrieb.

98 *Schottenhammel:* Schottenhamel; bekannter Münchner Ga-
stronom.

100 *Kämpfer von 1705:* Im Krieg um die spanische Erbfolge wurde
das Kurfürstentum Bayern 1704 von österreichischen Truppen besetzt. Hohe Abgaben und Zwangsrekrutierungen führ-
ten im Herbst 1705 zu einem Aufstand gegen die kaiserlichen
Besatzungstruppen. Im Zuge dieser Kämpfe wurden durch
ein falsches Versprechen der österreichischen Truppen in
der Sendlinger Bauernschlacht mehr als 1000 Aufständische
ermordet. Die »Sendlinger Mordweihnacht« wurde zu einer
Quelle des bayerischen Patriotismus. Zum 200. Gedenktag
1905 wurde ihrer in Bayern mit einer nie gekannten Anteilnahme gedacht. Als einer der Anführer galt der Legende nach
der Schmied von Kochel. Diese Figur griff Ruederer in seinem
gleichnamigen Drama auf, das 1911 uraufgeführt wurde. Die
Figur des Schmieds von Kochel ist historisch nicht belegt.

101 *Chevaulegeruniform:* Chevaulegers: leichte Kavallerie. »Mit
dem geschäftlichen Bankrott verlor Ruederer [...] sein Reser-

veoffizierspatent, das er mit Stolz wie Überzeugung erworben hatte und das ihm den Weg in die bürgerliche Oberschicht bahnen sollte. Erst nach dieser gesellschaftlichen Disqualifikation lebte er als freier Schriftsteller« (Claudia Müller-Stratmann: Josef Ruederer (1861–1915). Leben und Werk eines Münchner Dichters der Jahrhundertwende. Frankfurt/M. [u. a.] 1994, S. 325).

»Fahnenweihe« ... *»Morgenröte«*: Komödien von Josef Ruederer.

102 *bestimmt vom Temperament*: Vgl. Emile Zola: »Une œuvre d'art est un coin de la création vu à travers un tempérament« (»Ein Kunstwerk ist eine Ecke der Schöpfung, gesehen durch ein Temperament«; *Les Realistes du Salon*, 11. Mai 1866).

103 *dickbauchigen Roman*: Von der geplanten Roman-Tetralogie über München konnte Ruederer nur den ersten Band vollenden, *Das Erwachen* (postum 1916 erschienen).

Rundblick aus der Vogelperspektive: Wohl vom Turm des Alten Peter, in unmittelbarer Nachbarschaft von Ruederers Elternhaus.

Fräulein von Heppenstein: Marie Franziska (Fanny) Freiin von Ickstatt (1768–1785), Stieftochter des Generallandesdirektionsrats Gallus Heinrich Baur Freiherr von Heppenstein. Sie stürzte aus nicht völlig geklärten Umständen vom Nordturm der Münchner Frauenkirche in den Tod.

104 *ins alte Wilhelmsgymnasium:* Bis zur Fertigstellung des Neubaus an der Maximilianstraße (1877) war das Wilhelmsgymnasium in einem Gebäude des ehemaligen Karmelitenklosters an der Herzogspitalgasse untergebracht (vgl. Richard Hedrich-Winter: Der Neubau des Wilhelms-Gymnasiums in München. München 1995 <http://www.peterkefes.de/Wgnb/Wgnb2.htm>).

105 *berühmte Schauspieler:* Bernhard Rüthling (1834–1881). Ruederers Charakteristik folgt dem Artikel von Max Bernstein in der Allgemeinen Deutschen Biographie: »1863 trat R[üthling]. in das Münchener Schauspiel ein, welchem er als eine seiner schönsten Zierden angehört hat […]. Einfachheit und Kraft, Naturwahrheit und Herzenswärme – das sind die Eigenschaf-

ten, welche die ›Helden‹ und ›Liebhaber‹ in Rüthling's Darstellung auszeichneten; gleichviel, ob er [...] als Posa, Karl Moor, Egmont, Uriel Acosta, Essex u. s. w. große Aufgaben mit großem Erfolge löste oder in heiteren, modernen Stücken die Zuschauer durch seinen von jeder satirischen Schärfe freien Humor entzückte. Eine männlich schöne Gestalt, eine Stimme von großem Wohllaut, die schon mit einem einzigen Tone, einer leisen Bewegung bei dem Hörer Thränen oder Lächeln zu erwecken vermochte, waren die Mittel – Begeisterung für die Poesie und ein redlich treues Gemüth waren die Quellen seiner Kunst. Er hatte den Höhepunkt seines Schaffens noch nicht überschritten, vielleicht noch nicht einmal ganz erreicht, als er starb und München einen seiner Lieblinge, die deutsche Schauspielkunst einen ihrer Auserwählten verlor.« (Bd. 30, 1890, S. 49f.).

106 *Gabriel Seidl ... Bruder Emanuel*: Gabriel (1848–1913) und Emanuel von Seidl (1856–1919), Architekten des Historismus.

107 *Kriegerdenkmal ... Feldherrnhalle*: siehe Anm. zu S. 10.

Kaiser Ludwig vor dem Theresiengymnasium: Denkmal für Kaiser Ludwig den Bayern (1281–1347) von Ferdinand von Miller d. J., 1905 fertiggestellt.

König Ludwig auf der Kohleninsel: Bronzefigur für Ludwig II., die 1910 nach Plänen von Ferdinand von Miller und Hans Grässel errichtet wurde. Der Denkmalsplatz befindet sich am südwestlichen Ende der Kohleninsel auf einer Plattform an der Corneliusbrücke gegenüber dem Deutschen Museum (vgl. August Alckens: München in Erz und Stein. Gedenktafeln, Denkmäler, Gedenkbrunnen. München 1973, S. 80).

Theodor Fischer: 1862–1938, Architekt; wurde 1901 an die Technische Hochschule Stuttgart berufen.

108 *Freund Kneissl*: Matthias Kneißl (1875–1902), der »Räuber Kneißl«, ein bayerischer Volksheld. Der Prozess gegen ihn fand vor dem Schwurgericht in Augsburg statt; dort wurde er am 21. Februar 1902 hingerichtet.

»LACHEN ÜBER DIE GROSSEN UND KLEINEN MÜNCHNER TYRANNEN.«

Anmerkungen zu Josef Ruederers *München*-Buch

I

Josef Ruederer hat sich gelegentlich als *poeta monacensis* bezeichnet und damit eine sowohl in biographischer als auch in literarischer Beziehung treffende Selbstcharakteristik formuliert. Er wurde am 15. Oktober 1861 im Münchner Elternhaus am Rindermarkt geboren, und in seiner Heimatstadt ist er am 20. Oktober 1915 auch gestorben. München und Bayern blieben ihm zeitlebens sowohl Lebensraum als auch beinahe ausschließlicher Gegenstand des schriftstellerischen Interesses. Zwar hat er, weil sein Vater Bankier und Aktionär der Löwenbrauerei war, eine Banklehre absolviert und sich danach unternehmerisch betätigt, doch diese Episode endete im Jahre 1890 aus nicht genau zu klärenden Gründen in einem finanziellen Fiasko. Fortan lebte Ruederer, der schon in jungen Jahren erste dichterische Versuche unternommen hatte, als freier Schriftsteller in München, zunächst zwar in materieller Abhängigkeit vom vermögenden Vater, nach dessen Tod im Jahre 1907 aber als Millionenerbe mit einer eigenen Villa an der Maria-Theresia-Straße und einem Ferienhaus am Kofel bei Oberammergau.[1]

Ruederers früheste literarische Veröffentlichungen waren Verserzählungen von zweifelhafter Qualität, die er selbst später nicht mehr ernst nahm. Mit dem 1894 erschienenen, naturalistisch geprägten Roman *Ein Verrückter. Kampf und Ende eines Lehrers* ist ihm jedoch ein erstes Meisterstück gelungen. Josef Hofmiller hielt

---

[1] Vgl. zum Folgenden Walter Hettche: Der Briefwechsel zwischen Josef Ruederer und Paul Heyse aus dem Jahr 1911. Josef Ruederer zum 150. Geburtstag. In: Freunde der Monacensia e. V.-Jahrbuch 2011, S. 115–130.

die Geschichte des Lehrers, der sich mit allen Autoritäten anlegt und schließlich Selbstmord begeht, für einen »der vorzüglichsten Romane unserer Zeit«.[2] Mit seiner Parteinahme für die Außenseiter und Opfer der Gesellschaft stimmt das Buch den Ton an, der Ruederers Erzählungen von nun an beherrschen wird. Während aber der *Verrückte* in einem bayerischen Dorf spielt, sind die späteren Werke Ruederers zum überwiegenden Teil im urbanen Raum angesiedelt: Mehr und mehr wird die Geburtsstadt München zum bevorzugten Handlungsort, und obwohl der Autor selbst zu den »Großkopferten« gehört, sind die neureichen städtischen Großbürger, aber auch die Arbeiter und Angestellten aus den Vorstädten immer wieder Zielpunkt seiner scharfen Satire. Das gilt besonders für die Erzählungen, die er 1897 unter dem Titel *Tragikomödien* publizierte, einen Band, der auch in der Geschichte der Buchillustration eine bedeutende Stellung einnimmt, denn es ist das erste Buch überhaupt, das mit Illustrationen von Lovis Corinth geschmückt wurde.

Unter den »fünf Geschichten«, die der Untertitel verspricht, ragen *Die Hinrichtung* und *Das Gansjung* als Milieu- und Charakterstudien heraus, Beispiele eines Genres, das Ruederer später zur Meisterschaft entwickelte, etwa in der Erzählung *Das Grab des Herrn Schefbeck* (1909). Dort wird der Titelheld mitten in einer Tarockpartie vom Schlaganfall dahingerafft, bleibt indessen nach seinem Tod bei vollem Bewusstsein und erlebt seine eigene Beerdigung in der Familiengruft auf dem Münchner Südfriedhof. Nachdem seine Witwe das ererbte Vermögen verjubelt hat, verkauft sie die Grabstätte auf dem damaligen Prominentenfriedhof und lässt den Gatten wieder ausgraben. Schefbeck muss schließlich zum zweiten Mal Zeuge seines Begräbnisses werden, diesmal auf dem Ostfriedhof, wo es preiswerter ist.

Ohne satirisch-phantastische Elemente kommt das heute bekannteste Werk Ruederers aus, der postum veröffentlichte Roman *Das Erwachen*, in dem eine enge Verbindung zwischen Lebensgeschichte und Stadthistorie geknüpft wird. Der erste Band einer geplanten Tetralogie über die bayerische Hauptstadt, die Ruederer

---

[2] Josef Hofmiller: Zeitgenossen. München 1910, S. 212.

wegen seines frühen Todes nicht vollenden konnte, führt in einer eher konventionellen Erzählweise das Leben der Familie Luegecker (hinter der sich, wie unschwer zu erkennen ist, die Familie Ruederer verbirgt) mit den Ereignissen von der Mitte des 18. Jahrhunderts bis zum Jahr 1848 zusammen.

Für Claudia Müller-Stratmann steht Ruederer am Beginn der »kritischen Provinzliteratur« in Bayern,[3] Heinz Puknus hat Ruederer als »ersten Autor« der Moderne in Bayern bezeichnet und ihn in das ›breite‹ Feld zwischen realistischen und naturalistischen Schreibweisen eingeordnet.[4] Ruederer selbst berichtet von einer langen Schreibkrise, die 1899 zum Bruch mit naturalistischen Positionen geführt habe.[5] Ein Grund war sein »weltanschaulicher Skeptizismus«, der ihn vom naturalistischen Konzept wegführte.[6] Er engagierte sich seit den 1890er Jahren in München in mehreren literarischen Vereinen, im »Akademisch-dramatischen Verein«, der »Gesellschaft für modernes Leben« um Michael Georg Conrad, bei den »Elf Scharfrichtern« und in der um 1893 gegründeten »Nebenregierung«. Dieser Name ist gleichermaßen programmatisch wie vieldeutig: Einerseits verstand sich die Gruppe als Gegenbewegung zu dem idealistisch-klassizistischen Künstlerkreis und den Münchner Naturalisten, andererseits schwingt in der »Neben«-Ordnung auch die Anerkennung einer »Hauptregierung« mit. Max Halbe schreibt in den Erinnerungen über die Rolle Ruederers in der »Nebenregierung«, an der sich neben Halbe unter anderem Oskar Panizza, Ludwig Scharf, Lovis Corinth, Frank Wedekind, Otto Erich Hartleben und Conrad beteiligten:

»So wurde Josef Ruederer bald ganz von selbst der Kristallisationspunkt eines Kreises von jungen Literaten, Malern, Musikern

---

[3] Claudia Müller-Stratmann: Josef Ruederer (1861–1915). Leben und Werk eines Münchner Dichters der Jahrhundertwende. Frankfurt/M. 1994, S. 182.

[4] Heinz Puknus: Josef Ruederer (15.10.1861 – 20.10.1915). Literarischer Neuerer. In: Alfons Schweiggert, Hannes S. Macher (Hg.): Autoren und Autorinnen in Bayern. 20. Jahrhundert. Dachau 2004, S. 31–33, hier S. 33.

[5] Vgl. den Brief an Karl Graeser vom 14.1.1899, zit. bei Müller-Stratmann, S. 271.

[6] Begriff nach Müller-Stratmann, S. 271.

und allerlei sonstigem geistig bewegten Jungvolk. Die Gruppe nannte sich die ›Nebenregierung‹, was ja schon eine bewußte Oppositionsstellung zu einer sonst noch vorhandenen Hauptregierung andeuten sollte. Hiermit waren einesteils die ›Gesellschaft für modernes Leben‹ und ihr Führer Michael Georg Conrad, andernteils die sehr tonangebenden gesellschaftlichen Kreise um Lenbach, F. A. von Kaulbach, Gabriel von Seidl und Paul Heyse gemeint. Sicher war auch hier bei Ruederer viel unbefriedigter Ehrgeiz mit im Spiel, der in der ›Nebenregierung‹ Entladung suchte. Wesentlich war es, daß die Mitglieder des Kreises nicht nur äußerlich einen Verein, einen Verband, eine Gesellschaft zur Förderung irgendwelcher literarischen, künstlerischen oder gesellschaftlichen Zwecke bildeten, sondern sich durch eine wenn auch unausgesprochene Losung auch innerlich untereinander verbunden fühlten. Diese uneingestandene Oppositionsstellung der ›Nebenregierung‹, ihr sozusagen geheimbündlerischer Charakter verliehen ihr, wie das in der Natur solcher Bünde liegt, eine über die übliche Vereinswirkung weit hinausgehende Stoßkraft und machten sie für die nächsten Jahre literarisch und künstlerisch ausschlaggebend in München. Die ›Gesellschaft für modernes Leben‹ begann mehr und mehr in den Hintergrund zu treten. Ruederer hatte in dieser Beziehung sein Ziel erreicht.«[7]

In der Erzählung *Sein Verstand* hat Ruederer Skizzen einzelner Mitglieder der Nebenregierung gegeben, unter anderem des späteren Juristen Karl Anton Piper, des Schriftstellers Adolf von Wilke, des Malers Lovis Cornith und der Zeichner oder Karikaturisten Karl Strathmann, Otto Eckmann und Hermann Schlittgen.[8] Dass Ruederer vielfach aktiv an der »Vereinsmeierei« beteiligt war, die er im *München*-Buch kritisiert, zeigen auch die Erinnerungen Erich Mühsams. Dieser berichtet, dass sich eine Gruppe von Literaten und Künstlern um Ruederer regelmäßig zum Kegeln traf,

---

[7] Max Halbe: Jahrhundertwende. Erinnerungen an eine Epoche. München 1976, S. 156 f. Vgl. auch Hanns von Gumppenberg: Lebenserinnerungen. Aus dem Nachlass des Dichters. Berlin 1929, S. 300.
[8] Vgl. Müller-Stratmann, S. 255 f.

eine Form der Geselligkeit, die in unmittelbarer Konkurrenz zur wesentlich bekannteren »Max Halbeschen Kegelbahn« stand.[9]

Für Ruederers Persönlichkeitstypus war die Bildung der »Nebenregierung« nicht untypisch. Er versammelt einerseits gerne Literaten und Künstler um sich, gerät andererseits leicht in Auseinandersetzungen mit ihnen, so mit Frank Wedekind und Max Halbe. Nicht anders erging es Ruederer mit den vermutlich unmittelbarsten Konkurrenten im literarischen Feld, Ludwig Ganghofer und Ludwig Thoma, die beide, wie Ruederer, bayerische Themen bearbeiteten. Vor Thoma verbeugt sich Ruederer im München-Buch, nicht ohne kleinere Seitenhiebe. Thoma sei erfolgreich, weil er sich wiederhole: »Das liebt man, wenn fortwährend auf den Staatsanwalt geschimpft wird, wenn die Preussen derbleckt werden und die Mucker die Maulschellen kriegen. Mag das auch auf die Dauer zum Klischee werden, ganz wurst – der Dichter ist einmal anerkannt« (S. 80). Ganghofer wird in der Satire *Der Hohe Schein* als Dichter »Hofganger« aufs Korn genommen, der es jedem recht mache und unerträglich optimistisch und objektiv im Umgang mit Menschen sei. Ludwig Thoma erhält im *Hohen Schein* eine Nebenrolle als Freund Hofgangers, er wird zum »blutrünstigen Anarchisten«, an dem sich die Toleranz und der Optimismus Hofgangers beweisen.

Die kritische Auseinandersetzung mit Persönlichkeiten und dem kulturellen Leben in München haben Ruederer den Ruf eines höchst streitbaren Menschen eingetragen, ein Bild, das die meisten Zeitgenossen kolportieren. So schreibt Max Halbe in den bereits erwähnten Erinnerungen (und einen Teil der Aussagen könnte man auch als Selbstbeschreibung Halbes lesen):

> »Ruederer konnte ein faszinierender Gesellschafter sein. Sein aktives, ja aggressives Wesen, sein nervöses, bewegliches, in Haß und Liebe, in Zustimmung und Ablehnung jäh aufflackerndes Temperament entzündete verwandte Stimmungen in mir selbst. Ruederer stand eigentlich in einer fortwäh-

---

[9] Erich Mühsam: Unpolitische Erinnerungen. Mit einem Nachwort von Hubert van den Berg. Berlin 2003, S. 173 f.

renden Opposition gegen jeden und jedes; nicht zuletzt auch gegen sich selbst. [...] Durfte man sich wundern, daß derselbe Mann, der so über sein Schaffen zu Gericht saß und seine eben noch wie Heiligtümer gehegten Manuskripte wieder und wieder zerriß und fortwarf, auch an seiner Mit- und Umwelt unbarmherzig Kritik übte? Die ätzende Lauge seines Hohns ergoß sich besonders auch über seine teure Vaterstadt München, über dieses Monachum monachorum und dessen mannigfache Eigenheiten und Wunderlichkeiten. Es war eine schier unerschöpfliche Fundgrube für seine gallige, beißende Satire, der er ja auch in seiner vielbeachteten Schrift über München literarischen Ausdruck gegeben hat. Sie liest sich wie eine einzige Anklage gegen die trotz allem wunderschöne Stadt, und man sollte meinen, der Verfasser müsse München von Grund seines Herzens gehaßt haben. Aber nichts wäre falscher. Auch hier traf das Wort zu, daß gekränkte Liebe sein ganzer Schmerz oder Spott war.«[10]

Persönliche Anteilnahme und intime Kenntnisse der Kreise waren ein Grund für Ruederers München-Porträt. Der andere ist sachlicher Art: Dem Buch gingen durch die Vermittlung von Ruederers Verleger Georg Bondi journalistische Arbeiten über die Stadt voraus.[11] Von 1901 bis 1902 berichtete der Autor regelmäßig über Münchner Ereignisse für die in Berlin erscheinende Zeitung *Der Tag.* Innerhalb von zwei Jahren veröffentlichte Ruederer etwa 50 Artikel zu kulturellen und politischen Themen. Ruederer berichtete nicht nur mitten aus dem Stadtgeschehen, er musste als Korrespondent nach Themen Ausschau halten und sie für ein deutschlandweites, überwiegend wertkonservatives Publikum angemessen aufbereiten. Eine satirische Verarbeitung dieser Tätigkeit enthält die Erzählung *Höllischer Spuk,* in der dem Autor nachts ein faustischer Geist in Gestalt des Teufels Bitru er-

---

[10] Halbe, Jahrhundertwende, S. 153 f.
[11] Müller-Stratmann, S. 110. Vgl. zur Beziehung zwischen Ruederer und dem Verleger Georg Bondi vgl. Birgit Kuhbandner: Unternehmer zwischen Markt und Moderne. Verleger und die zeitgenössische deutschsprachige Literatur an der Schwelle zum 20. Jahrhundert. Wiesbaden 2008, S. 286–295.

scheint.[12] Nachdem der Erzähler ihn durch München geführt, ihm die künstlerischen Kreise der Stadt gezeigt hat und dabei von ihm öffentlich blamiert worden ist, fürchtet der Erzähler, sich nicht mehr in der Öffentlichkeit sehen lassen zu können.[13]

Es gehört zur beherzten Chronistentätigkeit Ruederers, auch die eigenen Ängste vor sozialen Sanktionen anzusprechen. Auch das *München*-Buch enthält im letzten Kapitel solch eine selbstreflexive Geste. Ruederer überlegt, welche Rezeption dem Buch widerfahren wird, und imaginiert eine Zukunftsszenerie, in der ein Antiquar auf der Auer Dult eben dieses *München*-Buch als Ramschware verkaufen will:

>»Zehn Pfennig‹, höre ich im Geist einen Käufer sagen, ›mehr geb' ich nicht.‹ Und schliesslich nimmt ers halt doch. In Gottes Namen für fünfzehn. Weil ihm der Antiquar versichert, es sei gut, wirklich gut, zum Lachen. Auch sei der Verfasser ein Münchner gewesen. Habe es allerdings nie zu was Rechtem gebracht. Wollte immer gescheiter sein als die Andern, spottete fortwährend über alles. Was Wunder, wenns der Menschheit zu dumm wurde? Sie wusste nicht, wo sie ihn einreihen sollte, wohin er gehörte. Im allgemeinen scheint er ja ein guter Kerl gewesen zu sein, aber zu sprunghaft, zu kapriziös. Wollte nie dieselben Geleise wandeln, ging bald links, bald rechts, kurz und gut, ein recht unsicherer Kantonist. Auch gesellschaftlich ist nicht immer alles ganz klar gewesen. Sie verstehen schon, was Korrektheit im öffentlichen Leben betrifft. Man soll zwar einem Toten nichts Übles nachreden, aber unter uns gesagt ... dort beim dritten Kleiderhändler die alte Chevaulegeruniform

---

[12] Bitru wird in der Fiktion als Begleiter Leo Taxils vorgestellt. Hinter dem realen Pseudonym verbirgt sich, wie Müller-Stratmann (S. 286 ff.) gezeigt hat, der französische Journalist Gabriel Jogand-Pagès, der sich scheinbar vom erbitterten Gegner der katholischen Kirche zu ihrem Verteidiger wandelte und den Schwindel öffentlich auffliegen ließ.

[13] Vgl. zum *Höllischen Spuk*: Walter Schmitz: Erzählte Bilder: Zum Verschwinden des Auratischen in der Literatur der Moderne um 1900. In: Gerd Labroisse, Dick Van Stekelenburg (Hg.): Das Sprach-Bild als textuelle Interaktion. Amsterdam, Atlanta 1999, S. 189–232, hier S. 216 ff.

ist von ihm. Jawohl, mit den Reitstiefeln aus Glanzleder, mit dem Säbel und den Sporen. Wird Ihnen jetzt alles klar? Sein Grimm, sein Hass, seine Verbitterung?« (S. 101)

Es ist dieser hohe Grad an Authentizität, der das *München*-Buch auch heute noch lesenswert macht. Die Widersprüche der Stadt, die Zerrissenheit des Autors und ihre Spiegelungen ineinander sind nicht geglättet.

II

In dem 1907 in Leo Greiners Reihe *Städte und Landschaften* erschienenen *München*-Buch bietet Ruederer eine Stadtmonographie von eigener Art und Gattung, eine Mischung aus Fakt und Fiktion, aus Autobiographie und Feuilleton. Aus vielfach wechselnder Erzählperspektive werden die Künstler und Dichter, die Theater und die Zeitungen, der Fasching und die Bürger in den Blick genommen, angereichert mit erfrischend subjektiven Urteilen und persönlichen Erinnerungen des Autors, und erstmals in der München-Literatur findet sich hier der ins Münchnerisch-Bürgerliche übersetzte Typus des Flaneurs, der sich die Topographie und die Geschichte seiner Stadt auf weitläufigen Spaziergängen vergegenwärtigt. Das Buch reiht sich in die Tradition der Beschreibungen Münchens durch Münchner ein, an deren Anfang Lorenz Westenrieders Replik auf Friedrich Nicolais München-Kapitel in der *Beschreibung meiner Reise durch Deutschland* steht.

Nicolai hatte das Leben in der Stadt aus der Sicht eines protestantischen Aufklärers kritisiert, ihn irritierten unter anderem die Volksreligiosität, die einem zeitgemäßen Arbeitsethos entgegenstand, und die Promiskuität in der Stadt – die Anzahl der unehelich geborenen Kinder verunsicherte Nicolai erheblich. Westenrieder hatte Nicolais Außensicht mit Zahlen und Fakten aus der Innensicht eines katholischen Aufklärers zu relativieren gesucht. Wann immer seither über München geschrieben wird, ist eine Nord-Süd-Spannung bemerkbar, in der Fremd- und Selbstwahrnehmung widerstreiten. Ruederer kennt diese Tradition, denn er beendet sein *München*-Buch mit einer entsprechenden antipreußischen Geste, wenn es heißt, der »Polyp aus dem Norden« (S. 110) könne die Münchner Luft nicht nachmachen. Zur Überraschung vermutlich auch der zeitgenössischen Leser widerspricht er den Zuschreibungen nur bedingt (»Bierheim und Isar-Athen«) und bietet eine kritische Binnendifferenzierung an.

München wird in der zeitgenössischen Öffentlichkeit mit Attributen wie »Jugend«, »Urwüchsigkeit«, »Naivität« und »Gemütlichkeit« verbunden.[14] Ruederer bestätigt dieses Bild, konnotiert es jedoch anders. Er zeigt Vor- und Nachteile einer solchen Atmosphäre auf und korrigiert Vorurteile, wo es ihm notwendig erscheint. So heißt es im Buch: »Wer von auswärts hierherkommt, wer da glaubt, eine Rolle spielen zu können, wird bald wieder von dannen ziehen. Einen Stachel im Herzen, die schlechten Geschäfte im Kontobuch. Die Münchner sind nicht wie die Berliner. Die glauben von einem Bayern, er müsse in jenem Kostüm durch die Bendlerstrasse tappen, das sie selber im Sommer am Tegernsee tragen, sie meinen, er müsse allen Leuten mit Nagelschuhen auf den Bauch treten, und setzen voraus, er müsse täglich ein Kalb und einen Hektoliter Bier konsumieren. Berauschende Phantasiegebilde, die nichts mit der nüchternen Wirklichkeit zu tun haben. Alles geht hier ohne Grimasse, alles geht hier seinen unbekümmerten Trott« (S. 81).

Die Münchner erscheinen bei Ruederer unverstellt und unbekümmert, was aber nicht heißt, dass sie naiv wären. Der Leser kann dies an den Lieblingsfeinden ablesen, die sich der Autor lange vor der Abfassung des Buches zurechtgelegt hat und lange danach noch pflegen wird. Neben dem Katholizismus, der Zentrumspartei und den Liberalen ist dies vor allem das »Spezltum«, das sich in der Kommission für öffentliche Monumentalbauten ein eigenes Denkmal gesetzt hat. Das »Spezltum« steht sinnbildlich für den Zustand der bürgerlichen Schicht Münchens. In einer geradezu poetischen Passage über den »Herrn Maier oder Meier, den Herrn

---

[14] Vgl. die Zusammenstellung einschlägiger Texte bei Walter Schmitz (Hg.): Die Münchner Moderne. Die literarische Szene in der »Kunststadt« um die Jahrhundertwende. Stuttgart 1990, S. 25–52.

Huber oder Hueber, den Herrn Müller oder Miller« zeichnet Ruederer die Sehnsucht des Bürgers nach einer beschützenden Hand, dem »Spezl«, der alle Unbill des Lebens von ihm abhält und immer dafür sorgt, dass sich der Besitz von alleine vermehrt: »Das Privatisieren ist ja ganz schön, verdient man aber Geld damit, ists noch viel besser« (S. 35).

Ruederer vermittelt dem Leser die Mentalität der Schichten und in sich abgeschotteten Kreise, kaum Fakten. Er beschreibt das kulturelle Gedächtnis der Stadt. Schon seine Schreibweise stellt den Leser auf dieses Programm ein. Der Reihenherausgeber Leo Greiner hat nach der Lektüre der ersten Kapitel den literarischen Reiz dieses Vorgehens beschrieben: »Die scheinbare Nachlässigkeit, mit der hier das Verschiedenartigste, das Persönlichste und das Allgemeinste neben- und hintereinandergestellt wird, gerade sie gibt dem Ganzen dieses Suggestive, das uns zum ganz unmittelbaren Miterleben fortreisst. Ich weiss natürlich sehr wohl, dass diese Nachlässigkeit keine wirkliche, sondern die beste künstlerische Manier ist, den langweiligen Ton der Beschreibungen und historischen Darlegungen zu überwinden zu Gunsten des lebensvollen und einprägsamen Eindrucks, der ja der Zweck einer solchen Arbeit ist.« »Nachlässig« ist Ruederer, weil er das Buch nicht vom Informationsbedürfnis des Lesers aus konzipiert, sondern von dem individuellen Bedürfnis des Autors, Rechenschaft über seine Beziehung zu seinem Wohn- und Lebensort abzulegen.

Das Kapitel »Die Vergangenheit« enthält eine längere Reflexion über die Erwartungen des Lesers an Reiseführer. Ruederer überlegt, welche Form, welche Inhalte und welcher Stil für die Darstellung angemessen sein könnten und entwickelt vor den Augen des Lesers sein Konzept für das Buch. Da ein Münchner über München schreibt, so seine Grundannahme, soll das Selbstverständnis aus subjektiver Perspektive entlang historischer Entwicklungen und Einschnitte hinterfragt werden. Es geht um die Selbstreflexion der eigenen Position im Selbstverständnis der Stadt. Ablesbar ist dies an der geringen Rolle der Kunst im Buch, einem Thema, das Ruederer kaum interessiert und deshalb nur am Rande gestreift wird.

Das Buch eröffnet und schließt mit der Kunststadt-Debatte.[15] Man kann die Wahl dieses Rahmens als einen individuellen Kommentar zu einem öffentlich diskutierten Thema verstehen, das dem Leser in der Form eines satirischen Stadttagebuchs präsentiert wird. Ruederer spielt zu Beginn mit den Lesererwartungen und fingiert eine Gleichzeitigkeit von erzählter Zeit und historischer Zeit, so als ob er beim Schreiben der ersten Zeilen nur aus dem Fenster hätte hinaussehen müssen. Die Faschingszeit und die Künstlerfeste, die nicht nur aufgrund der libertären Umgangsformen ein touristischer Anziehungspunkt waren, sind keinesfalls zufällig der erste Erzählanlass. Ruederer nutzt ihre symbolischen Qualitäten, um die Charakteristik der Einheimischen, ihre Sitten und Gebräuche sowie das kulturelle Leben zu erfassen. Im Vordergrund steht für ihn die maßvolle »Holdriogaudi« (Ludwig Thoma). Der Münchner, so Ruederer, »ist von Haus aus ein guter Kerl«, der die Behaglichkeit schätzt: »Kein Pietist, kein Mucker, praktischer Katholik auf allen Gebieten, sieht er, trotzdem er gern in die Kirche geht, streng darauf, dass ihm die Alleinseligmachende mit ihren Vorschriften in keiner Weise lästig falle. Das Dogma kennt er nicht, Fanatismus ist ihm direkt zuwider [...]« (S. 12). Begibt sich der Bürger in Gesellschaft, so folgt er zeitgenössischen Moden, die er nutzt, um nicht aufzufallen. Nicht die Inhalte stehen im Vordergrund, sondern deren Unterhaltungswert: Brahmanentum, Dämonologie, Hypnoseshows, Tanzvorführungen oder die Frauenbewegung werden auf dem gleichen Niveau behandelt, sie sind interessant, sofern sie der letzte Schrei sind.

Ruederer gibt der Münchner Gesellschaft ein kleinbürgerliches Kolorit und karikiert ihre Anfälligkeit für Lola-Montez-Figuren. In seiner Behäbigkeit brauche der Münchner eine »umfassende Exekutivgewalt« (S. 71), jemanden, der die Benimmregeln für guten Geschmack vorgibt und bei Desorientiertheit weiterhilft, wie der »Spezl«. Ruederers Lieblingsgegner lassen sich allesamt von hier aus verstehen: Wer in München zur modischen Exeku-

---

[15] Vgl. zur Kunststadtdebatte Kirsten Gabriele Schrick: München als Kunststadt. Dokumentation einer kulturhistorischen Debatte von 1781–1945. Wien 1994.

tivgewalt gehört oder sich ihr zugehörig fühlt, wird vom Autor satirisch entlarvt. Die *Münchner Neuesten Nachrichten* scheinen dabei ein nach außen gestülptes Organ narzisstischer Selbstbespiegelung der Münchner zu sein. Den Groll, den Ruederer bei der Darstellung der »grüabigen Zustände« hegt, formuliert das Kapitel »Die Landschaft«, das mit einem mythologischen Verweis auf ein »schreckliches Untier« aus den Tiefen des Walchensees beginnt, mit dem Ruederer eine Untergangsvision entwickelt. In einer modernekritischen Geste leiht er sich von der Romantik zwei wesentliche poetologische Begriffe – »Phantasie« und »Traum« –, um die Grenze zur Wirklichkeit brüchig werden zu lassen. Er erinnert dabei an die spätromantischen Impulse aus München: Mit seinem Aussichtspunkt Burg Schwaneck nimmt der Spaziergänger auch topographisch einen romantischen Blick ein; die Burg ist nach Skizzen von Ludwig Schwanthaler gebaut worden, die ein Mittelalterbild illuminieren, das sich aus der Mittelalterbegeisterung der Romantik speist. Ludwig Schwanthaler gehörte einem Kreis von Romantikern in München an, der sich in der *Gesellschaft für deutsche Altertumskunde zu den drey Schilden* organisiert.[16] Die Gesellschaft pflegte nicht nur ein romantisches Mittelalterbild, sie setzte romantisches Gedankengut auch in die soziale und künstlerische Praxis um.[17] Die Burg ist ein Stein gewordenes Zeugnis dieser Praxis. Sie war Ort zahlreicher Feste, bei denen die Verkleidung, auf die Ruederer anspielt, gängige Praxis war.

Wenn Ruederer im Kapitel zur Landschaft von der »guten alten Zeit« spricht, wird nicht deutlich, wie ironisch die Formulierung gemeint ist. Der Erzähler schlüpft in die Rolle eines romantischen Dichters, der die Grenze zwischen Phantasie und Fiktion auflöst, so dass er »im prophetischen Sinne« (S. 44) sogar eine archäologische Freilegung des verschütteten Münchens und des Herzens des Münchners (aus Bier und Gold) leisten will. Der Phantasie- und

---

[16] Mitglieder der Gesellschaft waren neben Schwanthaler unter anderem der Maler Josef Schlotthauer, Freiherr Hans von Aufseß, der Gründer des Germanischen Nationalmuseums, Friedrich Beck, Lateinlehrer und Dichter, der spätere Passauer Bischof Heinrich Hofstätter und Franz Graf von Pocci.

[17] Um 1900 gehörte die Burg dem Unternehmer Jakob Heilmann.

Sinnestaumel hält eine gewisse Zeit an – der Erzähler lässt zum Beispiel die Wappenfigur Münchens, das Münchner Kindl, auferstehen – endet aber mit einem Arztbesuch und der Ernüchterung durch bürokratische Strukturen. Das romantische Dichterbild wird mit einer modernen Wirklichkeit kontrastiert. Der Erzähler wandelt auf den Spuren von Nietzsches Zarathustra (S. 50) und leidet am Überbietungsgestus der Moderne. Dieser Kontrast wird gerade bei der Rolle des Dichters in der Gesellschaft betont, wenn es heißt: »Ich lobe die gute alte Zeit [...], da rackerte man sich noch nicht ab mit der Todesangst, der andere könnte einem am Ende um Nasenlänge zuvorkommen bei der grossen, fortwährenden Steeplechase um äussere Ehrenzeichen« (S. 46).

Es überrascht in diesem Zusammenhang, dass diejenigen Literaten und Künstler, die jeder Kritik enthoben sind, aus der »guten alten Zeit« stammen: Die Begründer des Marionettentheaters Franz Graf von Pocci und Josef Leonhard Schmid, der Malerpoet Carl Spitzweg und Richard Wagner, Ruederers musikalischer Übervater. Der einzige lebende Dichter, den Ruederer unangetastet lässt, ist der 1824 geborene Heinrich Ritter von Reder, der dem Dichterkreis der »Krokodile« angehörte und um 1900 nicht mehr zu den jüngsten Autoren zählt. Neben Reder lässt er noch Michael Georg Conrad bestehen, den Mittelpunkt der Münchner Naturalisten um die Zeitschrift *Gesellschaft für modernes Leben*, mit dem er die tiefe Verehrung Wagners teilte.[18]

Ruederer formuliert zahlreiche Einwände gegen »Jung-München«, dem er vom Lebensalter noch zugehört. Das literarische Leben der Gegenwart erscheint ihm als ein Kreisen um sich selbst. Die Boheme versteht er als Dekadenz-Phänomen, wobei der Kult um Stefan George ihn zu satirischer Höchstform auflaufen lässt, doch von der Unbeschwertheit des Anfangs in der »Nebenregierung« aus erinnert sich Ruederer mitunter auch melancholisch an die anderen Entwicklungen innerhalb der Münchner Moderne. Die um sich greifende »allgemeine Vereinsmarotte« wird entschuldigend erwähnt, ohne dass ihre Bedeutung etwa für private

---

[18] Rainer Hartl: Aufbruch zur Moderne. Naturalistisches Theater in München. Teil I. München 1976, S. 25.

Theateraufführungen herausgestellt würde. In den Abschnitten zur Literatur fällt die Zurückhaltung Ruederers gegenüber seinen Kollegen auf, die er durchaus heftig attackiert hatte. Die Spannungen werden symbolisch über Konsummittel festgehalten. »Kein Bier, nur Stefan George«, heißt es zur Boheme (S. 81), oder: »Wie Wedekind Rotwein trank, trank ich Tee. Das musste zum Bruche führen« (S. 85). Das ist heiter geschrieben, benennt aber die Auseinandersetzungen zwischen den Stilrichtungen der Zeit nicht, obwohl die Differenzen einen der entscheidenden Gründe für das »in sich Kreisen« des literarischen Lebens darstellten. Eher resigniert hält er fest: »Alles andere ist mit geballten Fäusten und grimmen Geberden nach allen Richtungen zerstoben« (S. 85).

Beherzter schreibt Ruederer über die Lage des Theaters in München; hier kann er einen lang gehegten Gegner karikieren, der ihm zum Symbol der Theater in München geworden ist: Ernst von Possart, seit 1873 in verschiedenen Funktionen in München tätig, zuletzt bis 1905 als Generalintendant der Münchner Hofbühnen. Possart hat Ruederer zufolge ein harmloses Theaterleben verwaltet, anstatt eine angemessene Förderung durch Stadt und Königreich zu verlangen. Die Urteile über das offiziell finanzierte Theater jedenfalls sind vernichtend: Das Gärtnertheater sei eine »heruntergekommene Schmiere«, das Volkstheater biete einen »merkwürdigen Mischmasch für kleine Leute« (S. 62), das Schauspielhaus biedere sich beim Publikum an und das Prinzregententheater sei ein Blendwerk Possarts. Nur das Marionettentheater, das einzige Theater, das in München »allein beanspruchen kann, ein vollendetes zu heissen«, wird von der vernichtenden Kritik ausgenommen (S. 58). Ruederer kritisiert jedoch nicht nur die Theatermacher, er stellt diesen ein Theaterpublikum an die Seite, das keine Ansprüche hat und lokalpatriotisch gesinnt davon ausgeht, in München werde das beste Theater im deutschsprachigen Raum geboten – ein Urteil, das nach Ruderers Meinung nur aus der Unkenntnis zum Beispiel der Berliner Bühnen zustande kommen kann. Signifikantes Beispiel ist für ihn der Kultusminister Anton von Wehner, Mitglied der Zentrumspartei, die für Ruederer von vorneherein inkompatibel mit kulturellen Themen zu sein scheint. Ruederer entwickelt im Porträt des Ministers, der durch das »Exil«

in Berlin irrt, ein prägnantes Bild kultureller Desorientiertheit und Provinzialität.

Will man ein Fazit ziehen, dann ist das kulturelle Leben in München bei Ruederer 1907 an einem Ende angekommen. München hat den Wettbewerb um die führende Kunststadt Deutschlands verloren. Das innovative Potential der Gruppierungen hat sich erschöpft. Nicht ohne Ironie besteigt Ruederer zum Ende seines Berichts den Alten Peter und berichtet aus der Vogelperspektive ahistorisch über das, was bleibt. Der Blick über die Stadt befreit Ruederer von allen Kalamitäten seiner Heimat: Der Enge entkommen, kann er dem Gefühl der Vertrautheit freien Lauf lassen.

Nicht der satirische Gestus hat der Rezeption des Buches geschadet, sondern der Seitenwechsel, den Ruederer in der Auseinandersetzung mit der modischen Exekutivgewalt der Stadt vollzogen hat: Bald nach der Publikation des *München*-Buches ist er Mitglied in der neu eingerichteten »Sachverständigenkammer für Werke der Literatur« geworden, und erst der Eintritt in diese Kommission hat Ruederer weitgehend marginalisiert, denn der »Theaterzensurbeirat« hatte die Aufgabe, zu prüfen, ob für literarische Texte ein Aufführungs- oder Publikationsverbot in Frage komme.[19] Die Kollegen wiesen ihn der wertkonservativen Fraktion zu, die den Anschluss an die Moderne verloren hat. Dies bleibt einer der Widersprüche bei Ruederer, die man argumentativ nicht auflösen kann.

Waldemar Fromm / Walter Hettche

---

[19] Vgl. Michael Meyer: Theaterzensur in München 1900–1918. Geschichte und Entwicklung der polizeilichen Zensur und des Theaterzensurbeirats unter besonderer Berücksichtigung Frank Wedekinds. München 1982.